冰裂纹笔记

马南 著

天津出版传媒集团

百花文艺出版社

图书在版编目（CIP）数据

冰裂纹笔记 / 马南著 . -- 天津 ： 百花文艺出版社，
2025. 5. -- ISBN 978-7-5306-9138-0

Ⅰ．I247

中国国家版本馆 CIP 数据核字第 20253KR950 号

冰裂纹笔记
BING LIEWEN BIJI

马南　著

出 版 人：薛印胜
责任编辑：李　信
装帧设计：吴梦涵
出版发行：百花文艺出版社
地址：天津市和平区西康路 35 号　　邮编：300051
电话传真：+86-22-23332651（发行部）
　　　　　+86-22-23332656（总编室）
　　　　　+86-22-23332478（邮购部）
网址：http://www.baihuawenyi.com
印刷：三河市嵩川印刷有限公司
开本：880 毫米×1230 毫米　1/16
字数：225 千字
印张：16.75
版次：2025 年 5 月第 1 版
印次：2025 年 5 月第 1 次印刷
定价：58.00 元

如有印装质量问题，请与三河市嵩川印刷有限公司联系调换
地址：三河市杨庄镇肖庄子
电话：(0316) 3654999　邮编：065201

目 录
CONTENTS

拉珍

一

五月上旬，老叶让我去趟山南，见拉珍。

拉珍的名字，半年前就听说了，在饭桌上。那段视频是老叶在一个房地产商的朋友圈看到的。结发为夫妻，恩爱两不疑——房地产商配了这么一段话。老叶给他点了赞，并把视频转到工作群，要我们也看看。大家嗯嗯哦哦，都没点开——那天吃小龙虾，戴着手套，划手机很不方便。

半年后，也就是上个礼拜，拉珍的名字再次被老叶提起。这一次，是非常正式的场合。老叶握着一根粗大的记号笔，在白板上写下拉珍的名字，画了个大大的圈。他什么时候对这个故事生出了浓厚兴趣，又是怎么在这么短的时间里搞定了投资商，我们都不得而知。总之，老叶的态度十分坚决，他在圈外写下几个关键词：爱情，唯美，泪点，虐心。

散会后，我照例去了老叶家。我说："你这是病急乱投医。"

"一点不乱。"老叶说，"对方对拉珍的故事非常有兴趣，愿意投。人有钱了嘛——"老叶给我倒了茶，"都想玩点情怀。"

老叶可真是吃亏吃不怕。这些年，类似这种投资商我见了太多，全是信口开河、画大饼。我也见过老叶太多热血沸腾、胸有成竹的时刻，眼看着"钱就要打过来了""马上立项了"，后来又没了动静。这个暂且都不说，单说这个故事吧，真没什么出彩的，比我们之前讨论的任何一个故事都单薄，拍出来，又是烂片一部。

"单薄是事吗？你去一趟不就厚了？说到底，这事能不能成，关键看你，你得拿出一个让他掉下巴的本子。"老叶顿了顿，又说，"至于烂不烂，压根儿就不是问题。包装好了，烂也有人买账。话说回来，现在大多数观众，还就喜欢看烂片儿。"

"他是谁？'女'字旁'她'吧？"我酸巴巴地说，心里不是个味。暂且相信有钱人玩情怀这事，但既然是拿着钱"玩"，为什么不交给大公司啊，那样才能玩得更高级嘛。唯一的解释是，投资商跟当年一样，是个对老叶鬼迷心窍的大富婆。我承认，最后一点才是我不想去山南的原因。

"楼上的柜子里还有我一套睡衣，早点扔，免得拖你后腿。"我起身，从书架上抽了本书，胡乱地翻。

"一天到晚能不能想点有用的？"老叶朝我屁股拍了一巴掌，"别瞎捉摸。"

"谁瞎？我眼睛好得很。"

"我觉得你一直都是懂我的。"老叶说。

"我就是太懂你了好吧。"我坐下来，不自觉生出咄咄逼人的意思，"你知道我在担心什么。"

"我找来的投资，就一定得是女的？"老叶皱着眉头看我。

"你以为我喜欢胡思乱想？"我也有些委屈了。

他把我拉进怀里，"放心，不是你想的那样。再说了，哪儿有那么多'女'字旁稀罕我啊？"老叶叹了口气，"你不知道我现在有多着急。再不打个翻身仗，就只能解散大伙儿，各自另谋出路了。"

他这么一说，我气消了一大半。公司的确到了难以为继的地步。梅姐进去后，大半年无剧可拍，老叶背水一战，决定买 IP 拍网剧。投拍的钱全是老叶自己掏，卖房加上一部电影赚的。按理，他下的是一注稳赢的赌——原著未拍先火、流量明星主演、老戏骨配戏，又是最受欢迎的悬疑题材。从立项到开机，一路被看好。老叶索性一咬牙，又花了一大笔钱用在宣发上，成功掀起了话题，几个大的视频网站都抛来合作意向。那大半年，老叶每天只睡三四个小时，如同蒸一锅馒头，小心翼翼把握着时间和火候，生怕哪个环节不对敞了气。但他万万没料到的是，就在后期快做完的时候，演男一号的小鲜肉吸毒被抓，当晚就被送上热搜。老叶气得跟经纪人骂，不吸会死吗？老子身家性命都押上面了。这事过去没多久，上面开始重拳整治影视圈，为了补税，老叶不得不又掏出一大笔钱。一亏一补，家底彻底掏空。老叶大病一场。

没活干的时候，公司只能接一些假大空的微电影、推广片，还给老年大学的爷爷奶奶们录新春晚会，一天到晚忙得屁都夹着，挣得却是碎银子。公司开一天，方方面面的关系就得维持。大佬们天上地下到处都有，不管谁一个电话，他都得屁颠屁颠地跑过去，俯首帖耳，出钱出力。

"难啊，"老叶说，"每天一睁眼，就好像被人掐着脖子。"

我摸着老叶的胡茬，有些心疼。"这次把握大吗？大不了咱俩隐居去。采菊东篱下，悠然见南山。"

"必须把握大，事在人为。"老叶把额前的头发朝后捋了一把，眼里的光亮如荒蛮之地蹿出的一头雄狮，身强体壮，勇猛敏捷。那一刻我有些悲观，老叶仍旧是年轻的，耗不起的，反而是我。

离开的时候，老叶送我到门口。他抱了抱我，笑容苦涩。这个笑让我很难过，我爱他，愿意为他付出一切。

来机场接我的是小刘。六点半的拉萨，太阳持续着正午的炎热。小刘往我脖子上放了条哈达，背手行礼，"扎西德勒"。

"天天在矿上下井啊？"我说。

"没黑全。"小刘撸起袖子，指着胳膊窝认真地说，"看到没，缝还是白的。"

我不想继续跟他贫，问车在哪儿。从这里到山南还有一个多小时车程，我有些累了。

"别急，先给你拍张照。"他用单反指着对面，"那座山，当地人叫准不日苏。很多藏民会上山煨桑，祈求远行的孩子一切顺利。下次你回去，我也给你煨一把。"我只好停下来让他拍了两张了事。他把照片拿给我看，天空、白云、山脉、树木，一切明亮广袤，干净得没有一丝杂质，我耷搭着脸位居其中，十分碍眼。

小刘两个月前就来了。老叶一个大学同学在这边拍个纪录片，缺人手，借用了他这个"天才"摄像。

"天才"是老叶封的，也不止他一个。公司员工里，除了两个保洁和一个炊事员，其余的都被老叶视为不凡之才。什么天才摄像，天才导演，天才剧务，也包括我，天才编剧。老叶别的都好，就是一上酒桌就爱吹牛，一吹起来就刹不住车。说我的本儿都送到张艺谋手里去了，说小刘曾进过《心花路放》剧组，跟黄渤徐峥天天打照面儿。我不止一次地劝他拿点谱，别把嘴给吹破了。况且，小刘当年就是个送盒饭的，能跟谁打照面儿？老叶说你懂什么？这叫包装，外行就看重这些。

老叶这点毛病，小刘不仅学到了精髓，还顺利升华了。简单概括，就是擅长把主观想象当成既定事实，有点像医学上说的臆想症。就说这次吧，八字还没一撇就天天嚷着要火，柏林、金棕榈、这马那鸡，什么大奖都敢想，一副即将要穿燕尾服走红地毯的兴奋。

"你真看好这片子？"我问。

"老叶看好我就看好。"小刘说，"为什么不看好呢？拉珍跟老李的爱情多给人光明和希望啊，谁说婚姻是爱情的坟墓？"

我没接话。视频是一位来桑日县支教的老师拍的，估计发抖音之前，她也没料到会传那么远。十多秒的画面里，拉珍搀着她男人在路上散步。男人看上去大她很多，一手拄着盲杖，一手搭着她肩膀，看背影，的确有点"执子之手与子偕老"的诗意。除了《因为爱情》的背景音乐，那老师还配了一段文字，大致意思是说，因为一场病，男人失明失聪，这个叫拉珍的女人不离不弃，九年如一日地照顾他，靠着打零工给男人看病、吃药，供儿子上了大学。文字最后一句是，这样的笑容，让我们看到了爱情的模样。

我前前后后看了差不多三四遍吧，每次看，脑子里就会冒出另一个镜头：拉珍撇下身边的男人，冷静又决绝地走上通往村外的公路，慢慢变成一个黑点。然而，就在那个黑点快要消失的时候，脑子里的那个拉珍开始不受我支配——她又回来了，边走边哭出了声。

小刘渐渐起了倦意，油门踩得深一脚浅一脚。他说昨晚喝大了，在停车场摔了一跤，差点睡那了。我本想劝他几句，话到嘴边还是算了。来公司不到三年，这家伙吃喝赌样样来，缺的那样，搞不好也有。

"怎么了，跟老叶闹别扭了？"小刘说，"一路都没见你笑。"

"知道投钱的是哪儿的吗？"我问。

"你知道？"

"我怎么可能知道？"

"我也不知道。"小刘说，"管他谁啊，有人肯松腰包就行。"

我戴上帽子和墨镜，背朝他蜷身。窗外出现一片很大的湖，沙滩样的陆地将它们分割成不同的形状——椭圆、梨形或宽窄不一的长条。湖面连一枚细小的波纹都没有，让人想起一块巨大的靛青色绫罗。那些蓬松的云朵，似乎正密谋着准备坠下来，以作绫罗上更绝妙的装点。

湖面与天际出现一条起伏的纵线，是山脉。我从没见过这样奇特的山脉，厚重的深褐色，寸草无痕，但若说它是贫瘠荒凉又并不准确——它有大片的褶皱，如同年轻大象的皮肤，紧致敦厚，血肉饱满。很快，大象动了起来，甩一下鼻子，与我们的车并排奔跑，奔向天幕尽头的余晖里。我闭上眼，心里释然了一些。大漠孤烟，长河落日，我那点小烦恼又算什么呢？

到酒店办了入住，小刘提醒我晚上尽量别洗头洗澡，刚到，得慢慢适应。另外，床头有氧气，觉得不行了就吸两口，也可以叫服务员。"好好休息，走了。"他说完，伸手摸了摸我后脑勺。我愣住了，这是小刘吗？他怎么能对我来这种"摸头杀"？

二

第二天早上，小刘接上我，一路赶往桑日县程巴村。"对了，有个事你记着，"他说，"拉珍不识字，跟她聊微信只能发语音。"

"真够难为她了。不认识字，当年怎么带着老李到处看病？"

"谁知道呢？也许有亲戚一道吧。"小刘说，"我倒是陪不了你了，把你送到，就要追大部队去，他们今天已经出发往玉麦走了，后面几天我都不在山南。"

"忙你的，我又不是第一次采访。"我说。

"那是，你是谁呀——"他说完，手又伸过来。我躲开，让他别这样。"不好意思啊，把你当哥们儿了。"他笑了笑，无所谓的样子，倒显得我矫揉造作了。

拉珍去庙里转经了。我看了看时间，才九点半不到。我说："这么早？不会是故意躲着我们吧？"

"不会。她不会撒谎。"小刘斩钉截铁。他带我在附近走了一圈，清一色的平房，多为石木结构，敦实的墙体显出一派古朴粗犷。暗红是房子的主打色，比如大门。墙面则多为亮黄。在房子的装饰上，村民们很有耐心，墙上绘制着象征吉祥如意的图案，门框左右处处可见细密精致的雕刻工艺。小刘让我重点看门楣，几乎家家都挂着羊头或牛头骨骸，门窗上还有垂帷，只是材质有所不同——房子建得比较好的，垂帷多是绸缎，一般的都还是棉布。一圈转回来，我特意留意了一下拉珍的家，门窗上都空着，什么也没有。

小刘带我走上一个斜坡，站在那能看见家家户户的房顶架着煨桑的桑炉以及竖起来的经幡。

"塔行。"小刘说了句藏语，"经幡的意思。"

"塔行？"

小刘点点头，"还有一句，阿——让阿——嘎。我爱你。"

"阿——让阿——嘎。"

小刘抱起肩膀装害怕，"别看着我说啊，不然老叶会——"他做了个抹脖子的动作。

"想得可真多。"我看着被风卷起来的树叶，感觉风再大一点，自己也会飘起来。

"你俩分分合合，合合分分，使劲虐吧。"小刘说完碰了碰我胳膊，"走吧，拉珍来了。"

拉珍穿一件深灰色外套，蓝色牛仔裤，头发用黑色抓夹抓在脑后，深咖色帽子把脸遮了一大半。唯一让她跟汉族女人的装扮区分开来的，是系在腰间的一块蓝色围裙。

看到我们，她快走了几步，身体在暗沉的色系里散出鲜艳的气息。随着她站定，这股气息又很快收进去了。

"忙吧，姐？"小刘走过去。

"还好，不忙的。"拉珍摘下帽子，脸上的表情看不出是高兴还是冷漠。

他俩说话的间隙，我悄悄打量了她一番。强烈的紫外线没能改变她基因里的白皙，更没烙下高原红，高挺的鼻梁和深褐色的眼睛，又传递出一股藏不住的风情。她脸部的线条很饱满，像画家精心调配的黄金比例，勾勒出一张完美的鹅蛋脸型。当然，时间从来都不会为谁停留，鹅蛋脸上也是有皱纹的，一道一道，盘踞在额头和眼角，与那双眼睛极不协调——那是一双如湖水样清澈的眼睛，拥有它的主人却年近五十。我脑子里跳出一句话：心中有沟壑，眼底无风霜。

她摸出钥匙开了院门："呃，老师，进屋奏（坐）吧。"我跟在她身后，刚迈进大门，被半空中一扎黑色的毛扫了一脸。小刘说："这是牛毛，但可不是普通的牛毛，是代表吉祥如意的牛毛。"

"也包括我吗？"我笑着，抬了抬手（我只是想习惯性地抓一下脑后的头发，并没有去摸那扎牛毛的意思）。拉珍显然误会了我，盯着我说："不能摸的。"她眼里满是戒备，还有点为我的不懂事而生气。我尴尬地点头，也起了担心，她看上去并不那么好说话。

拉珍领着我们进了院子，走向右侧的房间——是个套间，里面厨房，外面餐厅。房子收拾得敞亮整洁，沙发摞得平整。她提过水瓶，给我们倒了两杯热腾腾的酥油茶，"尝尝，我刚打的"。

小刘介绍了我，至于意图，他说："就是上次说的那个事。"拉珍没接话，重点转向小刘提进来的大米和色拉油，"把这些拿走吧。你已经拿过一回了。"

小刘走后，我和拉珍一时无话。她看了我几次，从脚到膝盖，再飞快地扫一眼我的脸。我有意避开她游走的目光，以免尴尬。我想我必须得说点什么，正要开口，拉珍说话了："你也是看了那个视频来找我的吧？"

"是。"我说。

"真是不懂，这有什么好奇怪的。难道你们那边没有这样的吗？"她神情淡漠，"那个老师真是讨厌，又拍又录的，还往外面发。想起这个我就生气。"

"你这话，真该说给我们老板好好听听。其实我也不想来，多大个事，非逼着我来。"我说完把背包拉开给她看，"看看，我什么家伙都没带，不拍也不录。你要不愿意，正好，我就当来旅游了，反正吃喝报销。"

拉珍的脸松弛了一些。她问我："你结婚了吗？"见我摇头，又问，"有对象吗？"

"有吧。"

"是那个小刘？"

"不，我跟他只是同事。"

拉珍喝了口茶，又问我："如果你喜欢的男人不喜欢你，你会怎么办？"

这话问得有点无头无尾，我看着她，不知道该怎么回答。她眼里聚着一团我说不清楚的东西，像劈里啪啦烧起来的火，又像一座冰山，寒冷浸骨。

我说："这个我还真没想过。可能还是会继续喜欢，等有天不喜欢了再说吧。"

她抬眼，重新打量了我，像是有些刮目相看。她说："我带你转转吧，看看我养的花。"

花盆集中在院子东面的角落里。比起老叶侍弄的那些奇花异草，这些品种实在太过普通，无非是一些常见的多肉、银皇后、铁线蕨、矮柏之类的，唯一开着花的是一盆月季。

绿植的摆放严格按照由矮到高的次序，规整得有点强迫症，其中几个花钵还套着彩色线罩。那线罩一看就是手工钩织的，细密的针脚、传统的花样，边口处还坠着一圈彩色珠子。老实说，破盆也有破盆的味道，鲜艳的线罩却让它落入了俗气。

院子是个标准的"口"字，左右两竖分别是院墙和厨房，与院门对应的是一间玻璃房。拉珍说，每家每户都会搭这种玻璃房，到了冬天，比烧了炉子还暖和。

玻璃房后面是客厅，左右墙面各延伸出两间卧室，全都关着，有一间还挂着锁。拉珍和老李应该很少在客厅待着，那里干净整洁得更像一间布展严谨的展览室。墙上挂了幅画，画上是布达拉宫，走近一看，才发现是十字绣。我在上面发现了拉珍的创意，她在坯布最底端添了几排盛开的花，黄的、绿的、紫的、粉的。我很奇怪，她既然这么喜欢鲜艳，为什么自己浑身上下全是乌突突的颜色。

"这房子挺好的。"我嘴上说着，猜测着她老公的卧室该是哪间，另外，那间锁着的房间又是做什么用的。

"好吧？这房子从设计到修建，全是老李自己拿主意。他会画图、会木工，还会粉墙、贴砖、平地基。他什么都会，我们县里到处都有他的徒弟。他没病的时候，村里人除了盖房子，别的事也爱找他商量。"拉珍的口气有点像讨回公道，似乎我什么时候说了老李坏话似的。

"李大哥还在休息吗？"

"嗯。"拉珍说，"走，我们回去喝茶吧。"

我本以为可以等到老李起床——再过一会儿就要到中午，他不至于睡得连午饭都不吃。然而拉珍看着我喝完最后一口酥油茶，紧跟着就下了逐客令："好了老师，你走吧。我还有别的事要忙呢。"

我看着她，以为听错了。

"呃，不是随便看看吗？该看的都已经看过了。"她说得很真诚，让人生气又找不到恨的理由。

我抓起背包往外走，一不留神，又撞到那束非同寻常的牛毛上。拉珍笑笑："你这个样子很像我二妹。她每次跟我生气也是这样。"

我以为她变了主意，嗔怪说："那你就当我是你三妹吧，你就舍得这么对三妹？"

"这是两件事，不一样的。"拉珍说。

"行吧，我明天再来。"我说。

"不不不，是永远都不用来了。"她双手撑门，迫不及待地要关掉，"再见，机灵鬼三妹。"

三

出来我就给小刘打电话，没等接通我又挂了。第一天采访就被人驱出门外，传出去让人笑话。我不准备立刻回酒店，那样的话，被驱赶的意思显得更明显。好歹得在村子里多待会儿，我这么想着，顶着大太阳在村里转悠。没多久，我找到一个茶馆。

一进门就闻到股膻味，黑漆漆的桌椅泛着油光，像是用羊油抹过。几缕阳光从窗户里透进来，细密的灰尘在强光里跳动，四周显得更暗了。老板娘是个胖胖的女人，她热情地过来跟我打招呼。在她的建议下，我点了一碗藏面，一壶清茶。等餐的时候，旁边桌上喝茶的三个戴着毡帽的老人看了我几眼。我加了十块钱，选了个带布帘的座位，帘子一拉，差不多是个小包间了。

从昨晚到现在，老叶一条微信也没有。他一贯不爱发微信，哪怕是想念了，也不会把"想你"二字说出口，这么多年我理应习惯。

跟老叶相识于一个独立电影节，我俩一见如故。酒店有个室内小操场，每天晚饭后，老叶都约我下去走几圈。聊的多是跟电影有关的话题，《东京物语》《杯酒人生》，也聊小津安二郎、詹姆斯·卡梅隆。老叶说，最给他信心的人是李安，他预感自己这块大器可能比李安还要晚成十年，所以做好了苦其心志、劳其筋骨的准备。

老叶的梦想倒也并非不切实际——拍一部叫座的电影，让每个走进影院的人都记住他的名字，这个梦想让他热血满怀。大学毕业后的几十年，老叶的热血从北京洒到上海，又从上海洒到浙江，最后不得不带着一口京腔回到武汉重新开始。"时间太快而现实太残忍。"老叶指着头上的白发，像在诉说一场痛心的灾难，"看到没，有多少根，就有多少次惨败。这颗脑袋上，藏着厚厚一本莎士比亚悲剧集"。说到这里，他反过来安慰我："放心，不管怎么折腾，梦想总冒着热气。"

那次活动后，老叶给我寄了本书，是他早期出版的关于电影的艺术评论。我花一个通宵看完了，其间好几次不得不停下来合书而叹，为那些令人耳目一新的观点。那本书如同一个秘密通道，让我由此通往另一个老叶——深邃、孤独、令人着迷。那篇后记我看了多遍，克制又精准的表达让我在惆怅之余，还生出一些自卑。我脑子里时常会冒出一些可笑的场景，比如我冒着大雪去找他，要跟他浪迹天涯。

年底回武汉，我俩又见了一次。当时他在导一台晚会，我去的那天正赶上头一天走台。快结束的时候，突然下起瓢泼大雨，刚拼装好的 LED 显示屏和两部新购的机器全淋得湿透。老叶抱着机器，坐在一片狼藉中号啕大哭。我就是在那一刻决意跟他表白的。

在外人看来，我选老叶纯属缺心眼儿——恋爱的目的总归是结婚，结婚总归得考虑现实，而老叶的性情决定了他总是游走在现实之外，至少婚姻上是。但感情的事没有谁能说清，每个人生命中都有一个绕不开的人，碰上了，眼见着是火海也要顶着脑袋往下跳。我是，梅姐也是。

梅姐高中时就喜欢老叶，单恋到四十出头还不死心，说起来都让人难以置信。老叶讨厌她，还不只是因为她的胖、国字脸和单眼皮，更因为她"除了有钱，什么都不懂"。吐槽她时，老叶会做出一副难以招架、唯恐避之不及的表情，吐槽的内容也五花八门：听盗版肖邦，喝粥往里加辣椒酱，把香奈儿穿成地摊货——因为胖，两个交叉的"C"都扯得背靠背了。老叶那帮同学很鄙视他这副傲骨，说他假、不知好歹。

我来老叶公司后的第一个春节是在他公寓里过的。饺子还没煮熟，梅姐也来了。她踢掉高跟鞋，把大衣和包扔进沙发，赤脚在屋里走来走去。老叶搂过我，所用的力气几乎要把我对折。"赶紧滚蛋。"老叶说。梅姐丝毫不受干扰，她在我们对面坐下，端起老叶的酒杯，气定神闲地品了几口。倒是我贴着老叶，感觉他的心跳有难以定义的杂乱，让我生出会失去他的担忧。

第二年夏天，我从老叶家搬了出去——在抵御梅姐的这场拉锯战中，老叶最终还是败了。他来跟我摊牌，垂头塌脸歪在沙发里，像堆烧尽的炭灰。连我自己都没想到，我竟然在最短的时间里说服了自己——挽回了老叶，我又能给他什么呢？我无非比梅姐年轻十几岁，那又有什么用呢？青春无价？算了吧，梅姐能给他投钱，让他朝自己的梦想迈出一大步，那是比青春更重要的东西。之后的事没让人失望，那部院线电影让老叶赚了一大笔，也帮他奠定了江湖地位。这无不证明他的选择是正确的——迟到的正确。那几年老叶如沐春风，看梅姐的眼里也有了柔情。如果不是后来梅姐入狱，他兴许会娶她。

我被很大的吼叫声吵醒，掀开布帘一看，见四五个男人围着那张最大的桌子在赌钱喝酒。桌上铺着毡布，上面撒了各式各样的藏式骰子，每次下赌注前，男人们都要用力拍桌子、大吼一声"嚯"。我真担心那张桌子瞬间散架。

出去结账，那三个老人还在，他们面前的酒换成了茶，但明显有了醉意。我看着这么惬意的傍晚，又想着反正回去也是无聊，干脆也要了壶酒，在一个靠窗的地方坐下来。青稞酒装在一个白色瓷壶里，壶身高挑，壶嘴细小。老板娘还端来一盘炸土豆片。"送你的。"她笑着说。

"卓玛，你太偏心了。"那桌赌钱的男人中，有一个人大声喊。

"你天天白喝我的酥油茶还不够吗？"老板娘绕过去，在他背后拍了一巴掌。男人看向我，笑了笑，露出一口白牙。他看上去四十出头，皮肤黝黑，头发像绵羊毛一样卷。

"嗨，旺久。"有人喊他，"你小子，别光顾着看美女。"

大家一阵哄笑，都转过来看了我一眼。

天很快黑下来，屋里起了凉意。老板娘把靠着墙角的炉子生起来，又给每桌续了酥油茶。打牌的那帮人把战场转移到火炉附近，叫旺久的男人说他不玩了。他穿好鞋，端着酒杯朝我这边走过来。

"您好啊老师。"他在我对面坐下，"艳遇攻略背熟了吗？"

我怔了怔，用同样的语气回答他："我干吗要跑到这里来艳遇？拉萨街头的帅哥可比这里多多了。"

"哈哈哈哈。"他笑着给自己倒了杯酒，"不是来找艳遇，我猜——那你就是来见拉珍的？"他说最后那句话的时候换了副神态，看上去正经多了。

"什么拉珍？"我问。

他说："别装了，你脸上写着答案呢。"

"好吧。"我笑着认输，"是，想来看看。"

"那可是个善良的好女人呀。她的心像海螺一样纯洁，品行像箭杆一样端正。"说话声在我身后，那三个老人正准备离开，像是无意间听到我们的谈话。

"是啊是啊。谁娶了她，是天大的福气。"

"瞧瞧那个次曲，男人只是去拉萨打工，她就睡了别的男人，腥臊得很呢。是不是，旺久老师？"

旺久说："天要黑啦，快看不见路啦。"

老人们走后，我问旺久："你是老师？"

"听你的口气，我好像是个冒牌货。"旺久的笑更深了。

茶馆里又来了一拨客人，看样子是刚从酒桌下来的。他们一来，茶馆内顿时显得逼仄嘈杂。不时有人跟旺久打招呼，从他们的表情和脸上的笑来看，他们应该误会了我跟旺久的关系。应付完他们，旺久跟我说："之前你那个姓刘的朋友来找她的时候，她就告诉我了。"

"早请示晚汇报啊。不过你放心，弄不成了，她筑的坝比三峡大坝还牢固，我休想问出一个字。"

旺久狡黠一笑："所以嘛，更欢迎你在这里艳遇。"

"你好像很护着她。"我问旺久，"亲戚？"

"她在跟我学认字，算是我学生。"旺久给我递了根烟，我装作老道的样子接过来，旺久起身给我点了火。

我说："不是太明白，她为什么要拒绝呢？而且拒绝得让人觉得——在隐瞒什么。其实，好多人都通过自己的故事改变了现状，过上更好的生活。我也不是说，那些讲故事的人都抱着功利之心，但现实就是这样。不管怎么说，这事对拉珍没坏处。"

"那只是你的想法。如人饮水，冷暖自知吧，也许她有她的苦衷。"

"也许吧。但总该有个原因。"我说。

"我也不知道。她只是跟我说，她很害怕，也很讨厌，不想引起太多人的注意。"旺久说。

烟抽完，旺久说他得走了。"酒还多，你慢慢喝，晚上就别出去了。"他说完叫来老板娘卓玛，给我要了房间，并嘱咐她换上干净被褥。

四

第二天我起来得有些晚。房间不太隔音，带着叫喊声的牌局后半夜才散，我也在那个点才合眼。卓玛在厨房切煮好的牛肉，她说，住宿费和昨天的酒钱旺久已经结过了，包括今天的早餐钱。她给我倒了碗热茶，让我去火炉边坐一会儿，早餐马上就好。

"拉珍平常会来这里坐坐吗？"我问她。

"她不来的。"卓玛说，"李师傅生病后，她像变了一个人，喜欢独来独往，话也没以前多了。"

从茶馆出来，太阳已经升高了。没走多远，我碰上了转经回来的拉珍。她看了我一眼，没打算理我。

"早啊。"我跟上她说，"我有那么让你讨厌吗？"

"你竟然一个人在外面喝酒。"她说。

"没一个人。"我说,"还有你的语文老师。"

拉珍停下来,脸色很难看,"你可真不害臊。旺久老师可是个正人君子。"

"喝个酒而已,至于这样说吗?我们可是什么都没干,不信你可以去问卓玛。"

拉珍没说话,但默许我跟她进了院子,也没像昨天那样把老李藏在卧室里。

老李的病是劳累过度引发的脑萎缩。最先表现在视力上,看东西模糊,有黑点,跟着听力也开始弱下去。来山南援藏的干部带他看过不少医生,前前后后七八年,终究没挡住病情恶化。到现在,他的视力彻底丧失,听力也只剩游丝样微弱了。

见老李的第一眼我很意外。我原以为,一个置身黑暗与无声世界八九年的病人,多少会有些阴郁或暴躁,身体也不见得有多好。老李恰恰相反。

他坐在院子里晒太阳,橙黄色毡礼帽,藏青色棉衫,朱红色裤子,裤脚在脚踝处收紧,套进高帮旅游鞋里。这一身,可比拉珍的要绚亮太多。

老李手里搓着一串金丝楠木串,面容平静。

拉珍做好早餐,过来扶老李。

"今天的太阳有点大哦。"老李说。

"花又开了一朵,各人摸嘛。"拉珍贴着老李的耳朵,无缝切换至地道的四川话。因为要使劲喊,她脖子上冒出一根根青筋。

老李偏着头,过了几秒才全部听清。他摸着那朵月季,"开得这好哦。"

赏完花去水池边洗漱。刷牙、洗脸,最后一项是擦背。老李脱了上衣,抓住墙边的栏杆。"使点劲嘛。"老李说。他肩膀很宽,肌肉也紧。

"要好大的劲嘛。"拉珍蹲成马步，把全身的力气集中到两只胳膊上。

"轻了。哎呀，你吃饭没有嘛。"老李还是不满意，话没说完，拉珍猛一使劲，把老李推了个猝不及防。"臭婆娘。"老李骂着，转身抓她，抓了几下也没抓到。

擦完上身，老李坐回躺椅，问拉珍要烟。"忍忍。医生怎么说的？"拉珍说。老李没好气地说："那饭也别吃，水也别喝了嘛。"拉珍看了他一阵，只好给他点上。老李吸了一口，笑着说："这才是好婆娘嘛。"拉珍在他脸上狠狠搓了一把："老狐狸。"

老李每天都要走路锻炼。那是一条折叠的"路"，从扶杆这头到那头，一趟二十米。老李的脚落得稳当有力，能踩出脚印似的。与步伐同频的，是朝后打开的胳膊，如同划开深湖的船桨。他来来回回地走，似乎有意忽略了那个转身的动作，把折叠路拉长了，走向了远方。我看着他，心想，他的世界，是否真的如别人想象的那般单调乏味，无可奈何，如牢笼荒野？未必。或许他早已为自己创造了新的世界，在那里，他能看见蝴蝶翩翩起舞，听溪水潺流，感受万物生长，四季变幻。

拉珍忙完手上的活，坐到沙发上看字典。

"跟着旺久老师学了多久了？"我问。

"到今年八月二十号，就三年了。"拉珍说，"旺久心肠很好，是我们村里最好的老师，他跟很多人的想法都不一样。"她找出一沓写过的练习本和描红字帖让我看。那些练习本上的字，每行的第一个字都是手写的，工整规范。我问："旺久写的？"

"当然。我说过，他是我们村里最好的老师。"

"的确是个好老师。"这么多练习本，每一行写示范，得花多少时间啊。我又想起昨天他在茶馆赌钱时的样子，简直不像是一个人。

拉珍留我在这里吃午饭。她很少对我笑，话也大多带着针刺，可我能感受到她隐藏着的善意——她特意为我做了一道莴笋炒腊肉。要知道，她和老李都是不沾荤的。拉珍的川菜做得很地道，吃饭的时候她说，老李顿顿离不开大蒜和姜，刚结婚的时候，两人为这事拌了好几次嘴，但后来，她也离不开这两样，有时候吃糌粑还要来瓣蒜。

吃饭时我跟她说："晚上我跟你一起去卖花吧。"

"不可能。"她果断回绝了我，"你可真得寸进尺。得寸进尺——旺久教我的成语。"

我说："那你打算就让我一直在这里白吃白喝？"

"你要是觉得不好意思，可以帮忙给老李擦背的。"拉珍笑起来，又说，"你真打算天天来吗？我还没见过脸皮那么厚的。"

"我不仅脸皮厚，也不害臊。"我说，"兴许还能多帮你卖出点花呢。"

"别想了。"她往我碗里压了块肉。

吃过午饭，拉珍去给牛添草，让我在沙发上躺会儿。我待了会儿觉得无聊，出去找她说话。

牛圈是用石头围起来的露天式院墙，毡子遮起一个角落，供四头牛躲风避雨。院墙半人多高，贴满了密密麻麻的牛粪。因为日照充足，干燥得没一点味道。院墙后面有几棵很粗的杨树，枝干朝四处绽开，像腾空的礼花。长长的山脉横卧于天际，最远的几处山坳里还攒着积雪。

拉珍正把地上的新鲜牛粪铲进蛇皮袋子里。她脱了外套，露出里面的暗灰色薄衫。

"你这样会弄脏衣服的。"我说，"要不要我去把罩衣给你拿来？"

她停下来看着我，"你可不要小瞧我们这边的太阳，连骨头都能晒黑。"

"没事。"我拿起一块牛饼，拍了几张照片想要发给老叶，还是忍住了。

拉珍说，这些牛是她二妹的。二妹和妹夫在市里开店，牛交给她喂。我从她的话里整理出一些信息，他们兄妹四个，一起长大的只有姐妹三个，本来还有个大哥，不过一出生就让爷爷奶奶抱走了，他们住在县城，有工作，能让他有更好的环境。拉珍因此成为家中的老大。阿爸过世早，阿妈有严重的咳嗽病，两个妹妹都是她带。她没上过一天学，很小就出去做工给妹妹们挣学费。如今，哥哥在县里当医生，两个妹妹一个卖玉，一个开餐馆，只有拉珍留在村里。

"卖着玉还惦记着这几头牛，也该为你想想。"我说。

"顺手的事，我喜欢待在牛圈。"拉珍意识到跟我聊天是个错误，没再开口。

干完活，拉珍关好圈门出来，没急着走。她摘下帽子，将额前的头发理顺，朝对面的公路看了几眼。

"等人吗？"我问。

"呃，没有的。"拉珍说，"晒晒太阳，补钙。"

"等着把骨头晒黑呀？"我笑她。

"你这个人，可真是麻烦。"拉珍离我远了几步，很不高兴的样子。

一辆摩托车开过来，远远减了速。不是别人，是旺久。"嗨！"我跟他打招呼，"这是去哪儿？不用上课吗？"

"今天周六，我去市图书馆给孩子们借几本书。"旺久看了拉珍一眼，又看着我。我知道他疑惑什么，其实，连我自己也不知道拉珍为什么又接纳了我。我冲他摊开两手，意思是，我可什么都没做。

旺久从车厢里拿出一套《一千零一夜》给拉珍。他牛仔裤上残留着洗衣粉的水印，黑色 T 恤皱巴巴的，领口磨出毛边和一个个小洞，像被蠹虫咬过。

"呃，这么厚，得慢慢看呢。"拉珍说完，也把写好的作业递给旺久。旺久翻开看，指出里面的一个小错误，是"首当其冲"不是"首当其中"，拉珍赶紧掏笔改了过来。

"李大哥最近怎么样？"旺久说，"茶叶还有吗？"

"有的有的。"拉珍说，"你阿妈好点了吗？"

"好多了，这两天饭量比我还大呢。"旺久说完，问我晚上有没有别的安排，如果没有就去茶馆聊天，有个支教的老师过来，对藏戏很有研究。"大概五点半左右，你等我微信。"

我看着旺久朝前飞奔的摩托，这才发现车后捆着一只很大的编织袋。"又去看孩子了。他班上有几个孩子，家里情况都不太好，他隔一段时间就要去一次，带面包、牛奶。马上要冷起来了，这次肯定是去送棉褥。"她说得停不下来，目光也被远去的摩托车紧紧拽着，像是旺久这一去，就永远不会再回来似的。

天气好，老李会在院子里坐到天黑。正午过后的阳光有些烈，出发前，拉珍得把遮阳伞撑起来。

撑好伞，她抓着老李的手顺伞柄往下摸，保温杯贴伞柄放着，里面有续满水的热茶。接着，拉珍把他的手往后移了半公分，那里有个凳子，凳子上搁着晚饭——馒头或是一根水煮玉米。老李抬起下巴，两眼像封存的陈年旧物，笑容却生动，"晓得了，晓得了"。

拉珍将一个东西塞进老李手里。老李摸了摸："啥子嘛？"

"橘子。"

"好嘛，你快去嘛。"

"锁门了哦。"拉珍盯着老李，那副神态在我看来，像百炼钢化成了绕指柔。而老李，似乎也感受到了这份爱意，搂住她后背拍了拍，"锁嘛。"

我也背起包准备出门。离旺久说的时间还有两个多小时，我打算去茶楼要壶茶，边喝边等。拉珍说："你是真打算再去那边吗？"

"那我能去哪儿？"我说，"总比一个人回酒店待着强吧？"

"你就这么闲不住吗？"拉珍锁好门，把帽子两边的丝带在脖子底下打了个结，停下来说，"如果你还想跟我去，就赶紧动身，喝酒还是卖花，你选一个吧。"

"当然选你。"我说，"不过，李大哥呢？一个人在家可以吗？"

"儿子安了摄像头，随时都可以在手机上看。"拉珍说。

院子里传出老李的歌声："去年种的青苗，今年已成秸束。少年忽然衰老，身比南弓还弯。花开季节过了，玉蜂可别惆怅。相恋的缘

————————————————冰裂纹笔记

分尽了，我也并不悲伤。"

我停下来，想把整首歌听完。

拉珍说："仓央嘉措的诗，仁青教他唱的，仁青是我儿子。"

"真好听。"我说，"没想到李大哥有这么好的嗓子。"

"他故意唱给我听的，好让我觉得他更喜欢一个人在家里，让我出门后不那么担心他。"

我大约能体会出老李的心意。病了这些年，他何尝不是每天沉浸在内疚和懊恼中。当有了市里那套房子，老李俨然找到弥补的办法——让她离开这个院子，像鸟一样飞出去，哪怕只是一个短暂的傍晚。

路两边是成排的杨树，枝叶在风中摇摆，哗哗的声音像海浪在拍打沙滩。拉珍说："我和老李刚认识的时候，这些树才小指粗。老李当时还说，等树粗到他胳膊，他攒够了钱，就带我去措嘎湖。现在你看看，比老李的腰都粗了。"

"后来去了吗？"

"没有的。工地一个接一个，忙完工地的事，自己还要盖房子，还要帮二妹家盖房子，活怎么干都干不完，后来又有了仁青，每天总是忙得像个陀螺。等日子好过一点的时候，他就病了。"拉珍看着窗外，"时间过得真快啊。不过，也没什么后悔的。"

"措嘎湖，我好像还没听说过这个湖。"

"很少有人知道那里。它藏在很偏僻的深山里面。传说很多年前，湖水是像牛奶一样的乳白色，圣洁纯净。"

我说："要不过几天，我陪你去吧。带上老李。"

"不用。"拉珍说，"去了看不见，他会更伤心的。"

五

拉珍没有全程带着我。在路边搭上顺风车后，她直接送我回了酒店，说晚上十点多再来约我。"那时候歌厅才有客人，我得先回去补一觉。"听上去，也不是没有道理。我说，我会九点五十五的样子在楼下等着。拉珍说："最好多穿点。"

之后的几天，我白天睡，晚上跟着拉珍穿梭在大大小小的 KTV，有时候也去朗玛厅。老实说，头一个晚上，我就撑不住了，体力上的消耗算轻的，机械、重复的话语也挑战着我的耐力，最压抑的，是不断被人拒绝所带来的挫败感。这只是短暂的体验，但当我从歌厅离开，回到酒店，仍然没办法从中迅速抽离出来。我也不知道自己为何会生出那样的不安和恐慌。

之前拉珍捉摸不透的情绪令我多少有些膈应，但那几天下来，我对她充满敬意——生活注定艰难，但她从没丢失在泥泞中大步向前的勇气。她似乎是愚钝的，愚钝地将一朵朵花卖出去，用几元几角的差价让老李和儿子尽可能过得好一些。除此之外，她似乎什么想法都没有。

卖花这事听起来也算门生意，但完全处于被动，好坏全凭运气。运气只能不厌其烦地去碰，山南的歌厅分布很散，从东到西，从南到北，一圈兜下来，等于是将整个市区绕了一遍。忙起来的拉珍几乎没什么话，停车，拿花、上楼、进包房、出包房，下楼、放花、骑车，有种屏息凝神与时间赛跑的意思。但这样的认真和专注并不意味着一定就有回报，客人们对几百上千的包房费满不在乎，开起各种酒水也从不眨眼，轮到这几十块钱的小物件就变得迟疑起来。拉珍唯一的经验是，等凌晨过后，客人都醉了，就会变得爽快大方。歌厅凌晨三点后打烊，打烊前的两个多小时由此显得弥足珍贵。这个时间段，拉珍几乎是跑着上楼梯的，急迫中带着矛盾——她想多卖点花，又不想看他们喝得烂醉。为了弥补某种愧疚，她又变得不那么赶时间，会在某个呕吐的人跟前停留一会儿。

每天晚上，拉珍骑电驴带着我，沿着空荡荡的大街陆续拐进每一家歌厅。街上是寒冬，歌厅里却是炎夏，我和拉珍的大棉袄显得突兀滑稽。当厚重的大门推开，震耳的音乐声和欢呼声洪水般涌过来，突兀和滑稽会再一次加重。我在人群中寻找着那张可以突围的脸——男的，面容和善的。通常，寻找尚未结束，就有热情的藏族男人过来拉我。"嗨！紫玛。"他们这样叫我，喷我一脸酒气，"一起玩吧，一杯酒一朵花，我全买了送给你，怎么样？"

有时候也会误入十分安静的包房，几个男人坐在那低声说话，我的出现让他们很扫兴，"女人都没有，你要我们买花？最好快点滚出去。"我灰头土脸从房间出来时，拉珍也正从对面的房间退出来。她从我脸上看出什么，安慰我说："我们藏族男人，看见漂亮女人，就像烧开的水，滚烫滚烫的，凶的时候也不是真讨厌你。"

"下次再碰上他们，我就跟他们喝了。灌倒了再卖花。"我说。

"呃，那你就是傻瓜三妹了。"拉珍笑了笑。

有天在赶往下一家歌厅的路上，天下起了雨，我俩只好顺道回了酒店。已近凌晨两点，我劝拉珍睡下算了，她不同意，她说她从不把隔夜花卖给别人。她怕自己睡着，在屋子里来回走动，隔一会儿就用冷水浇把脸。

"你是真不容易。换我们村里的那些女人，早跑了。如果换是男人，那就跑得更快。"

"开了头就好了。"拉珍说，"第一年的时候，歌厅没现在这么多，我只能天天去朗玛厅碰运气。朗玛厅没有包间，全敞开的那种，酒桌摆得密密麻麻，大家聚在一起划拳喝酒，根本听不见我在说什么。我还记得我的第一朵花卖给了一个年轻小伙子，玫瑰。他给我递钱的时候，我激动得不知道是该先找钱还是先给花。手忙脚乱的时候，玫瑰花刺划伤了他女友的胳膊，我看着渗出来的血，不停说对不起。我害怕极了，怕她改变主意不要花了，呃，当时，我真是恨不得给她跪下呀。不过，那个女孩竟然什么也没说，真是个善良的好人啊。"她一脸动情，眼里像是装满了月光。

她说完看着我："你是不是有什么事？"

我犹豫片刻："我要问了，你可别生气。"

"不会的。"她说。

"你是不是喜欢旺久老师？"

"胡说八道。"拉珍的脸唰地红了，像只瘪掉的气球，"雨停了，我得走了。"她腾地站起来。

"我没觉得有什么，真的。我倒希望你是个自私自利的女人。"我也起身。

她背对我站了几秒，抱着花出去了。

六

小刘从玉麦回来后请我吃大餐。电话是上午打来的，我正睡得天昏地暗。"先吃午饭，晚上带你去看演出，你还没看过这边的演出呢。"他说完，我睡意全无。与其说是对小刘安排的活动感兴趣（事实上，如果是在武汉，我怎么都不可能跟小刘单独吃饭），还不如说是我找到一个很好的不去卖花的理由。这几天，拉珍越来越习惯我的陪伴，我却力不从心，以至于看到她那辆小电驴就有暗无天日的绝望。

我给拉珍发了语音，编了一个比吃饭更重要的理由。拉珍的语气听上去有些低落。

小刘挑了家粤菜馆，还拧着茅台。没等菜上桌，我倒了一小杯先闷了一口。小刘笑我："报复性放纵啊，采访采抑郁了？"

"再卖下去我得疯掉。"我说。

小刘哈哈哈哈哈，摆弄着包房里的唱片机。阳光斜着照进来，在花鸟墙纸上投下几道亮光。音乐响起，旋律欢快，歌词肤浅倒也令人轻松。小刘也倒了酒跟我碰杯："来，敬自由。"

菜陆续上桌。法式煎鹅肝、沙司酱虾球、浓汤鳕鱼羹、金勾荬白面。小刘又招手加了道一品菌："来了这么久，得请你吃顿像样的。"

"生命诚可贵，自由价更高啊。我随时都能扔掉那些花，把生活拨回原来的轨迹，喝咖啡、逛街、睡懒觉，可拉珍没有退路，没有其他选择。一想到这些，我就说不出的难过。"

小刘笑我太容易被传染："说白了，逃也逃不掉。谁过得容易？受苦的路数不一样罢了。话说回来，可能她自己并没觉得有多难，她有爱情，爱能战胜一切。"

"爱情。"我笑笑，把酒干了。

小刘给我盛了碗汤："想老叶了吧？他昨天还跟我联系了，批评我不该把你一个人扔这里。你说他讲不讲道理，我不是得跟剧组跑吗？再说了，又不是我的女人。"

我说："好好儿的提他干吗？"

"提不提，你不也天天惦记着吗？对了，关于投资的事，我打听到了一点。"小刘卖起关子，"我要说了，你怎么感谢我？"

"爱说不说。"

"还记不记那个叫雪莉的女孩儿。腿很长，这里——"他在胸前托了托，"特大。"

我当然记得。老叶老家的人，跟他还是同族。我对她印象深刻主要是因为她不俗的外形，身材丰满，长相清纯。去年公司拍一部微电影，老叶找她来试过镜，可惜完全不是演戏的料。我盯着小刘："怎么，老叶喜欢上了？"

"老叶喜没喜欢上我不知道，但投钱的那老板喜欢上了，老叶搭的线。"小刘压低声音，"还是个雏儿。"

我盯着小刘："老叶能干这种事？"

"老叶怎么就不能干了，你可别说他是圈里的一股清流。"小刘笑笑，"他已经出卖过一次肉体了，还在乎再出卖一次灵魂？"

"嘴真欠。"我有些烦他，"老叶对你可不薄。"

"开个玩笑你还心疼上了。好了，不说老叶了，说你。你真打算在他身上耗一辈子？"

"谁在他身上耗了？——你别这么看着我。"

"跟着我吧。"小刘仍然紧盯着我，像要把我死死勾住，"我跟老叶不一样，你在我眼里，独一无二。"

"扯什么淡，喝多了吧你。"我又急又气，刚起身，被他从后面抱住，手也开始不规矩。我全身僵硬，不敢确定这真的是小刘。我还记得他刚进公司，跟人说话腿会发抖，也不敢看人眼睛，看着让人心疼。

我让他等一下。他松开我，把我扳过来，毫无畏惧地看着我，一只手再次从衣摆伸进去。

我给了他一巴掌。

从饭店出来，胃痉挛得难受，冷汗像蚂蚁一样密密麻麻往外爬。我极力撇开恍惚，盯着不远处的斑马线，想快速经过它，去马路对面打车。一声尖厉的响声在耳膜上狠狠剐蹭了一下，刺痛难忍，接着是膝盖——我这才发现自己被一个黑色引擎盖顶住了。围过来几个人，一个男的冲出来跟我叫嚷，气急败坏。我被人拉到路边，耳朵里的刺痛还没消失。那个司机骂我的话变成了小刘的——装什么装啊。告诉你，公司里上过老叶那张大床的，可不是你一个。

拉珍在洗衣服。我去了餐厅，一头倒进沙发里。拉珍跟过来问我怎么了："你脸色有些差，生病了吗？"

"一点小感冒。"

"你说谎。你喝酒了，还哭过。"她说，"不是说有事不来了吗？"

"又改了，计划赶不上变化。"我说完，压下去的伤心再次涌上来。来的路上，跟老叶在一起时的点点滴滴不断在脑海中闪现、回放。但我必须要正视一个现实：这些被我视为生命一样重要的回忆，并不属于我一个人。我早该明白，老叶的爱固然真心，却也是广博的、共存的、叠加的。他会坐在另一个她身后，为她吹干湿漉漉的头发，为她买回好看又保暖的拖鞋，将她扔在床头的衣服一件件叠好，放进干净的置物篮里。某个温存的时刻，他同样会在中途停下来，附身看着她，用交代后事一样的语气说，给我生个孩子吧，等以后我死了，他来替我照顾你。

想着这些，我不争气地流下眼泪。

拉珍说："睡会儿吧。睡会儿就好了。"她为我搭上毯子，关门出去了。毛毯刚刚晒过，有吸满阳光的干草味道。我蜷在里面，透过玻璃看着院子里的拉珍。她在敲棉絮，木棍一下一下，在棉花上留下浅浅的痕迹，很快又消失了。我有了困意。

睡梦中，有人叫醒了我，是老叶。我有些惊讶，问他是怎么找来的。他蹲在我面前，只是笑，让我快起来。我俩说起电影梗概的事，他一点都不认同我的想法，说必须要按投资方的意思弄。我俩很快吵起来，老叶抓过一个杯子扔到地上，茶水四溅。

睁眼时，我的手朝前伸着。老叶似是刚从指间转身而去。拉珍轻声说："你一定是在做噩梦。"

她给我端来一碗玉米粥。玉米粥熬得黏稠，最上面盖着一层浅浅的淡黄色的浆汁。我喝了一口，温热裹着香甜顺喉咙流淌而下，身体舒畅不少。我说："要不跟李大哥商量商量，我跟着你们一起过算了。多好啊，有吃有喝的。"

"还能天天逛歌厅吧。"拉珍坐到我旁边，扶着我小腿说，"我猜，你心里也有个忘不掉的男人吧？"

我给她说了老叶，从头到尾，细枝末节。拉珍叹了口气："女人一旦动了心，到死都不会清醒。"

"是啊。"我说。

"你那天说的是真的？说我……喜欢旺久的事。你真觉得没什么吗？"

"当然。"我说，"你喜欢他，有什么错呢？"

"大概只有你会这么想。但你肯定想不到我做了些什么。一会儿你跟我到了那边，肯定会捂着嘴巴在心里说，呃，这个女人，简直就是个疯子。"

七

我没明白拉珍话里的意思，直到我跟她进了那间出租房。

一间三十平米的单身公寓，进门左边是厨房，右边是卫生间。再往前是一间没有隔断的大房子，这间房子被布置成了婚房。

到处都是醒目的红色。红色的枕头，红色的被褥，红色的气球，红色的彩带，床下的两双拖鞋也是红色的。床头柜上放着一个相框，里面夹着张纸，上面歪歪斜斜写着两个人的名字：旺久、拉珍。

旺久似乎来过。床头柜上有烟灰缸、打火机和香烟。墙角的衣架上挂着他的衣服，崭新的T恤、牛仔裤和一件华丽的藏袍。卫生间里有他的牙膏、牙刷、毛巾、剃须刀。

我回头，撞见拉珍忐忑的眼神。"坐吧。"她慌忙拉过一把椅子，"说吧，你想说什么都可以，包括骂我。"

"没什么。"我说，"我为什么要骂你？"

"谢谢，谢谢你这样说。"拉珍抚摸着那些衣服，"每隔半个月我都会洗一次，别的东西也是，我想让它们都干净着。只是委屈旺久了。"

她找出折叠床，靠窗户支开。又从衣柜另一侧找出干净的枕套、床单和被子。"你睡大床吧。"拉珍说。

"不。"我说，"我喜欢靠窗，小床给我。"

她铺好床，从枕头下拿出把刀："这是我在八廓街买的，一直想送给旺久。他是康区人，康区人特别爱刀。"

刀很压手，有复古的神秘之气。白银的刀鞘，正面雕有龙身，背面刻着卷草纹和藏文，柄尾嵌着一颗珊瑚珠。"这是一位老匠人打的，祖传的工艺。旺久一定会喜欢。"

"可怜的旺久。"我说，"他什么也不知道。"

"不会让他知道的。"拉珍说，"旺久的老婆死了，孩子只有五岁，还有阿妈要照顾。我不会给他添麻烦的。可我又没办法不想他。你说，这一切会不会是对我的考验？"

"一切都会好的。"我说，"不过我觉得，旺久不是那么木讷的人。除非他假装不知道。"

"他不会假装，我能感觉出来。他大概做梦也想不到，我是个跟次曲不相上下的女人。"拉珍说。

"次曲？那天在茶楼，好像听人提过这名字。"

拉珍笑笑："我就知道他们会说那些。他们喜欢踩着次曲赞美我，多可笑啊，我并不需要那些没用的赞美。"

"她怎么了？那个次曲。"

"好几年前的事了，跟一个医生，叫丹增。次曲找他看病，看着看着就喜欢上了他，一年之内流了两个孩子。两人说好，等次曲离了婚，丹增就娶她。次曲就去拉萨找她男人，等她拿着离婚证回来，丹增却反悔了，说那都是酒话。他开始躲着她，又认识了新女朋友，说要正儿八经地成个家。就在他结婚那天，次曲冲上去捅了他一刀。那一刀，差点要了他的命，也把她自己变成了大家眼里的坏女人。"

我暗暗惊讶："后来呢？"

"去拉萨开了个发廊，专做那种生意。"拉珍拔出刀鞘，又轻轻套上，"我真担心自己会跟她一样。"

"你不会的。"我一转头，又看到床头柜上的相框，只有两个名字的相框，心口隐隐作痛。

"算了，不说这些事了。"热水壶的水开了，拉珍倒了两盆热水，"一会儿要不停地走路，先把脚养养。我现在习惯了，不泡脚就睡不好觉。"

泡脚的时候，拉珍说："我给你讲个特别好笑的事吧。有一次我推开包房，看到两个女人正拉着一个老头儿喝酒。那两个女的穿的很少，只比泳衣多一点点，她们很大声地笑着，把老头儿的上衣也脱了。我走过去，很快愣住了，是村长。我赶紧说，呃，扎西大哥，您也在呢。"

我打断她："村长不是叫次仁吗？"

她去卫生间换了件蓝色碎花棉布睡衣，放下来的头发长且柔顺。她接着说："扎西是次仁的哥哥，两人双胞胎，长得一模一样呢，连近视眼都一样，都戴着眼镜。过了几天，村长碰见我，专门叫住我说，呃，拉珍，听我哥哥说，有天在歌厅碰见你了，说你不容易。你真是不容易啊。我赶紧说，是啊是啊，扎西大哥一口气买了六朵花，真是好人呢。"

我和拉珍哈哈大笑。我说："村长一定在心里说，这个拉珍，真够笨啊。"

拉珍说："我希望他们觉得我笨，笨得什么都不懂。"

我问她："猜我这时候在想什么？"

"什么？"

"我想把你的刀啊衣服啊，全送给旺久。"

"好啊，我就说是你送的。你爱上他了，要嫁给他，给他生儿子。"拉珍说。

"你是不是特别想这样？"我问。

"如果我真这么做了，我不会原谅自己。"拉珍说，"可我每天就是一边这样告诫自己，一边做着美梦。去年七夕节，街上全是一对对恋人，我卖完花回去的路上，突然想去找他。我真这样做了，骑着车，到他家时已经是后半夜了。"

"然后呢？你给他打了电话？"我问。

"是想这样，但没敢。我坐在院子外面，看着月亮，喝着酒，我带着酒去的。天快亮的时候，我怕被人看见，又骑着车回了家。那天中午，他来给我送作业本，气呼呼地说，昨晚不知道是哪个酒鬼，竟然醉在他家门口，还吐了一地。我一听，吓得赶紧回到牛圈里，生怕他闻到我身上的酒味。"拉珍说完，自己先笑了。

"如果他真闻到了，兴许那张纸就捅破了。"我说。

"不会的。还有，"拉珍说，"纸糊得很厚，跟墙差不多了。"

我俩各躺着一张床，等待夜幕降临。窗外是块草地，除了一排千年矮，还有几棵我叫不出名字的树。树皮是褐色的，树干纤细，玫红色的花朵像麦穗一样垂下来。拉珍的房子在二楼，窗户与那些树差不多高，那些麦穗样的花仿佛就垂在我枕边。风把窗帘吹得鼓了起来，我起身把窗户关严，问拉珍："到了冬天，卖花就有些冷了吧？等仁青参加工作，你就不用这么辛苦了。"

"我很喜欢冬天的。到了冬天，老李会在被窝里等我。他抱着我的时候，我就觉得雪开始化了，太阳照在房顶，春天也快来了。有时想想，也许还有些女人，连个抱她的男人都没有呢。这样一比，我也不算是最苦的。"

"就是我啊。"我说，"我就没个抱我的男人。"

"你这么好看，心又好，要是在我们村，不知道能换多少头牦牛呢。"拉珍说，"把那个让你哭的男人忘了，来我们这里，找个天天让你笑的。"

"不一定能找得到呢。家务做不好，地里活不会，万一还不能生儿子，天天被男人骂得哭。"我说。

"是啊，要当个好老婆，可真不容易。"拉珍说。

"有没有想过干点别的，兴许也不比卖花挣得少。"我说，"起码能睡个好觉。"

"我喜欢卖花。我喜欢看那些女人收到男人送给她们玫瑰、百合。"拉珍顿了顿说，"不过我也有私心，这样一来，我就有理由租下这个房子。"

我听出她笑声里的倦意，说："睡吧，我也有点困了。"

我对着窗外发了会儿呆，再看拉珍，她半张着嘴，一动不动。像是困顿骤然而至，她还没把剩下的话说完，就被拽进睡眠深处里去了。

拉珍很认真地睡着了，在她精心布置的婚房里。这样的睡眠跟休息无关，更像是为后半夜的奔波辗转积攒力量，为一家人讨生活。我无法相信，在过去的两千多个日子里，她每天都必须重复这样的生活，把傍晚当成黑夜，将黑夜变成忙碌的清晨。

傍晚六点多的时候，大楼起了嘈杂。放学的孩子的嬉闹，大人的呵斥，以及停车场不间断的鸣笛。家家户户开始忙晚饭，锅碗瓢盆交织，叮叮哐哐，油烟味四处穿行。拉珍的婚房成了一座远离人间烟火的孤岛，四周只有茫茫海水。偶尔，泡菜坛子会在角落里"咕咚"一声，像在努力地融入，但很快又被接踵而至的声音淹没。天黑下来，与屋内的昏暗连成一片。拉珍起了鼾声。我远远凝视着她，模糊的光线里，她蜷着的身体只占了整张小床的一半。

我们是晚上十点半出门的。拉珍清点好包里的东西，手机、钥匙、零钱以及收款二维码。收拾妥当后，她拿起喷壶醒了醒玫瑰和百合，我看着花瓣上的水珠，打了个激灵，也跟着清醒不少。

大楼很安静，拉珍低低"噢"了一声，感应灯惊慌失措地亮起来，她走得更轻了。

树枝集体在夜色中摇摆，我和拉珍的围巾被掀起来，紧紧贴到脸上，棉袄也被吹成薄衫。拉珍在广场中间站了一会儿。月亮出来了，月光像打翻的汁液从瓶口处溢出来，分成无数支溪流游走至不同的方向。云海沸腾着，纷纷跳进溪水之中，被反衬出琥珀样的通透。

"真好看啊。有时候我看着看着，就感觉自己要飞起来，飞到那棵桂花树下。"拉珍仰头看了一阵，拖出小电驴。

"后天你有时间吗？如果可以的话，我想请你一起来给老李过生日。"她说。

"当然可以。"我说。

小电驴在空无一人的大街上疾驰，风像锯齿划在脸上。拉珍伸直了背，让我把身子缩着点。我从后面抱着她，她的身子裹在棉袄里，比我想象的还要瘦小。

八

老李生日那天穿得一身崭新。暗红色的唐装，黑色绒裤，还换了顶新帽子。拉珍牵着老李，问我帅不帅，像在展示一件宝贝。

"帅呆了。"我说。

拉珍笑出了声。她把买来的牛奶、烟、芝麻糊和一些水果依次放到老李怀里，一件件让他摸，"徒弟们都来看你喽，跟你学贴砖的那个小袁，想起来没得？"

老李连连点头："晓得晓得，那个地滚滚嘛。他人呢？"

"他出远门咯，派婆娘来的。"拉珍使劲喊着，看了我一眼。

我本想学拉珍凑到他耳朵边喊一嗓子，又怕露馅，只是握住老李的手拍了拍。接着，我又扮演了另外两个徒弟的婆娘，以及拉珍的二妹，跟老李反复握了手。

"进去坐，都进去坐嘛。"老李也拍了拍我的手。

老李生病头几年，每到生日情绪就有些反常。最严重的一次，他用铁丝戳过自己的喉咙。这几年好了很多，但也会偷偷哭。"偷偷哭就偷偷哭吧，比戳自己好。"拉珍说。

她开始备午饭，我跟进厨房给她打下手。"以前，家里人最多的时候就是老李生日那天，比过年还要热闹。我提前四五天就要开始忙，打满桶的酥油茶，煮好牛肉、羊肉。徒弟们总是约好了一起来，挨个给老李献哈达，老李坐在中间，头发梳得油亮油亮的，不知道好得意呢。大家从中午就开始唱歌、跳舞、划拳，一直要闹到后半夜。生病后，老李再也不过生日。来看他的徒弟，都被他骂跑了，但我知道，他又很怕他们不来。这一次，大妹二妹实在抽不开身，只好麻烦你了。"

"其实——我感觉李大哥应该知道只有我一个人。"我犹豫着说。

拉珍笑了笑："可能吧。"

"他是真心疼你。"

"我也就装着不知道吧。这样挺好的，一屋的人，多热闹是不是？"拉珍说，"不说这些了。"

拉珍做了满满一桌菜和饮品。麻婆豆腐、宫保鸡丁、糌粑面、酥油茶和血肠。老李抬头看着对面说："大家多吃菜哈。"拉珍低着头，有些难为情。她默默地倒了半碗糌粑面，放进酥油、白糖，一边转动着碗，一边把面往茶水里压，让它们成为黏合的团子。

"我俩是在工地上认识的。我在工地调砂浆，脚被水泥烧伤了，他就给我买来胶靴。见我顿顿吃糌粑，总觉得我吃不饱，就塞给我馒头和鸡蛋。我不要，他就黑着脸吼我，要你拿你就拿嘛，麻烦的瓜女子。"

我被拉珍的模仿逗笑了。

"阿妈经常说，老李是来帮我们家的，大妹二妹也都这么说，后来，儿子仁青也这么说。他们说的没错，事实就是这样。我每天都想着他们的话。"

"老李为你们家做了不少事？"我问。

"我十七岁的时候，有人来家里说亲，让我嫁给达娃和他哥哥。达娃不会说话，他哥哥是个暴脾气，经常把达娃打得鼻青脸肿。但阿妈还是同意了这门婚事，家里实在太穷了嘛，如果我嫁过去，他们会送我们家三头牦牛。那时候，三头牦牛值很多钱了。达娃和他哥哥经常来家里找我，我为了躲他们，天不亮就去工地，晚上收工了也不敢回去。老李知道了这事后就问我，愿不愿意跟着他。我想了想，说愿意。我带着老李回家见阿妈，她死活不同意。有天晚上，阿妈犯咳嗽病，咳了很多血。我哭着跑去寺庙请喇嘛，半路上被老李拉了回来。他借了辆拖拉机把阿妈送到医院，那是阿妈第一次住院。医生说，要是再晚一点送来，人就没有了。那次要不是老李，阿妈可能就离开我们了。老李生病后，阿妈、妹妹都让我要对他好。我儿子仁青也说，你一定要对阿爸好。"

"李大哥是个好人。"我说。

拉珍看着老李："他要不生病该多好啊。"

老李面无表情地吃着饭，对所有的事情一概不知。那一刻我更加理解了拉珍，也许，她难忍受的不是日子的艰苦，而是黑洞一样的却又逃不出去的孤单。

下午去市区拿花，我让拉珍多拿二十朵玫瑰。我假模假样分析，今天周六，又是端午假期，肯定不一样。拉珍连连摆手，说跟这个没什么关系。

"我有预感，我预感很准的。"我说。拉珍犹豫了会儿，没再反对。

也是巧，那天正好碰上一个公司聚餐，男男女女十几号人。我让拉珍把这个大包房交给我。

我抱着一大捧玫瑰，又拿走拉珍手上所有的百合。来的时候我就想好了，今天要让拉珍放个早工。办法也简单，买一朵送一朵，碰上稍微对我客气点的，索性白送。为了不让拉珍怀疑，我在包房里磨蹭了好一阵——送完花，我以一个来藏体验生活的编剧的身份跟一位大叔聊了会儿天，还探讨了一会儿民族唱法。等我下楼到大厅，拉珍已经在那等我了，手里的毛绒熊一只都没卖出去。她看着我两手空空，嘴巴好一阵合不上。

"碰上几个援藏的老乡，全要了。我说我今天有预感吧。"我把钱从微信转账给她。她看了一眼说："谢谢三妹。"

我问她要不要去我房间喝酒，拉珍竟然一口答应。到了酒店楼下，她让我先上去，说想给儿子打个电话，等再进房间时，手里拎着一大袋卤菜和啤酒。我瞬间明白过来，为自己幼稚的伎俩惭愧。

"你太跟我较真儿了。"我说。见我不太高兴，拉珍说："三妹，你的心意我知道的。可是我不想你这样。我一点都不觉得苦，真的。"她打开啤酒递给我。

喝酒时，她给我看了一张她和老李年轻时的照片。那时候的老李很瘦，短寸头，五官轮廓分明，一对剑眉。那双眼睛是全身的重点，矍铄、明亮，还有几分冷酷和严厉。难怪拉珍当年会毫不犹豫地嫁给他。不过拉珍也是百里挑一，大眼睛、高鼻梁，比电影明星差不了多少。

"郎才女貌啊。"我说。

"这是我们刚结婚的时候，他三十五，我二十。"拉珍说。

"你挺适合红色的。"我说，"以后穿鲜艳点嘛。"

"老李又看不见，穿成那样想给别的男人看吗？村里人一定会这么说。"拉珍笑起来，"要是他们看到了我的'婚房'，一定会当场昏死过去。"

我也觉得好笑。我拿给她一条丝巾，有天逛街时买的，鲜嫩的粉色很衬她皮肤。"可我没什么送你。"拉珍摸着围巾。

"把酒干了就行。"我说。

她仰头把剩下的半罐喝完，嗫嚅着说："有件事，说出来真的是——我跟老李，好多年都没做爱了。"

我怔了一秒，没料到这个词会从拉珍嘴里说出来。"是生病之后吧？"我问。

"嗯，对他身体不好嘛。不过也没什么，真的，我就是这时候喝了点酒，随便瞎说。"

拉珍仿佛手持一只带魔法的滤网，轻轻一抖，留下来的都是温热、明亮的珍珠。所以，她依然有理由去善待身边的人和事，依然有足够的勇气蹚过艰难，依然相信前面还有美好的东西在等着她。其实，跟她相处的这些天里，我不止一次地生出羞愧，为自己的虚荣、自私、轻浮和虚假，为自己说过的那么多谎言、做过的违心事、心生的恶念。我像被一道柔光包裹，唯有拿出所有的善意和真诚，以配得上坐在她旁边，听她说话。

我俩喝光了所有的啤酒。拉珍打坐样定了会儿神，起身穿了外套。

"我想去见旺久，把东西送给他。"她说，"之后，我就不再想这个事了。"

"现在？"我问。

"嗯。他今天在市里开会，我知道住哪个酒店。几天前他说起过的，所以，也一直带在身上。"她撩起毛衣，露出贴身的藏刀。

她又开了一瓶啤酒，咕咚几下，一口气喝光，脸上涨满春潮。

我给旺久打了电话，约他在广场见面。气温比前两天还低，我和拉珍在冷气中打着哆嗦，没一会儿，见旺久从的士上下来。"你们喝酒了？"旺久老远就说，"就感觉电话里不太对劲，真是，你们怎么想起来喝酒了？"

"酒能壮胆啊。"我笑道。

"是啊。我要变成武松，上山打老虎了。"拉珍像是被莫名戳中了笑点，笑得止不住。

旺久看看我，又看看拉珍，点点头说："看来酒还真是个好东西，多好的两个女人，被酒变成了女疯子。"

我把拉珍往前推了推，对旺久说："电话是我打的，但有事找你的是她。你俩慢慢聊，我转转。"旺久看了我一眼，让我别走。拉珍停住笑，也说："对啊对啊，别走。也没什么大事，就是——"她把刀掏出来，递给旺久，"送给你。"

旺久接过刀。他显然很喜欢，但似乎又不得不腾出心思细想拉珍的话。旺久看刀的时候，拉珍则盯着旺久，好像那把刀贴在旺久胸脯上、脖子上、脸上。

"是把好刀。"旺久收起刀递给拉珍，"请你们去喝茶吧，你们的酒需要醒一醒。"

"送给你。"拉珍盯着他说。

"这个——我不能收的。"旺久说，"你知道——"

"送给你。"拉珍盯着他，又说了一遍。

我往远处走了走，直到听不见他们的谈话。旺久又说了些什么，拉珍往后退了两步，身体一点点蔫下去。过了一会儿，她朝我这边走过来，脸在路灯下变成一张白色的纸。她边走边想把刀放进包里，可拉链怎么也拉不开，她停下来，使劲拽了一下，带着恨。

"走吧。"她站在我面前，脸上全是笑，"他说他不能收。"

旺久跟了过来，要给我们叫个车。拉珍说："不用了。"说完拉着我要走。旺久说："那我走路送你们吧。"

"别跟着我们了。"拉珍语气不太好。

正说着，几个男人从我们旁边经过，散出很重的酒气。一个人勾住旁边那个人说："看看人家，有老的有小的，多神气啊。你们怎么回事嘛，连杯酒都敬不下去。"

我和旺久都没说话，一群醉鬼，没必要理会。拉珍却开口了，走过去大声说："几个大男人怎么能说出这样的话？"

走在最前面的男人转过身。他穿着背心，戴一只很大的耳环。"说什么呢？老子想说什么样的话跟你有什么关系，老女人。"

拉珍说："老娘老不老跟你有什么关系。你们这些人渣。"

没等我走近，拉珍往后蹿了几步，跌倒在地上——耳环男动手了。旺久走上前说："你怎么能打女人？"

"你还知道心疼呢？"耳环男说完，身后的几个都跟着笑起来，有人还吹起了口哨。

我紧紧拽着旺久，让他千万别冲动。"走吧。"我说。

"现在走可不行。"耳环男指着拉珍说，"除非你跪下，给我们磕头道歉。"

"真不要脸。"拉珍说，"道歉的应该是你们。"

"少说几句。"我冲拉珍跺脚。我拉着她，准备离开，被人拦住。

"让她们走吧。"旺久说，"我留下来替她道歉。不是想打架吗？我们换个地方解决。"

耳环男笑笑："有种。难怪这么招女人喜欢。"

旺久说："你要是也有种的话，就让她俩回去。"

"回去报警吗？"耳环男生气了，"我劝你最好别耍小聪明。"

"行，我们跟着一起去。"拉珍说着，跟在耳环男后面，走得比谁都快。

一群人去了广场附近的一块空地，那里灯光暗一些，还围起了一方石墙。我们刚站稳，耳环男就给了旺久一拳。旺久起身，狠狠回了一拳，耳环男倒地时，发出一声闷响。其他几个人被激怒了，一起扑过来围住旺久，有的出拳，有的动脚，黑暗中，我闻到了血腥气。

"别打了。"我和拉珍大喊。我掏出电话想要报警，被守在身后的男人推了一把。"别惹事。"那人说。

这时候，耳环男拎起旺久，把他按到石墙上。

"我道歉。"拉珍冲过去说，"你放开他，我道歉。"

"跪下。"耳环男说，"我要听见磕头的声音。"

拉珍往耳环男跟前又走了几步，手上的动作很快。等大家意识到不对劲时，那只手已经开始往外冒血了。她抬到耳环男眼皮底下，另一只手举着藏刀，"这样行不行，不行就再来一下。行不行？"最后三个字，拉珍是喊出来的。

"真是个疯女人。"耳环男有些慌，放开旺久冲同伴们挥了挥手。

我叫了声拉珍，不知道该怎么办，旺久一把扯下拉珍脖子上的丝巾，让我快去叫车。往路边跑的时候，我两条腿绞在一起，根本跑不快。

从坐上出租车到进医院，旺久一直黑着脸。处理完伤口，医生看了我们好几次："桡动脉出血很快的知道吗？再迟一点就会没命。"他大致猜到了什么，有些气愤。

拉珍被送进留观室输液，旺久把开好的药递给我说："我先走了，有什么事就叫医生。"他右眼肿得很高，脖子上青了一大块，胸前全是血。

"我陪你去把伤口处理一下吧？"话没说完，旺久打断了我，说话的时候，始终没看拉珍。

"要走就赶紧走吧。"拉珍别过头说。她那件绛紫色的外套上也浸了很多血，已经变成了深褐色。

九

天快亮了，拉珍说要去趟寺庙。

她要去的寺庙不是每天转经的那座。这一座在东面，离村子有些远，得走一个多小时。

她先回家，像往常一样伺候老李洗漱、吃饭，然后换下衣服。朝村外走的路上，有几辆顺风车停下来问我们，拉珍都拒绝了。

"为什么啊。"我说，"拉珍，你这是作践自己。"

她头也不回。

寺庙依山而建，群楼簇拥，空旷之下尽显威严。

一个老人坐在门外的石阶上。她穿着深青色藏袍，银白的头发中分至脑后挽成髻，缠一根褪色的红色发辫，深棕色的脸上布满皱纹，眼睛明亮如炬。拉珍走过去跟她说话，只说了几句就哽住，要哭出来的样子。老人摸了摸她的脸，手上的经筒依旧转着，不紧不慢，稳当有力。她什么话也没说，只是握着拉珍的手，温和地看着她。

"去吧孩子。"老人说。

寺庙的大门旁有一面高大的墙，经筒沿墙面架着长长一排。拉珍依次拨动，金黄色的经筒像是被风吹过，轻盈地转动。

正殿在更高处，隔着一段又长又陡的台阶。

这一路走过来，我早精疲力尽了，没爬几步就胸口发闷，像严重的高反。我靠着围墙喘气，拉珍已经上去一大截了。她要我别停下来，不然会更累。

台阶尽头是一个围着栏杆的平台，一尊佛塔立在正中间。塔身七八米高，白灰抹面，青砖作底，腰身刻满经文。佛塔四周有一堆一堆的小石子儿，拉珍提醒我不要碰，这都是来祈福的人垒起来的，一颗石子代表绕佛塔转了一圈。我数了数，最多的有三十多颗。

喇嘛在正殿诵经。十多位喇嘛相对而坐，手持佛珠，诵经声错落和谐，如同天籁。拉珍在一旁站立，一直等着诵经完毕。

之后，她带我上了二楼的厅堂。厅堂里全是佛像，沿墙壁摆放了整整一圈。她把钱贴在额头，闭眼默念后放进供碗，双掌合于胸前，由上至下分别在额头、嘴边、心口停留片刻。尽管我是第一次见识藏族人布施，但还是感觉拉珍的动作有些用力过猛——若不是合十的掌心撑着，她的身体会朝前栽倒下去。在一个昏暗的角落，我瞥见拉珍飞快地拂去了脸上的泪水。

出寺庙后，拉珍的步子比来的时候慢了很多。我问起她拜佛时那套动作的含义，拉珍说："表明自己言行一致，没有虚假。"

回去的路上她没怎么说话。太阳从山脉后面升起来了，洒出大片的金色。路上走过来大片的羊群，羊倌把羊赶进草地，背对着我们撒尿。

拉珍这才停下，找了块空地坐下来。"没有几个人能做到央宗那样。"她说，"她92岁了，每天都会爬上台阶去庙里转经，做礼拜，六字真言都念了好几亿遍了。她腿脚不好，那些台阶只能一点一点地用两只手爬上去，但她刮风下雨都要去的。有一年，村里有人要磕长头去冈波仁齐，她把所有的积蓄都拿了出来，只给自己留了一点吃饭的钱。看到她手里那只经筒了吧？除了吃饭、睡觉，上厕所，从来都不离手，木把上都能看到指头的印记了。"

我明白她说的央宗，就是我们在庙门口见到的那个老人。"你也做得很好了。"我说。

"我做不到央宗那样，但我肯定会照顾好老李。"拉珍停下来，像在跟自己做保证，"我一定会做到的，肯定会的。"

"但是拉珍，你不许再像昨天那样伤自己了。"我说，"你得答应我。"

"会的。我当时就已经很后悔了。"拉珍低着头说。

我递给她一张打印的照片。这是有天她和旺久在牛圈旁说话，我偷偷拍下的合影。拉珍看了一眼，蹲在地上，好半天没起来。

十

回武汉那天，老叶在出站口等我，春风拂面的样子。他站在那儿，等着我像以前那样扑过来拥抱他。

"不舒服啊？"他没等到预期的回应，有点意外。"感冒了？"他接过我的箱子，闪了下手，又说，"把山南的石头都带回来了。"

"还好吧——我说的是箱子。"我说。老叶停下来看我，"西藏有多冷，把你都变成冰窟窿了？"他伸过手来搂我，我绕开了。

车里开着冷气，窗户关着，外面来来往往的人群和车辆，变成一部默片。"雪莉的事，是不是真的？"我看着他。

老叶按下半扇窗户，把烟揉成两截扔出去。他抹了把脸，抓过我的手，仿佛带着沉重的歉意，以前的，现在的。车里散出熟悉的味道，香烟、洗涤液、洗发水、香皂，混合或分开，都让我敏感到无法忽略。

"小刘跟你说的？"他问。

"他说的多了。"我说，"我还给了他一巴掌。"

"他怎么你了？"老叶看着我。

"没怎么。我在想，是他变化太大，还是我这么多年跟着你，让大家把我看轻了。"我抽出手，"电影的事，我想退出。"

老叶的手原地惆怅了几秒，回到方向盘上："说退就退，你也太任性了。难道再换一个人去采访？"

"采访毫无意义。你们的人设跟她根本就不是一个人。我的意思是，用一个所谓的爱情故事去诠释拉珍，太表面了。她还有更多让人震撼的东西。另外，别再让任何人去打扰她。"

"明天先碰头吧，把你的想法跟大伙儿说说。早上九点，我来接你。"老叶说完，扭头看了我几秒，不认识我一样。

电梯又在维修，老叶只能拎着箱子走楼梯。爬完一层就要在转角处歇会儿。他身材高大，茂密灰白的头发散在后颈。因为脊椎受过伤，他的背有些微驼。每次看他，我就会想起《美女与野兽》里那个笨拙又孤独的王子。

"你这件衬衣——有点大吧？"我说。

"好像是有点。"他把盖到手心的袖子朝上卷了卷。

爬完楼，我俩在楼道里站着，都没说话。站了一会儿，我接过箱子让他回去："快走吧，还打算目送我呀。"

"进去吧。"他还那么站着，笑了笑。

我进了屋，一点点关门，老叶的身体也一点点变窄。门快要合上的时候，老叶几大步走过来。

"说吧，你究竟怎么想的。"他像一个兴师问罪的小伙子。

"我怎么想的你难道不知道吗？"我看着他，玩笑似的说，"想要我开膛破腹，把心挖出来呀？"

老叶滚动着喉咙，没说话。时间一秒一秒过去，那股就要冲破他的热血也一点点退却，平静下来的老叶显得比任何时候都要理性。

"你回去吧。"我把他推出门外。我不想让他看出来——即便到了如此的地步，他仍然是我最爱的男人。

十一

闲下来的两个月里，我和拉珍每隔几天都会聊语音。伤口拆线之前，她的生意也一天没停。一想到她用裹着纱布的手骑车、奔走，我就担心得不行，可她根本不听劝。

和老叶不再联系后，我时常会陷入莫名的焦虑或烦躁，但只要翻翻照片，看看拉珍骑着电驴行驶在夜色中的身影，看看老李健硕的步伐，看看蓝天和云海，心情就会好起来。每一张照片都是治愈我的良药，让我学会区分虚无和真实。似乎，那个远去的自己正慢慢折回，与现实中的肉身合二为一。

有天下午，我在商场闲逛，看到一双特别适合拉珍的鞋。打电话问她鞋码，她声音嗡嗡的。

"你没事吧？"我问。

"旺久生了大病，昏迷了，情况很不好。"拉珍哭了，"我也不太好。"

我赶紧查票。次日正常的航班都没有了，我买了一趟从成都转机的，早上九点起飞，下午四点到贡嘎机场。

到拉珍家，天刚黑下来。院门开着，不见老李和拉珍。玻璃房那边透着光，我循着亮光走过去，听见低低的诵经声从某处传来。

我不知道拉珍家还有如此豪华的经堂。经堂打通了两间卧室，墙面是淡金色壁纸，凸起的花纹泛着金色的光。十多幅唐卡上画着吉祥八宝图，天花板做了吊顶，四周是金色的浮雕。正前方有一排比客厅里更高档的藏柜，上面立着巨大的佛龛，里面放满了各种盘供。神龛旁是大大的切玛，上面堆满麦粒和青稞粉，插着彩色麦穗。

拉珍背对着我跪在那里，一遍遍反复地默念，每一个字都像磐石样压着她。

我没敢打扰她，回餐厅坐着。过了很久，她过来了。我差点叫出声来，这哪儿还是拉珍，眼眶陷了下去，颧骨凸起，整个人像丢了魂似的。我愣在那，怀疑自己是不是听错了——病的不是旺久，而是拉珍。

"吃饭了吗？"她问我。

"我不饿。"我问，"旺久是什么病？"

拉珍摇头。她说，他是在学校被救护车拉走的，就是改着作业，突然倒了下去。这几天，拉珍心里记挂着，每天往旺久家跑，想去看看他阿妈和孩子——但也从来没进去过，只在院子外远远站着。来来去去地，老李没能按时洗漱和吃饭。本来，事情也不算太大，但被仁青在监控里发现了，打电话说了她一通，还告诉了拉珍的两个妹妹。

"阿妈昨天也来了。什么话也没说，但我比挨了骂更难受。"拉珍说。

"仁青这孩子，有点小题大做了。再怎么说，你也是他亲妈。"

"那也是我有错在先。"拉珍低下头。

"你有什么错？你做什么了？"我心里烧起一股怒火，也不知道是在生谁的气。

"我现在最担心旺久是跟老李得了一样的病。老李第一次发病，也是突然昏倒，昏倒不是什么好事。老李病了还有我，他家里，老的老小的小，以后可怎么办？"

"你跟他联系过吗？"我问。

"他把我的微信删掉了，电话我也别想打通。那件事之后，他委托了另一名老师来教我，不过我也不想学了。"拉珍苦笑。

"我们去医院看看吧。"我说，"我租了车，去也方便。"

拉珍犹豫地看着我。我说："走吧。别想这么多了。"

到了医院停车场，拉珍说什么也不肯上去。"你替我去看吧。"她说，"别跟他说我来了。"

我只好一个人去了住院大楼。去护士站问清楚了情况，悬着的心总算放下来。我找到旺久的病房，他正躺在那打吊针，仍旧穿着那件被蠹虫咬过的 T 恤，昏昏欲睡的样子。我在门口站了一小会儿，没进去。

拉珍在楼下跺着小碎步，想让自己暖和起来。我给她详细解释了什么叫耳石症，并告诉她，今天上午已经做了复位，再休息几天就能出院了。

"真的？"拉珍不敢相信。

我说："放心吧，跟老李的病不是一回事。"

拉珍问："他看上去痛苦吗？"

"一点都不，饭碗比牛饼还大。"

拉珍笑了笑，又问："你们说话了吗？"

"当然，我还替你拥抱了一下他。"

"替我？"拉珍眼神闪烁，"他一定很不愿意。"

"他没说什么，看样子是打算继续给你当老师了。"我说，"他肩膀很宽，很壮，不过身上的衣服的确该洗一洗了。"

拉珍笑起来，想了想说："能再陪我上去一趟吗？我……我还是想去看看他。"

我们去超市买了果篮。超市出口有面镜子，拉珍悄悄看了一眼，理了理头发。"几楼？"她问我。"七楼。"我说。"七楼。"她重复了一遍，紧紧挽住我胳膊，像是快溺水似的。

出电梯后，她让我走前面。我边走边想着跟旺久的开场白。那次拉珍受伤之后，我们也再没联系过。

走到病房门口，我猛地站住了。里面是我完全没想到的一幕，旺久的吊针还没打完，一个女人正在给他擦脸，他俩看彼此的眼神，很像一对恋人。

我转身时，拉珍已经走了。她走得很快，笨重的果篮不时绊着她的腿。她想扔下篮子，又狠不下心，这让她无比焦躁。

"走楼梯吧。走楼梯快一些。"我拉着她，拐进旁边的楼梯口。她继续快速地往前走，下了几层，站住，给了自己一耳光，跟着又是一个。

"拉珍！"我抓住她。

"我真是个傻瓜，笨蛋，我真是个令人讨厌的女人。"拉珍抵着墙，紧紧捂着嘴巴。那些被堵起来的哭声，被断成零星的碎片，从指缝里挣脱出来，在楼道间压抑地游走。

楼上有脚步声，拉珍赶紧抹了把脸。"走吧。"她把果篮抱在怀里，逃跑样朝下走。

我俩走出大楼，在一处石凳上坐下来。拉珍喘着气，精疲力尽的样子。"去吃点东西吧。"我说，"这里风大，会感冒的。"

"你们的电影还拍吗？"她问。

"不拍了。拍电影这事，本来就是计划赶不上变化。"我没告诉她真实的原因——第二天早上，我没等到老叶的车，之后几天也没有。就在我回武汉的当晚，雪莉去世了。

"不拍最好了。那你喜欢的那个男人呢？你们会结婚吗？"拉珍又问。

"我们分了。不过我一点都不难过。"

拉珍说："我也一点都不难过，真的。那应该是个好女人，有那样的女人照顾他，我又有什么好难过的呢？"

"想开了就好。"我说。

"是啊。"她转过身，脸上亮晶晶一片，"三妹，你抱抱我吧，像你刚才抱旺久的那样。"

我来不及再说什么，张开双臂，在凛冽的寒风中紧紧地——紧紧地抱住了她。

寂寞如雪

收到短信那会儿，陈西北正赶往法院开庭。法院的台阶陈西北爬到一半，照例开始呼吸不畅。老王说，这是轻度焦虑，抑郁症就是这么来的。他研究心理学的时间不长，却老爱用危言耸听彰显自己的渊博，让陈西北很讨厌。

短信就五个字：我是常美艳。陈西北有些意外，按理，她不该主动联系自己。他看着这条短信，"常美艳"三个字正抖落着灰尘，从黑暗的角落冒出来，带着陈旧的颜色和形状，与周遭格格不入。该怎么回呢？陈西北抬着大拇指，指尖上是本能的戒备。不能回得太快，只有无所事事的人才总拿着手机。字不能太多，成功男人大多是简明扼要的。他犹豫一番，大拇指耷下头，没打出一个字。

进了法庭，手机又"叮"了一声。常美艳问，你微信多少，我加你。陈西北将手机调了静音放到一旁。原告代理律师是个女的，正襟危坐，衬衣扣子一路爬到喉咙，一看就是新手。陈西北在律师圈子混迹多年，最自信的就是看人，像医院的 X 光，扫一道，八九不离十。

原告律师宣读起诉书时，陈西北一个哈欠带出满眶眼泪。昨晚陪商会的几个老乡打麻将，后半夜才上床，困得很。揉眼睛时他一阵恍惚，不知怎么就想起了常美艳。她穿着水红色毛衣，黑色健美裤，羞涩而神秘地往他课桌里扔进一包红梅。陈西北不禁顺着这回忆往前追了追，那会儿两人已经开始互抄歌词了吧。他抄刘德华的《爱你一万年》《冰雨》，常美艳抄孟庭苇的《你看你看月亮的脸》，全是自己想说的话。那学期他俩抄遍了所有能抄的情歌，厚厚的笔记本能糊几面墙。常美艳画画不错，每次抄完，会在结尾画一枝怒放的花，有时候是梅花，有时候是桃花。先用铅笔勾出轮廓，再用彩笔着色。作为班长，陈西北则摘抄一些名人名言，末尾打上三个重重的感叹号。

对方的陈述接近尾声，陈西北揉了把脸，准备答辩。都是些鸡毛蒜皮的小案子，还没开庭就知道怎么判，陈西北早疲了。他特别反感电视剧里塑造的那些律师形象，个个面容英俊、身材挺拔、酒色不沾、场场胜诉，事业爱情都是所向披靡。哪儿跟哪儿啊，瞎扯。但老王不这么认为，他竖起食指连说几声NO，你见识太短，这样的高精尖，多的是。

短就短吧。陈西北没精打采地从法院出来，走向那辆快被烤焦的帕萨特。

事务所一个人也没有。陈西北的肚子应景地"咕"了两声，吃什么却是个问题。这些年天天在外面吃，胃都吃成了一个泔水桶，浑身冒着馊味。他真希望科学家能发明一种生命药水，到点来一支，省下来的时间不知能干多少有意义的事情。这么想着，胃却开始闹脾气，陈西北不得不掏出电话点餐，见常美艳又发来一条短信，让他验证一下微信。面对他近乎无礼的怠慢，常美艳显得很有耐心，像是有意衬出陈西北的心胸狭隘。陈西北点了验证，屏幕上立刻蹿出一只打着太极的流氓兔，紧接着是一张龇牙咧嘴的笑脸，第三条才是文字：大律师日理万机啊。陈西北回，不好意思，刚在开庭。常美艳说，我在旅元，晚上吃个饭吧。没等陈西北回答，常美艳丢来一个地址说，六点，不见不散。

十七年不见，常美艳会变成什么样子？要不是她突然而至的短信，陈西北根本不会去想这个问题。他依稀记得两人最后一次见面，是在县电影院附近的一家小旅馆。当时陈西北刚读完大一，常美艳中专毕业，在镇上一个公司上班。公司设在一间三十平方米不到的临街民房，门口挂个牌子，写着某某保险公司。每天上班的就俩人，经理和打杂的常美艳。当时常美艳很严厉地纠正了陈西北口中的"打杂"

一词，说她的岗位叫内勤。

旅馆除了两张床，找不出其他像样的摆设。一只吊扇在头顶卖力地转着，发出摇摇欲坠的叫喊。陈西北有些无措，却又不想暴露自己的毫无经验。为了掩饰，他故作从容地给她讲笑话，但那天常美艳情绪不佳，低着头，使劲绞着自己的手指，似乎跟它们有不共戴天之仇。从进旅馆的那一刻起，她就表现出一种担忧和自卑，这大概源于两人在车上的聊天。一个多小时的车程，陈西北跟他讲大学校园，讲英语过级考试，最后着重讲了班上一位漂亮女生。陈西北认真地看着常美艳说，特别有气质，乍一看，简直就是范晓萱。

常美艳绞了一阵手指，问，你很喜欢那个翻版范晓萱吧？陈西北愣了一下，索性点头。他有些难堪，起身去冲了个澡，出来时灯已经灭了，常美艳躺在床上，翻来覆去地烙着饼。

会接吻吗？常美艳走到他旁边躺下。她躺得笔直，连两只脚都朝前绷着，像刻苦练功的芭蕾演员。窗外的路灯照进来，把屋里调成一种暖灰，常美艳的脸因此显出一种好看的奶白。陈西北半跪着一条腿，双手撑在她肩膀两侧，做着一个畸形的俯卧撑。一声刺耳的"啵"冲散了屋里的寂静，他很懊恼，这是没把握好力度和节奏的结果。常美艳抓着他的胳膊，像在卷入洪水之前抓住的一根救命稻草，陈西北忍着被指甲抠入的疼痛，感觉自己是个暴殄天物的浑蛋。

初吻在仓促无序和毫无默契中草草收场。两人互相咬痛了对方的嘴，还掺杂了牙齿磕碰的尴尬。尽管如此，这对常美艳仍然有着仪式性的庄重感，又或者说，人生中很多的第一次都是承上启下的。常美艳坐起身说，我跟你去旅元吧，我打工，等你毕业。陈西北抹了抹嘴，被这个决定吓得接不上话。常美艳"扑哧"一笑，哎呀，逗你的。她边笑边用脚踢着床头柜，节奏由快到慢。她重新躺下去，看着呼呼转的吊扇说，给你，反正我也不想给别人。陈西北坐着没动，倒生出点叶公好龙的意思。夜里，他被一泡尿涨醒了，隐隐听见常美艳在另一张床上擤鼻涕，像是在哭。

信是上车前给的，七弯八拐地说了一通，无非是给见异思迁找个理由。重点只有一个，他不想再跟常美艳通信了，他喜欢上了那个"范晓萱"。人年轻的时候，往往自私地只容得下自己，白日梦也做得理所当然。陈西北轻轻摇了摇头，对自己当年的肤浅无知报以苦笑。

突然联系，会是什么事呢？车奔上高架桥，在四个分岔路口前左转而下。旅元的高架桥建得魔幻而任性，稍不留神就会迷路，但陈西北不会。他对方向有着天生的敏感，总能将方向盘打得准确无误。陈西北想，绝不是想重温旧情，没有哪个女人会原谅人生中的第一个负心汉。但话说回来，即使她想重温，陈西北也不会答应，关于常美艳后来的事，他还是知道一些的。

二

常美艳在靠窗的一处卡座朝他招手。陈西北走过去，还没张嘴，她先放起机关枪，见你一面不容易啊，还怕你不来呢。你要真不来，我可是没脸待了。

陈西北说，没办法，全靠当事人赏钱过日子。你要是说你有案子，我肯定跑得快。常美艳耸肩一笑，转身喊服务员上菜。陈西北乘机看了她一眼，白色耐克 T 恤，素面朝天，浅棕色头发随意扎在脑后，完全是资深宅女的不修边幅。这样的常美艳，与陈西北心中的阔太太相去甚远。来的路上他还在想，她可能会穿一件雍容华贵的皮草，后来窗外的太阳提醒他现在是夏天，他又想到那种限量版的真丝连衣裙。总之，得珠光宝气才对。他不甘心地扫了一眼她的包，一个黑色的帆布口袋，比衣服还显廉价普通。不过他马上又想通了，越有钱越不在乎这些，缺什么才爱显摆什么。

常美艳给他倒了杯水，挺好的吧？都说你混得不错。

不错什么呀，混个温饱。陈西北习惯性地把手摸向脖子，才发现那并没有领带，转手拉开手包准备拿烟。

我这里有。常美艳眼疾手快，掏出一盒港版万宝路，一根给陈西北，一根送到自己嘴里，陈西北见状，本能地拿出打火机欠身够过去。幽蓝的火苗纤细笔直，常美艳凑到跟前噘起两腮，坐下，倚着靠背吐出一股浓雾。陈西北看着她江湖老道的范儿，有点陌生。他调整了一下坐姿，问，来旅元干吗？投资？还是散心？

见个人。常美艳说，约了好久，一直没见。她朝陈西北碗里夹了一块红烧茄子，你最爱吃的。陈西北的心缩了一下，来旅元十几年，还是第一次有人给自己夹菜。他说，还是老同学好啊。常美艳拉过烟灰缸弹烟灰，好什么，我也是无事不登三宝殿。她简单道明了来意，一个朋友要做伤情鉴定，想请陈西北找个人，尽快拿到结果。陈西北说，小事，我打个电话就行。常美艳问他，你接过家暴老婆的案子吗？陈西北说，少。常美艳用下巴点出一个长长的"哦"，若有所思。陈西北低头吃菜，心里生出一种直觉，常美艳多半遇上了麻烦。其实，从落座开始，他就有一种说不出的失望，常美艳比他想象的要老，清瘦憔悴得像风干的花，枝干倒是都在，但少了水分和色泽。陈西北不知道她正在经历着什么，但肯定不太如意。这么一想，不由多说了一句，有什么需要帮忙的，尽管说。常美艳双手合十，谢谢谢谢，有你这句话我就有底气了。陈西北见她感激涕零的样子，问，谁遭家暴了？常美艳一笑，不是我。陈西北点点头，那就好。

吃完饭，常美艳去结账，被陈西北拦住了。两人在收银台前推推挡挡，最后常美艳把钱揉成一团，丢炸弹一样扔给收银员。陈西北说，你这不是打我脸吗？常美艳说，欠着，下次好好请我。陈西北拿起电话，我给你安排住的地方。常美艳说，不用，我在这附近租了个公寓，都安顿好了。她招手叫服务员，将没吃完的菜打了包。租？准备待多久啊？陈西北心里犯疑，没问。

回去的路上，陈西北开着车，心情复杂。怎么说呢？常美艳浑身交织着一种矛盾。笑起来纯真质朴，沉默的间隙又透出经历丰富的沧桑。明明穿着廉价衣服，举手投足却又露出一掷千金的豪气。唯一没变的是眼睛。她眼里依旧透着不肯服输的狠劲，那是长期遭受欺凌后作出的一种本能反应。他的心不由难过几秒，仿佛那个曾让他心疼怜悯的常美艳又回来了。陈西北关掉冷气，打开窗户，热浪吞噬般地涌进来。他强迫自己不去想，可脑子转了一圈，还是把他带到初一暑假那个傍晚。

具体什么事忘了，好像是通知常美艳去学校排节目。那天出奇地闷热，天色像一顶倒扣的铁锅，黑压压的，憋得很。陈西北走进她家院子，听见一阵凶狠的辱骂。常美艳跪在堂屋中间，一动不动，任她爸抽着嘴巴。没用的东西，读不好书你卖淫去。她爸穿了条大裤衩，嘴角聚着一堆白沫。鼻血在常美艳的鼻孔和下巴之间画出一个长长的等号，像无声的哭诉，断断续续地跌落下来。她直勾勾地看着他爸，回嘴说，你不得好死。她爸气得转了个圈，盯住竖在墙角的一杆秤。陈西北急了，冲进去，拉起常美艳就跑。

天下起雨来，雨点又大又密，砸在身上有些疼。两人跑到公路对面的石桥下，汗水雨水湿了一身。陈西北扯着汗衫说，他怎么能这么打你呢？我用弹弓把人家窗户打碎了我爸都没这么打过我。他这么打，你可以告诉老师啊！常美艳捧起河水擦了把脸，问，还有血吗？陈西北摇头。

别跟班上的其他同学说。她犹豫地看着陈西北，我不是他亲生的。

陈西北把汗衫扯得变形，手一松，弹了回来，把他吓了一跳。他点点头，放心，绝对保密。

这天之后，两人的关系有了微妙的变化。常美艳除了秘密帮他擦课桌、办黑板报，还隔三岔五地往他课桌里扔香烟。他爸是兽医，镇上所有的猪病了都得找他，大家都不会空手来。那时候的常美艳总显出超出同龄人的执拗和成熟，还总喜欢路见不平拔刀相助。陈西北记得，有次体育课，邻班男生故意把球踢到一个女生的屁股上，常美艳硬是要那男生赔礼道歉，而从事发到最后认错，足足用了两个星期。这事之后，同学们对常美艳看法不一，有的说她仗义，要生在北宋末年，能顶半个鲁智深。也有的说她爱操淡心，盐吃得有点多。

因为那封含沙射影的分手信，陈西北对常美艳一直抱有歉意，直到 2009 年年底他回家过年，这份歉意忽然调了个头，变为轻视与庆幸。那年他挣了不少钱，买房子、提路虎，名字还被列进乡镇府的"在外知名人士"统计表里。人一有钱，有缘的朋友也就多起来，当年没什么往来、甚至不同班的初中同学纷纷找上门来，说是叙旧，其实是借钱。陈西北禁不起他们的吹捧，多多少少，都不让对方空手而归。其中有个同学最机灵，给他讲了一堆常美艳的事作为回报。陈西北职业使然，从他铺天盖地的信息里总结出三点，第一，她在保险公司没干多久，便去广州给人当了情妇。第二，包养她的男人在镇上给她建了栋豪华别墅。第三，去广州前，她爸爸因病去世。后来，同学重点说了一件事，有一回常美艳爸发酒疯，当街扒了她的裤子，好多人都看到了她的屁股。街上都敢扒裤子，只怕在家里……陈西北摆摆手，让他别说了。

第二天一早，陈西北开车回了趟镇上。同学的话他不信，他向来只信证据。什么别墅，肯定是那种原地翻修的普通楼房罢了，那样的房子花不了多少钱，凭常美艳在广州打工，攒钱砌两层不是什么难事。然而，当那栋房子远远出现时，陈西北心口像被针尖猛戳了几下——绝不是什么普通楼房，而是一栋标准的法式别墅。拱门、廊柱、围栏、草坪，处处精致讲究。朝公路的部分，能看到一整面墨绿色的玻璃幕墙从房顶倾斜而下，在太阳下反射出刺眼的强光，让人自惭形秽。同学说得没错，就连那些铺在小径上的彩色鹅卵石，都是空运过来的高档玩意儿。

陈西北有些气。这样的房子建在镇上，不是招摇是什么？而常美艳似乎也并不担心它会印证自己被包养的事实，更像是有意为之，对那些看低她的人来了一个重重的反击。陈西北怀疑，这其中可能也包括自己。

他把车停在附近，半盒烟抽完了也没见到常美艳。车上放着李克勤的《旧欢如梦》，陈西北听出嘲讽荒诞的味道。为什么要等她，陈西北说不清楚，或许只是为了让她看到自己的路虎和浑身的名牌，这多少有些报复的意思。他一直坐到快中午，直到各家响起团年的鞭炮。那天回家，他喝了很多酒。在旅元最难熬的那几年，他不是没想过跟常美艳情窦初开时的单纯美好，这些回忆和煦而慈悲，给了他慰藉和温暖，现在看来，还是他太幼稚。他想起自己那段糟糕的婚姻，不由感叹女人这个神秘又可怕的物种，恐怕王宝钏、秦香莲这样的女子，都只是写书人寄予的美好想象吧。

陈西北气喘吁吁进了门，迫不及待地蹬掉鞋子。他讨厌爬楼梯，但为了省房租，还是咬牙选了顶楼。手机在裤兜里震了一下，是常美艳，问他到了没。他打了个"嗯"，准备发送的时候，又删了。

窗外霓虹闪烁。旅元的夜晚对陈西北而言，是一个五味杂陈的世界。他在这里经历了太多起起伏伏，狂妄得意过，醉生梦死过，也在人群散尽后走上街头失声痛哭过。陈西北觉得，自己这些年其实都是在白忙活，物种衰老，昼夜更替，看似在不停地把人往前推，一切又仿佛是原地踏步。有时候他特别痛恨曾经出入豪宅、挥金如土的日子，以至于一踏进这间破旧的房子，就要开始忍受心理落差的折磨。

三

老王经常跟陈西北在一起讨论标签的问题。老王说，你干律师这么久了，得有自己的价值标签。留学背景、名校毕业、名教授弟子、英语专八，随便拿出一个，都能让自己高人一截。陈西北苦笑，四年前，他坐拥千万资产，经常被老王戏谑为暴发户，当时他烦得直咬牙，如今，他觉得这是自己这辈子听到的最悦耳的绰号。

没有价值标签的陈西北一刻也不敢闲下来。旅元律师七八千人，个个贴上毛比猴子都精，停止就是退步，就是给别人让道。因此，每天除了写诉状、取证、开庭，陈西北还得往各种饭局和牌局里钻。干他们这行，总得抛头露面，广结人缘。看似没有案源的社交，其实都隐藏着潜在的案源。陈西北有黄昏恐惧症，一旦哪天临近下班时没有人邀约自己，他就会看着安静的手机六神无主。他害怕被人遗忘——这是一种耻辱，有人惦记才是没被边缘化的标志。经历了一场不大不小的劫难，又到了而立之年，陈西北渐渐懂得察言观色，夹着尾巴做人。但即便如此，他也时常感到力不从心，似乎能使的劲全使上了，依旧只能算个中等。他觉得并不是自己跑得太慢，而是别人跑得太快。草地有限但马太多，留给他的大多是好马撇下的回头草。陈西北不敢太贪心，但不痛不痒的收入却是致命的现实。他需要钱，比任何时候都需要。有了钱，他才能重新夺回做父亲的权利。在争夺孩子的抚养权上，优越的家境助长了前妻强势的性格，加上孩子从小由岳父岳母带大，父亲在他心里也成了可有可无的角色。他的一再恳求让前妻有所松动，她开出一个条件——拿出一笔钱，孩子归他。这不是一笔小钱，或许只是为了让他死心有意夸大的数字。可陈西北愿意孤注一掷。为了儿子，所有的当事人都是大爷，自己只能是孙子，这几乎成了陈西北固化的生存链条。每天出门，陈西北会对着污迹斑斑的镜子给自己打气，加油，孙子。开门的瞬间，定是一个踌躇满志、志在必得的陈西北。这些苦楚，陈西北从不跟任何人讲，即便在好兄弟老王面前，他也绝对不会露出半点丧气。丧气话讲多了，只会变得更倒霉。他坚信这个玄学。

老王说得没错，他的确需要一位贵人拉自己一把，这样的力量是一道不可言喻的光环，能催生出高深和境界、格局和广度，最终归为一种阶层。这又何尝不是一种标签呢？他打开微信，"宏盛集团"的公众号又推送了两篇文章，一篇是夏季旅游线路推广，一篇是酒店推出的三伏养生汤。吃的玩的，陈西北不感兴趣，他关注的，是"宏盛集团"的一把手吴宏生。

吴宏生算不上旅元的商界大鳄，但是个难得的儒商，这一点，陈西北深信不疑。有一年雪灾，吴宏生用公司的车队义务接送山区学生半个多月，感动了无数人。后来，陈西北又在地方台的新闻里见过他两次，一次是为贫困大学生捐款，另一次是大雪天去给养老院的老人们送羽绒被。这样的仁义，让陈西北生出不少归属感和信任感，他觉得吴宏生真可能就是自己的贵人。他给老王去了个电话，七弯八绕，提到了吴宏生。老王说，这有什么问题，早说嘛。陈西北笑笑，他何尝不想早说，可越是重要的事，越得讲究一个时机，时机对了才能迎刃而解。这一次他之所以开了口，是因为他无意中得知，"宏盛集团"的法律顾问被解聘了，吴宏生急需有人顶上，但又不敢贸然用人。

老王隔天便打来电话，告知晚饭的时间地点。他一口一个老吴，让陈西北觉得自己低估了老王的能量。地方是老王定的，一个农家庄园，陈西北担心堵车，去银行取了钱，四点不到就出发了。

国际广场等红灯时，陈西北意外看到了常美艳。说来，两人自那天吃了顿饭，再无联系。他本来是想请她吃顿饭，一忙，忘得干干净净。

常美艳穿得有些奇怪，耐克 T 恤外面套了件橘黄色马甲，跟环卫工人的工装差不多。像是有心灵感应，常美艳突然抬头朝马路上望，定了定神，朝他挥手。陈西北见时间还宽裕，冲她指了指前面的停车场。

室外温度至少四十往上，连那些整天瞅着垃圾桶捡塑料瓶的人都没敢上街。常美艳晒得满脸发红，湿漉漉的头发贴着头皮，像刚从桑拿房跑出来似的。陈西北递给她一包纸巾，盯着她的马甲说，这么热，当心中暑。常美艳脱下背心，拧出上面的字给他看，上面写着"反家暴爱心公益组织"。

陈西北问，你在干吗？

等人，闲着没事，发点资料。常美艳从鼓囊囊的包里拿出三本薄册子递给陈西北，《反家暴问答》《遇到家暴怎么办？》《孩子，别怕》，陈西北翻了翻，全是针对家暴的各种问答和解决办法，大大小小，面面俱到。每本手册的封底都印着满满一页反家暴宣传标语，册子封底印着联系人及电话——常美艳的。

你怎么做起这个来了？陈西北想起来，上次吃饭，他问常美艳在哪儿高就，她说在广州做一个公益项目。当时他以为就是当当志愿者，又猜想是不是不方便透露搪塞自己，也就没多问。谁知她还正儿八经地做着这事。这么说来，陈西北也就想到了那天她托他帮忙的事，于是问，鉴定做了吗？

正等着呢。常美艳说，这人没个主见，三天两头放我鸽子，我也是服了。

陈西北说，怎么想起做这个？又不赚钱。说完觉得不妥，重新翻了翻册子，作出很重视的样子补了一句说，不过很有意义，家暴的确值得引起关注。

你也这么觉得？常美艳两眼放光。她掏出手机划划点点，陈西北的手机也跟着响个不停。常美艳说，你一定记得看啊，都是家暴案例，你根本想象不到这些人有多丧心病狂。陈西北把册子还给他，你这印刷成本不低啊，见人就发，钱从哪儿来？常美艳把发箍咬在嘴里，用手抓着凌乱的头发，咧嘴说，三个手机店，还剩一个。陈西北扭头一笑，你可真行。

跟常美艳分开后，陈西北有些难以适应。千猜万猜，没猜到她会做公益，还做得这么偏执。三个手机店，啧啧。他撇嘴摇头，有钱人啊。至于为什么这么有钱，陈西北心知肚明。他又瞄了一眼副驾上的册子，那些密密麻麻的标语正嫉恶如仇地看着他，像一个个士兵，金戈铁马，严阵以待。他心想，常美艳还真碰到了一个有情有义的，建别墅不说，一出手就是三个手机店。可惜她不争气，守不住财。

一进包房，陈西北看见老王旁边坐着个眉清目秀的小伙子。老王指指他对陈西北说，你同行，"90后"，上海读博。又冲"90后"指着陈西北说，这可是旅元的资深律师，五百年出一个。陈西北没理会老王的玩笑，客气地跟他握手，心里却很不畅快。老王明知道自己今天第一次结识吴宏生，偏偏喊个同行来。哪里有同行哪里就有竞争，这道理老王难道不懂？

三个人喝着茶，聊最近上映的电影《我不是潘金莲》，本来只是聊票房，话被"90后"接过来就有了深度。他提出里面的几处法律硬伤，深入浅出，字字珠玑，虽有点娘娘腔，但都说得在理。陈西北自然不肯认输，结合信访说到《官场现形记》，又从普通百姓的法律意识说到中国的法治进程，见"90后"褪了不少锐气，陈西北心里冷笑几声，嘴上毛都没长全，显摆什么？"90后"自然不会善罢甘休，又提出了新的论点。两人暗暗较量几个回合，老王扔掉手里的西瓜皮说，在公司绷着根弦，出来还听你俩长篇大论，烦不烦。陈西北说，王总，你要多关注关注弱势群体嘛。"90后"抬起嫩白的手，每根指头都据理力争，这跟弱不弱势没关系，李雪莲的悲剧完全是她自己造成的。法律上并没有"假离婚"的说法，婚姻关系合法解除，她不能就离婚提起诉讼。陈西北拉着脸，正要反驳他一通，老王指着他俩，停，停，你俩够了啊，说说怎么陪吴总把酒喝好吧。

　　话音刚落，包房大门缓缓打开，两只动作标准的胳膊引进一个身材高大、满面红光的男人。吴总！老王的声音如一声军令，三个男人迅速起身。吴总大驾光临，荣幸荣幸啊。老王说完，将陈西北和"90后"一一介绍。陈西北上前跟他握手，说着早就想好的台词。吴宏生笑容谦卑诚恳，说话温和，竟让陈西北有些感动。但接下来的饭局让陈西北很恼火，"90后"横竖不让人省心，他总能找到让吴宏生感兴趣的话题，两人聊得都有些相见恨晚了。

　　老王并没察觉陈西北的不悦，他摸着自己发福的肚子问吴宏生，您这身材还跟棒小伙儿似的，怎么练的啊。吴总笑了笑，游泳。我长江边长大的，一天不游憋得慌。他说完拍拍"90后"的肩膀，我公司就有游泳池，有空去啊。说完看着老王和陈西北，都去啊。老王说，必须得去，向吴总的好身材看齐。来来来，一起为吴总的好身材干杯。

　　吴宏生兴致很高。起初捂着杯子说不喝，后来竟主动开了一瓶酒。这要归功于老王的几个好段子，不荤不素，但足以让人捧腹。陈西北感受着包房里越来越和谐的气氛，对老王暗生佩服，关键时刻，还得靠他撑场面。陈西北瞅准一个空档，端着酒杯走到吴宏生旁边。吴总看着陈西北，指头猛地捣了捣，发现绝世机密一般，你——长得像那个祁同伟。他扭头看大家，像不像？像吧，一进门就觉得你眼熟，现在想起来了。他跟陈西北碰杯，幸会啊祁厅长。老王跟着说，你这厅长当得好啊，有枪有炮有子弹。大家都笑。陈西北给吴宏生满上酒，转身离开的瞬间无意瞥了一眼，发现吴宏生的手竟然搭在"90后"大腿上，还使劲揉搓了一把。回到座位，陈西北有点发蒙。吴宏生的手掌和"90后"的大腿不断在脑子里放大，再放大，快把脑袋撑破。他看了一眼"90后"，发现他也正看着自己，显出僵硬的羞愧。陈西北按了按胸口，跟老王干了一杯，说不出的沮丧。总有意外等着他，总不能遂人心愿。机会稍纵即逝不说，还给了一个令他瞠目结舌的反击。

四

吴宏生这条线，陈西北彻底放弃了。他一向有的放矢，不会把时间浪费在没有结果的事情上。他按下闹钟，起身走到厕所里的镜子前，还是一副孙子样，还是得给孙子加油鼓劲。

几天后的一个下午，陈西北在办公室遇到了常美艳。她穿了件黑色背心，露出高高的锁骨，像个尚未发育的中学生。细细的项链贴在汗津津的脖子上，吊坠歪到了后颈。陈西北感觉每次见她，她都是这么一副潦潦草草的样子。

也不打个电话，万一我不在，不是白跑一趟。陈西北给她倒水。常美艳说，顺路，上来看看。你认识吴宏生吗？陈西北手一偏，水洒到地上，认识，大企业家嘛。

哼，还大企业家，得了吧。陈西北脑子里闪过那只搭在"90后"大腿上的手，一笑，问，你怎么认识他？常美艳用下巴指指桌上的文件袋，喏。

这是一个让陈西北死灰复燃的文件袋。他只看了一眼，就如同在混沌黑暗中探到一丝光亮。很多事情就是这么精妙，你做出了十二分的期待，换来的只是彻骨的失望，而一旦真正放下，好运气反倒俯首帖耳了。照片上，女人的脸严重变形，眼睛肿成一个大瘤子，嘴角裂开，隐隐能见到绽出的皮肉。除了照片，还有厚厚一沓诊断证明，左耳耳膜穿孔，鼻梁骨折，多处软组织损伤，张张重伤。常美艳咕咚喝下整杯水，说，来之不易啊，保密等级，绝密。

陈西北说，你呀，不当私家侦探真是可惜。他拿起一张流产的诊断证明，尽管见过无数残暴，还是有些不寒而栗。怀孕四个月都不放过，这得多狠？常美艳说，企业家嘛，干什么都是稳准狠。

陈西北说，大侦探需要我做点什么？

我要告他。常美艳一屁股坐下，说，他老婆性格太蔫，犹豫半个多月了，伤情鉴定还做不了，你出个面，帮她把主意立起来。

做工作没问题，但告他有难度。陈西北给常美艳续了杯水，说，要是经济作风上出问题还好办，打老婆，说到底是家事，而且虐待罪很难取证量刑。

主要是这人不一般。居委会、妇联、派出所，能找的我都找了，一听是吴宏生，都没了下文。她吐出一片茶叶，越这样护着，我越要把这事捅开，我还不信正不压邪。

离婚啊。陈西北说，为什么不离婚呢？

一分钱拿不到，怎么离？不过这也是一码归一码，哪怕拿了钱，该坐牢的还是得坐。常美艳揉着脖子，摸到那颗开溜的珍珠，扯了几下，将它挪回原位。陈西北快速梳理了一下重点：一，受害人想离婚，却又不想净身走人；二，即使吴宏生同意拿一笔钱作为补偿，常美艳也要告他，他不坐牢她不罢休——他相信她有这个耐力。

常美艳走后，陈西北看着手里的文件袋陷入沉思。对常美艳来说，它是为民除害的利剑。对吴宏生来说，它是阴暗丑陋的底牌。对他而言是什么呢？他来回踱了几步，拧开茶杯盖。把柄——当这个词从脑子里闪过，舌头让滚烫的开水狠狠咬了一口。陈西北从书柜的玻璃上瞥见自己的脸，整张脸只剩下眉间的"川"字，这字显出雕刻般的深痕，正渐渐与皮肤融为一体，似乎再无消失的可能。

陈西北把文件锁进抽屉，黑色的钥匙在手心来回打滚。吴宏生和常美艳哪个对他更重要，这不是一个太难的选择题。面对人生路上生出的分岔小径，该怎么走，陈西北一如既往地清晰果断。他拿起手机，写了一条长长的微信，长方形的豆腐块在发送键的指令下原地起跳，挂到吴宏生的头像旁。那头像陈西北仔细看过，一个红檀手串，躺在一本摊开的《金刚经》上。陈西北拿过哑铃，站到窗前做了几个侧平举，心想，其实手串和《金刚经》并不适合他，他应该弄一个表皮鲜亮、果肉溃烂的苹果或梨子才对。他的愤恨来自内心的意懒心灰，他一向不质疑自己知人识人的能力，吴宏生却给了他一记重拳，让他不得不建立一套新的判断体系。

三伏天，一年中最热的时候，几个动作下来，陈西北一身汗。跟很多人相反，他喜欢炎热。阳光带来的湛蓝和清透以及热浪中的光膀露腿，这种鲜亮和直接，能让陈西北感受到旺盛的生命力。

吴宏生的电话比陈西北预计的要早。铃声响起的时候，陈西北没接，不紧不慢地做了一组前平举。几分钟后，吴宏生发来一条微信，约了晚上的饭局，并嘱咐陈西北一定要来。陈西北看着微信，额头的川字紧缩几秒后缓缓松弛。他擦了把脸，从抽屉里拿出一支录音笔放在皮包外侧的夹层，当了这么多年律师，唯有证据能给他安全感。

晚上六点半，陈西北准时赶到。一出电梯，端庄漂亮的服务员带着陈西北一路向前，朝一扇富丽堂皇的大门走去。廊道里铺着厚厚的地毯，不管脚下如何用力，都能化为悄然无声。头顶的射灯追随着他的身影，在细弱清脆的爆破声里依次亮起。每走几步都有一面琉璃镶嵌的镜子毕恭毕敬地迎接，陈西北不时从里面打量自己，酝酿出不卑不亢、胜券在握的气场。

吴宏生在包房等候。陈律师，欢迎欢迎。他微笑着伸出手，比上一次更加客气真诚。吃饭的酒店是吴宏生开的。这样的酒店，旅元共有四个，它们用连锁的阵列，分布在市区各个地段，绘制出吴宏生的实力地图。而这些还只是一部分，他的主业是旅游，两条五星级游船不分昼夜地运输游客，为他挣着大把的钞票。陈西北说，吴总家大业大，不简单。吴宏生说，如今是信息时代，老一套的搞法落伍了，现在要想成功，得抱团合作、资源共享，才能共赢嘛。他意味深长地看了陈西北一眼，比如我们，的确可以创造很多合作的机会。陈西北被他看得有些不自在，忙端起杯子敬酒，吴总，多多关照。

吴宏生谈起自己刚到旅元时的不容易，谈他艰难的创业史，谈他两段不尽人意的婚姻——根本就没什么爱情。吴宏生说，人有了钱，就别想爱情这东西了，女人上我的床，全想着下床时能拿多少钱。陈西北看着他一副受伤害的脸，心里好笑，再好的女人，在你眼里也都是男人，又谈何爱情。

倒完苦水，吴宏生不想再绕圈子了，切入正题。市里马上开政协会，作为政协委员，他不想节外生枝。另外，作为一个生意人，负面新闻就是一滩沼泽，掉下去就拔不起来，哪怕能起来，也会沾一身泥。麻烦。这个麻烦，陈西北既然知道了，那就不如帮他摆平。

火候没到，陈西北自然不会急着答应。他面露难色道，那个小常有些背景，究竟什么来路、什么用心，不好说。

管他什么背景，任何钱能解决的问题，都不是问题。吴宏生冷冷一笑，无非就是钱嘛，可我的钱不是水漂来的。还扯上什么家暴，无稽之谈。这女人自从跟了我，每天都在打算盘，真是可恶。

陈西北安慰他，孔老先生说得好，所信者目也，而目犹不可信。别说耳听为虚了，眼见都不一定为实。家暴这事，我也相信是子虚乌有。像您这样有责任有担当的企业家，怎么可能做那种事？您放心，肯定帮您，一点泥都不会沾。

吴宏生看着他，面部的肌肉开始微微抽搐，这些年我生意做大了，对我心存记恨的人不知道有多少，我真是有苦难言啊。

陈西北嗅到一股怪异的气息，这股气息缓缓由弱变强，将吴宏生变成另一个人——他两眼潮红，越攒越多的眼泪里溢满了试探。你知道吗？没人这么说过，没人像你这么理解我。吴宏生握住陈西北的手，大拇指在一旁轻轻摩擦。

陈西北后背一阵飕凉，这分明是一条贪婪丑陋的食人鱼，要将他撕碎殆尽。陈西北的胃里一阵恶心，想要呕吐的难受让他不顾一切地抽出手。他起身说，我去趟卫生间。

回座的时候，吴宏生的座位空了，一个穿得像便衣保镖的男人站在桌旁，朝陈西北客气地点头，吴总有事先走了，我是他秘书。陈西北有些着急，事情还没说完呢。秘书一笑，吴总说了，如果事情能处理好，整个集团的法律顾问就由您来担任。

五

陈西北在纸上写下一个"常"，圈重点一样画了个圆。在与吴宏生的关系上，常美艳是路障，也是催化剂，这是一个辩证的关系。辩证的魅力就在于，矛盾在运动和变化中时不时会递上来一个惊喜。这笔顾问费意味着什么？意味着那些够不着的事，突然都变得有眉目了。他起身伸了个懒腰，来回走了几步，差点踩出一段圆舞曲。他在心里快活地骂起来，又重新坐下来反复地加深这个圆，直到笔尖的墨迹在纸上浸出一个洞。陈西北用指尖将脱落的"常"字贴回原位，做了个深呼吸——他必须确保这个惊喜稳稳妥妥、万无一失地到来。

电话刚响一声就接了。陈西北走到墙角，掂起一朵怒放的山茶花，今天晚上一起吃个饭吧？你来旅元这么久，我好歹该请你吃个饭哪。

常美艳问，要叫上刘姐吗？

陈西北定了定神，想起照片上那个面目全非的女人，皱了下眉，今天不喊她，就我俩。

陈西北洗了车，去常美艳租住的公寓接她。周五下午，又加上修地铁，街上堵得近乎瘫痪。陈西北等得无聊，掏出手机刷朋友圈。律所一个同事晒了个合同，代理金额后面打了个吊人胃口的马赛克。还配了段文字说，他喜欢律师这个行业，因为你只要努力、坚持，永远都不知道下一秒会有什么样的奇迹。陈西北看着这段文字，心里罩起一层雾霾。绿灯亮了，他压下手刹，告诫自己什么都别想，可越这么克制，越是焦躁。

常美艳从对面走过来时，陈西北差点没认出来。黑色连衣裙，尖头高跟鞋，长发披肩，有点像走在红毯上的电影明星。她化了妆，很淡，只是局部的微调，却又显得立体精致。陈西北还是第一次见常美艳这么打扮。看来，女人一旦褪去了斗牛般的偏激和愤怒，就能显出水一样的柔美。

陈西北薄薄的嘴唇朝上扬了扬，认真地打量她一番说，本来打算吃火锅，现在看来，火锅有点俗了。常美艳露出一个"谁信"的表情，拍拍手里帆布包说，马甲带着呢，要不要套上？陈西北说，别别别，这样挺好。他挂挡踩油门，感叹说，这就对了嘛，打扮得漂漂亮亮，又不是没颜值，尼采老师说得多好，每一个不曾起舞的日子，都是对生命的辜负。

常美艳斜眼一笑，行了吧，不就想说我不该做这份公益，折腾自己，更折腾别人嘛。她往后一倒，甩掉脚上的高跟鞋，双手扶着后颈扭了扭，每天起舞那是艺术家的事，我还是安心拯救那些身陷魔爪的姐妹们吧，可惜啊，势单力薄。

陈西北说，你该拯救拯救自己才对。你说你整天不着家，孩子总得管吧。全天下受苦的人那么多，可孩子只有一个。

常美艳说，孩子马上初中，早该独立了。

陈西北说，小升初，正是关键时候。

常美艳警觉地看着他，继续揉着后颈，你该不是来当说客的吧？

陈西北被她盯得心虚，笑着说，你想多了。我一个律师，原则和底线还是有的。他说完打开音乐，不说这个了，听歌。常美艳似是想起什么来，摸出一个 U 盘说，听首老歌。音乐一响，陈西北忍不住笑起来，这也太老了吧？怎么喜欢听这歌儿。常美艳认真地说，是挺老，但意义特别啊。你还记不记得我们初中毕业时，班上搞的那台晚会？那是我们第一次唱卡拉 OK 吧，都没人敢唱。后来几个女生合唱了一首歌，就是这首《萍聚》。

她说的这些，陈西北都没什么印象。高中三年、大学四年，那才是他的燃情岁月，初中那点事早灰飞烟灭了。常美艳说，你肯定不记得。以前的事，你大概都忘得差不多了吧。陈西北说，也没全忘。这话说得很没底气，连他自己都听出来了。常美艳倒也没多心，抱着一对膝盖说，忘了也好，活在过去的人，都是没什么出息的。

应常美艳的要求，陈西北选了一家环境不错的文化餐厅，装修古典，落地窗户正对楼下的中央广场，算得上闹中取静，视野也开阔。常美艳进包房转了一圈，拎过包说要下去一趟。陈西北以为她去买东西，等了一阵没见她回来，朝窗外一看，头皮发麻。常美艳套着马甲，正到处发单子呢。陈西北有些生气，气她的徒劳无功——根本没人看那些单子，垫屁股的，当扇子的，还有的看都没看，转手丢掉。常美艳明明目睹这一切，依然走火入魔一般挨个发，不知道跟谁较劲。还有那马甲，陈西北都不想多看一样，太不合身，一步三晃，将好好的一身连衣裙罩得又土又丑。真是个大傻子。陈西北坐下来点了根烟。出来吃个饭，包里还带着这些东西，安的什么心？

常美艳回来的时候满脸大汗，陈西北压着火问，有人看吗？

有一个人看也行啊。她瞟了陈西北一眼，生气啦？我错了我错了，我一看到聚集的人堆就激动，包里的那些单子就冲我叫，职业病。她津津乐道地给陈西北讲起发单子时的意外收获。有次在深圳，一个搞IT的免费给她们装了一套数据分析软件，做起统计来简直事半功倍，还有几个企业老板，给她们捐赠了办公设备。

常美艳用纸压着脸上的汗说，总之，每次我感到很绝望的时候，总有一些好心人冒出来给我力量和信心。她说完笑起来，不好意思啊大律师，又让你干掉一碗鸡汤。陈西北刷着微博，心不在焉地说，鸡汤好啊，有营养。

陈西北收起手机，索性切入正题。有件事我就不绕弯了，你听了也别炸，好好想想。简单来说就是，如果吴宏生同意拿出一笔钱，并办理离婚，这事是不是能就此收场。

你现在成他的走狗了？常美艳拉下脸。

说话别这么难听好不好？陈西北说，我不是也得吃饭？

不吃他那口你会饿死？常美艳说，早知道你调头这么快，我就不该指望你。

陈西北说，我目前还没有说我一定向着吴宏生吧？我的初衷是，把这件事情圆满地处理好，两头都满意，这总可以吧？

怎么可能两头满意？常美艳说，姓吴的必须进去我才满意，你能做到吗？

你不是当事人吧？陈西北手里的茶壶停在半空，你自己又不是当事人，干吗钻这种牛角尖呢？对他老婆来说，婚也离了，钱也给了，两全其美的事，可以了吧？再说，人家犯没犯法，也不是你说了算的，何必硬要在这件事上死杠到底？

常美艳"咕咚"喝下一口茶，抹嘴笑了笑，还说不是他的走狗。

陈西北的脸微微一热，说，我只是出于综合考虑，也是为你好。吴宏生一口咬定那些诊断证明是伪造的。他既然这么说，就一定有办法翻盘。你真的没必要跟这种人斗。

常美艳说，是不是伪造他自己心里清楚，铁板钉钉的事实，我看他怎么翻盘。见她有些激动，陈西北伸手表示暂停，今天不聊这个，吃饭。

常美艳说，行啊，拿酒。

陈西北没想到常美艳这么能喝。也可能是他自己不在状态，总之没喝多久，陈西北开始发晕。人一醉就容易松懈，松懈后的陈西北把吴宏生和他那些破事全抛到天涯海角。眼下，陈西北心里全是别墅，那栋让他耿耿于怀的别墅。他问了常美艳一个问题，事后觉得特别厚颜无耻。他让常美艳说说，为什么大家都叫它"小三房"。

常美艳一点也不恼，撇撇嘴说，就我这模样，哪个男的看上我不是眼瞎吗？

陈西北说，万一就逃不过缘分这事呢？

常美艳说，既然是找小三，缘分不都是糊弄人的？谁不愿意找个年轻貌美的？常美艳看着陈西北，一字一顿地说，只有当小三才住得上别墅啊？我就不能正儿八经地跟人结婚？

这一问，陈西北酒醒了一大半，有些无地自容。他捋捋发直的舌头，说，真爱好，真爱无价。

常美艳跟陈西北讲起阿昆。去广州那年，她去阿昆店里打工，一年后两人就结了婚。阿昆比常美艳大十六岁，是个性格温和的鳏夫。第一次随常美艳回老家，阿昆就有了建房子的打算——他喜欢研究风水，也喜欢常美艳老家这个地方，认为以后来这里安度晚年也不错。只可惜，房子建好没多久他就走了。阿昆是被活活碾死的，面包车发疯一样压着阿昆的身体，前进、后退，再前进，再后退。常美艳抱起阿昆时，他全身像泼了血水，一只胳膊吊着，如同脱落的假肢。当时她已经忘记了哭，只能用拼尽全力的嘶喊驱散绝望和恐惧。

常美艳说，他出事跟我脱不了干系。都怪我，怪我多管闲事。我在火车站见到那孩子时，他全身是伤，我看一眼就不行了，于是我报了警。警察来之后我才知道，他父亲吸毒，瘾犯了就对孩子拳打脚踢。那家伙进去后蹲了一年多，出来后的第一件事就是找我们——那个被碾的人应该是我。

陈西北没想到会是这样，有些出乎他意料。他想安慰几句，不知道说什么。再看常美艳面如止水，也知道她内心已经强大到并不需要什么轻薄的安慰。木讷一阵，陈西北还是找了句贴心的话，说，幸好你俩还有个孩子。

常美艳手心"啪"的一声，一团蓝焰低调地升起。孩子是领养的，就是我在火车站救下的那个。那浑蛋撞了阿昆后判了死刑，孩子成了孤儿。香烟转移到常美艳手指间，过滤嘴上全是牙印。她吸了两口，把烟头按进烟缸使劲碾，直到断成两截，露出细碎的烟丝。挺对不起阿昆的，常美艳说，这些年，他留下的店子全被我败光了。

陈西北涌上一阵释然，它驱散内心的成见与误解，慢慢发酵成一道强烈的电波。他起身坐到常美艳旁边，将两人的位置由相对变成了水平。陈西北握住常美艳的手，这只手在他掌心缩了一下，慢慢摊开。隔了十七年的十指相扣，常美艳依然紧张，低着头，神情跟当初在旅馆时一模一样。陈西北伸出手臂，把她揽进怀里。有好一阵，两人靠着彼此，被点了穴般看着沸腾的火锅。锅里的油泡争先恐后地浮起、炸开，又被另一个冒上来的油泡取代，如此循环，咕咕咕的声音在寂静的房间里显得格外大声。突然，常美艳转身抱住陈西北，双手在他背后打了个死结。陈西北浑身被什么撞了一下，撞出怦然心动的春风拂面。然而还没等他做出回应，常美艳又闪电般地松开，她的头抵在陈西北胸口，喘着气，像刚刚结束了一场激烈的赛跑。

出了包房，街上是扑面而来的喧闹嘈杂。常美艳说，今天很开心，好久都没这么开心过了。陈西北说，开不开心，不都是你自己选择的？常美艳无奈一笑，我好像也没其他选择。陈西北觉得她有些迂腐，怎么可能？善待自己才是对阿昆最好的追念。

两人有一句没一句地聊着，不知不觉走到一公里开外的步行街。空寂的广场上，纳凉的人相继散去，只有几个踩着滑板的少年在昏黄的路灯下专注地追赶。常美艳说，年轻真好，大不了重来。陈西北羡慕地点头，是啊，输得起。常美艳默默点上烟，低头说，姓吴的给你开的什么条件？她吸了一口吐出来，我烟瘾越来越大了，这不是个好事。

陈西北递给她一瓶水，很多事，一旦有了瘾，戒掉就难了。就说我吧，那几年我是真有钱，炒房、炒股，钱滚钱利滚利，可偏偏迷上了赌，往返几趟澳门，几千万眨眼没了，直到高利贷找上门，我才相信这是玩真的。有天晚上，我站在楼顶，真想一跳了之，可一想到儿子，唉。

这我都知道。常美艳说，你后来，还真娶了那个"范晓萱"。

陈西北笑笑，可能是我这辈子最错误的一个选择。

翻版就是翻版，可你偏偏觉得区别不大。常美艳说。

两人都觉得好笑，笑完之后各有各的凄凉。陈西北问，我的这些事你是怎么知道的？常美艳扭头看他，你不是说我适合干侦探吗？

陈西北捏着手里的矿泉水瓶，先捏个坑，又慢慢将坑捏平，如此反复，最后，瓶子成了一根干枯的油条。有那么一阵，两人之间就只剩捏瓶子的噼里啪啦，像劣质的鞭炮，没精打采地敷衍。陈西北说，离婚四年，跟儿子总共见了四次，这让我对每个春节感激涕零。有天我在咖啡厅见当事人，旁边一个小孩儿不停叫他爸爸。喊一声，我心里就如刀剜一下——唉，不说这些了。他看着常美艳，语气凝重，吴总的事，到此为止吧。放他一马，也给我一个机会，刀已经架到脖子上了。

常美艳拧开瓶盖喝了一口，我有这么厉害吗？我的刀架谁脖子上了？他还是你？

都差不多。总之你退一步，对谁都好。很多事情的解决办法，不一定非要闹得你死我活。陈西北的语气近乎哀求，算我求你，行不行？

不行。常美艳粗暴地打断他。她胸口起伏得厉害，爆了几句粗口。陈西北看见她脖子上冒起的青筋，烦躁也一点点增加。

常美艳说，连你也站到他那边去了，真够讽刺的。没想到你会变成这样。

这话彻底点燃了陈西北。最先遭殃的是手里的瓶子，尽管它早已干瘪得不堪一击，但作为陈西北手里唯一的东西，它还是被扔出几米开外，一头栽地。是，都变了，就你没变，你简直就是我见过的最正义无私，最慈悲为怀的人，简直高尚、伟大、万人景仰。是不是还想当救世主、观世音菩萨？是不是还想让人给你立个碑？我要不愁吃喝我也这么干，我还能把全天下的坏人都抓起来，拯救全人类。你就作吧，继续演。可你演得再好，在我眼里也不过如此，你懂为人父的心情吗？你懂每天见不着孩子、只能对着照片解相思之苦是什么滋味吗？你什么都不懂，还假惺惺地在这里忧国忧民，可笑吧你！

几个滑板少年陆续停下，远远看着他俩。常美艳低声说，你走吧，真是病得不轻。

陈西北跳起来，对，我有病。这世上就你一个脑子清楚，我们都病入膏肓。

六

喝茶，老王讲究。通常，陈西北只敢请他吃饭，吃完饭唱歌、洗脚，绝口不提喝茶的事。旅元能喝到顶级班章的茶楼不多，陈西北只能选在"祥和春"这种贵得能杀人的地方。虽然报老王的名字能打八折，但一壶茶的价仍够陈西北喝十年的旅元毛尖。老王落座后，摸着下巴冲陈西北笑，难怪今天下血本，印堂发黑啊。他朝前挪了挪，我决定冒着泄露天机的危险给你看个全相。

陈西北无心说笑，说了常美艳和她要插手吴宏生家暴的事。老王波澜不惊地品了口茶，不应该啊，两口子上个月还一起参加活动呢。又说，也不奇怪，吴宏生一个生意人，焦头烂额的事一大堆，在家能有多少好脾气？他吊眼看着陈西北，怎么突然冒出个同学？该不会是另有目的吧？

陈西北说，我还希望她别有用心呢。关键不是啊，一根筋，认准了就死杠。

老王一笑，弄到我公司干个销售倒挺合适。

陈西北的茶杯在嘴边停住，你说人的两面性究竟有多可怕？换句话说，你相信吴宏生的另一面是凶残极恶吗？

老王哼哧一声，我觉得这不是你应该思考的问题。你该用"实用主义"来对待身边的人和事。结果最重要，别去搞那些没必要的过程分析。

陈西北嚼着他的话，有种物是人非的失落。记得当年读大学时，老王特别喜欢看《追忆似水年华》，有一年搞朗诵会，他还读了其中的一段，"尽管我们知道再无任何希望，我们仍然期待。等待稍稍一点动静，稍稍一点声响……"如果他没记错的话，这应该是老王最喜欢的一段。

老王像是知道他在想什么，摊手耸肩说，这就是现实。你要与时俱进，就得跟身边的人保持一致。他捡起一颗瓜子放在牙间，眼神犀利，找过吴总？随后恍然大悟一笑，我说呢，看来你这个同学给你下了场及时雨啊。他鬼鬼祟祟地看着陈西北笑，不是你专门派来的吧？是同学还是间谍？

陈西北把茶杯往桌上一放，杯子里的水跳出一半。老王赶紧摆手，知道不是，我开个玩笑。

陈西北没好气地说，你还别急着猜疑我，那个细皮嫩肉的"90后"你从哪儿弄来的？我看他才像间谍。

老王扫了一眼门口，你知道了？

陈西北悠哉地喝了口茶，我什么都不知道，什么也没看见。

老王严肃了很多，继而一脸无奈，我也是没办法才出此下策。老吴要收购一家游船公司，我想在里面入一股。

陈西北想起常美艳说自己病得不轻，到底谁病了，他还真说不好。他有些后悔自己把这事告诉老王，说不出为什么，就觉得不该这么对他毫无保留。临走的时候，老王说，提醒你一句啊，你这同学要真盯上了老吴，你可别站错了队。

与常美艳的交涉，陈西北报喜不报忧，没跟吴宏生多说。好在几件当急的事凑到一起，吴宏生不得不避重就轻，息事宁人。

见面的地点是吴宏生安排的，就在他酒店的洽谈室。吴宏生老婆进来时，后面还跟着常美艳。陈西北没料到她会来，立刻浑身拧紧。上次争吵后，两人之间的同学情分所剩无几，更像是水火不容的对手。陈西北心想，真该在电话里跟吴宏生老婆多说几句，但估计作用也不大，这个优柔寡断的女人已经把常美艳当成自己最信任的人，随时需要她拿主意。

这是陈西北第一次见到吴宏生老婆。即使放到人堆里，他也能看出她跟别人的区别。下巴，额头都有明显的缝针疤痕，这些外伤还不算什么，陈西北看出更多的内伤——低垂着眉眼，透出满身的倦怠和木然，不经意间紧握的拳头里，攥着怯弱和战战兢兢。陈西北心里闪过一丝不安，面对一个受害者，他不仅没有惩恶扬善，反在助纣为虐，而常美艳满脸的正义凛然，更像是提醒自己的职业本分。陈西北轻轻咳嗽一声，提醒自己别受干扰，别影响接下来的谈判。

抓紧时间，别拿腔拿调了。常美艳一开口就冒着火药味。

吴宏生老婆对陈西北指指自己的左耳说，这只被他打废了，你稍微大点声。陈西北拿出离婚合同，你先看看，有什么异议提出来。他觉得大声说话有些别扭，刻意加了点微笑。

女人把合同递给常美艳。常美艳看合同的时候，吴宏生老婆打量陈西北几次，轻声说，小常跟我说过你，说你一定会帮我主持公道。你们都是好人，我这事没人爱管，以前报警，派出所还来一趟，后来一听是我，都不理了。小常是第一个站出来为我说话的。其实，当初在火车上纯粹是跟她诉苦，没想到她真肯过来帮我。

他可不是什么好人。常美艳眼睛盯着合同打断她，人家风向早变了。陈西北忍着火没接话。不能失控，失控就输了。忍一时海阔天空。他得控制好自己的情绪，把该签的字一签，万事大吉。

看完合同，常美艳问吴宏生老婆，你觉得如何？女人侧着的脸松动了一下。陈西北说，吴总生意做得大，身家性命全压在银行贷款和固定资产上，能流动的资金也不多。生意人嘛，利益至上，他能说这个数，也算是重情重义。

她自己会拿主意。常美艳冷冷地看了一眼陈西北，你对姓吴的还真上心，快认干爹了吧？

女人问常美艳说，我签？常美艳说，你要觉得行就签吧，这笔钱你该拿。

还有一份。陈西北从包里拿出另一个文件夹，用余光扫了一眼常美艳。两份一起签，下午就安排汇款。

这是吴宏生授意的一份声明，女人必须承认，吴宏生从没有对她进行过任何暴力行为。常美艳一看就炸了，指着陈西北，无耻，流氓，混账。

女人倒很平静，拉常美艳坐下。她的意思是，吴宏生肯让一步，她也就让一步吧，好歹夫妻一场。常美艳瞪眼看她，你怎么能这么想呢？他打你的时候怎么没想过夫妻一场，你们算夫妻吗？但女人态度很坚决，似乎这笔超出她预期的补偿将她变成一个有主意的人。陈西北静静看着她，心里有了数。虐待罪属于告诉才处理的自诉案件，只要女人不主张，常美艳告吴宏生就有很大难度。

常美艳气得直跺脚，你怎么这么没原则呢？你是解脱了，他要再娶了别的女人，不一样遭毒手吗？女人瞟了她一眼，弱声说，我管好自己就行了。

常美艳从包里掏出一沓资料放到桌上，姐你对得起我吗？为了找邻居给你作证，我在人家门口一等就是几个小时，讨好作揖，只差下跪了，我图什么？你离婚、拿钱没问题，但这份证明怎么能签呢？他们明摆着拿钱堵你的嘴啊。

堵就堵吧。女人低眉顺眼地看着她，小常，我不想告他，他坐了牢，我也捞不到什么好。常美艳看看她，又看看陈西北，一把将手里的资料扔到地上。

女人沉默几秒，拿过笔说，我签。

常美艳扶着桌子缓缓起身，晃了晃，去捡那些散落在地上的 A4 纸。陈西北知道，纸上的每一个字都是她苦口婆心、忍辱负重换来的，除了她，没人在意。作为本场较量的胜出者，陈西北一点都高兴不起来，他发现自己可以对着任何人激昂陈词，唯独在常美艳面前显得拙劣。就好比此时，他明明替她难受，却只能一言不发地看着她离开。

接下来一段时间，陈西北很想见见常美艳，倒也没什么要紧事，好比一场双打，他跟吴宏生配合默契，而常美艳的队友已经退场，这样的局面，输赢已无悬念。如果一定要说上几句的话，可能是道歉，为自己的行为图个心理安慰。但又有多大意义呢？这样毫无分量的一句对不起，怕是会让常美艳更加轻视。

对于陈西北的坐立不安，老王批评他不够冷静，就是单纯的工作，哪儿有那么多对不起？他跟吴宏生观点一致，常美艳坚持一竿子插到底，肯定是有别的目的，什么公益？幌子。

老王泡好茶，让陈西北别跟自己过不去，这世上最吃亏的人就是爱较真的人。

陈西北说，说到底还是同学一场。

老王嗤之以鼻，说到底是你这个同学拎不清。吴宏生一点家事，硬是让她变成了自己家的。现在，人家老婆拿钱走人，她倒好，留下来自找苦吃。家庭纠纷快搞成民事纠纷了，我看再要不了多久，就要弄成刑事案件了。他郑重提醒陈西北，一定要把这人稳住，不能再闹了。把人逼急了，吴总可是什么事都干得出来，搞不好，城门失火殃及池鱼。陈西北有点烦，能牵扯到你什么事？

陈西北多少有些自责。他想起常美艳穿着马甲站在街头遭人绕行的无助，想起她顶着烈日的挥汗如雨，想起她腋下那个永远鼓囊囊的帆布包，想起阿昆的死，想起她一路奔波的身影。可这些付出在别人眼里遭遇着变异、分裂，最后只剩下讥讽和嘲笑。陈西北吸了口烟，像吞下一块尖利的石头，从喉咙一直刮进胃里。

七

陈西北最担心的事还是发生了。一大早，他接到吴宏生秘书的电话，让他马上过去一趟。

办公室只有吴宏生跟秘书两人，陈西北的到来，明显加重了紧张的气氛。没来得及跟吴宏生打招呼，陈西北被秘书引到一台电脑前。

是一篇发在博客的文章。陈西北看了几眼，那些密密麻麻的字像数不清的蚂蟥，缓缓爬上全身。博主不是别人，正是常美艳，陈西北从字里行间读出她越挫越勇的斗志和决心。吴宏生长达四年的施暴、涉嫌包庇的民警、个别司法人员的渎职，全没能逃出她的抽丝剥茧。陈西北搭在鼠标键上的指头似有千斤重，稍稍抬一下就要伤筋动骨。

不是说没问题了吗？秘书质问陈西北。陈西北无言应对，他从不知道常美艳写起文章来是如此逻辑清晰，句句切中要害，她执拗，却不傻，甚至还有些老谋深算。

怎么又成了你同学？秘书又问。陈西北还是答不上来。对啊，怎么又成了同学呢？这层关系并不重要，可由对方挑出来，就成了严重的问题。陈西北被动了。

是同学不假，但我真不知情。陈西北还想解释几句，大背椅里传出吴宏生的声音，他背对着陈西北说，一天之内处理好，不然以后不用在旅元混了。

陈西北也想骂人。好好的一盘棋，被常美艳扔下一颗炸弹，全毁了。陈西北明显感觉到了吴宏生的杀气，他知道，这样的杀气会随着时间的发酵无限扩大，弄不好，他和常美艳都别想活着离开旅元。

陈西北拨着常美艳的电话，把车开得飞快。

门是被陈西北狠狠捶开的。这一次，他没想克制，对这种一点情面都不讲的人，他又何必要念及所谓的情分。他一进门就咆哮起来，玩够了没有？等着打官司吧，侮辱罪和诽谤罪，哪一个你都够格。这官司，我贴钱替他打。

常美艳正在磨指甲，悠闲得很。愿意奉陪，她说，到时候我跟姓吴的一块蹲监狱，还是狱友呢。她朝无名指吹了口气，伸出手背仔细端详，点击率六万多，留言两万多，这么下去，吴企业家说不定能成网红。

陈西北冷笑一声，你知道我最后悔的事是什么吗？我从头到尾就不该认识你。你——陈西北指着她，你是我见过的最自私，最不可理喻的人。

是吧？常美艳说，既然三观不同，没什么好说的，骂够了就出去吧。她走到门口，刚要替他开门，门自己开了，带着席卷而入的杀气。

陈西北暗叫不好，人还没起身，胳膊就被一左一右死死钳住。领头的是个大个子，光头，一身横肉。他绕过陈西北，径直走向常美艳。一记耳光响起，常美艳头发散开，脸被光头夹在虎口处，豁嘴看着天花板。

陈西北使劲抽动胳膊，只是几下，胳膊就成了拧紧的发条，再无活动的余地。陈西北扭着头，先是呵斥，后是晓之以情，都不起作用。两个面无表情的武夫软硬不吃，仿佛生下来的意义就是为了钳住陈西北。

常美艳的嘴被捏出怪异的形状，话因此说得口齿不清，她铆足了劲骂，光头抬起一脚，毫不留情地踢在她小腹上，常美艳的身体猛地像虾米蜷成一团。

常美艳膝盖着地，嘴里却没停。很快，她的声音再一次变成沉重的闷响，光头一脚踏上去，像踩一只臭虫，带着浑身的厌恶与蛮力。常美艳倒在地上，如同快断气的虾子。

嘴犟什么？你别说话了。陈西北又急又气。可不管他怎么用尽力气，就是没办法从椅子里站起来。他伸出脚，朝旁边踢了几下，控制他的两个人很有经验，避开了一切受到反击的可能，让陈西北连回头咬上一口的机会都没有。

常美艳从地上爬起来，朝光头嘲讽地笑了一下，这样的笑让光头蒙上奇耻大辱。他揪起她的头发，发疯一样来回扇着她的耳光，让你笑，让你笑，笑啊，笑。

住手，住手啊——陈西北的声音支离破碎。他感觉喉咙里泛上来破嗓之后的血腥，膨胀到顶点的愤怒给了他爆发的力量。他挣脱了出来。只是刚迈开腿没走几步，一股巨大的力量阻止了他，他被拉回椅子上。光头的耳光在陈西北的反抗中越来越猛，陈西北咬着牙，瑟瑟发抖。

也不知道扇了多少个巴掌，光头终于累了。作为总结，他扬起手臂对准她的脑袋狠狠劈下去，常美艳整个人瞬间瘫软。

管闲事就是这下场。光头抹了把汗，挥挥手说，走。光头出了门，两个随从等他走了一阵，这才放开陈西北跟着出去。

陈西北一遍又一遍地给吴宏生打电话，没接。常美艳开始呕吐，陈西北哆嗦着手，赶紧拨打急救电话。

常美艳的脸又红又肿，像被马蜂蛰过，嘴角流出的血不知是因外伤还是内伤。陈西北有些怕，不停催救护车。常美艳撑起力气笑了一下，摆手说没事。陈西北捏着她的手，让她别动。常美艳虚弱地喘气，朝头顶指了指，断断续续地说，算不算铁证？

陈西北顺着常美艳手指的方向看过去，一个黑色的摄像头正静静地看着他俩，像是发出了胜利的微笑。

八

立秋之后，空气里流动的火焰灭去不少。阳光一弱，早晚便有了丝丝凉意。这样的天气，陈西北每天会早起半小时去楼下跑圈。坚持了两周，爬楼梯时的焦虑心慌竟然有所好转。

常美艳被打的视频曝光后，吴宏生被网友们推上风口浪尖，一件事牵出多件事，谁也包不住了，他强大的关系网也开始捉襟见肘，一切都在朝常美艳期望的方向发展。陈西北置身其中，到头来落了个竹篮打水。

究竟是不是常美艳坏的事，他也懒得去深究。不想深究倒不是因为他看开了，而是有些心虚，如果一开始就有无欲则刚的立场，也不至于狼狈扫地。他很快调整好状态，将生活的频道扭回原位，又像往日一样开着那辆帕萨特，从蜘蛛网一样的高架桥上横穿而过，奔向事务所，扎进那些不算复杂的小案子。

至于常美艳，两人没再联系过。自从她回到广州，两人也回到邂逅之前的互不往来。但现在的不往来跟之前的不往来是全然不同的况味，现在的不往来是刻意的，仿佛强烈的敏感和自尊让两人穿上坚硬的铠甲，谁也不肯露出柔软的一面，将彼此的关系延续下去。

陈西北心想，或许常美艳早已经对自己失望透顶，反过来说，他对她的怨气也没彻底清除。与常美艳之间的裂缝究竟有多深，陈西北从未有过测量以及修复的念头。他有更重要的事情要思考，比如拼命攒钱，要回儿子。这个重要的目标量化在每天的忙碌奔波中，分分秒秒都要用于刀刃，他分不出更多的精力去想别的。只是某天深夜，当陈西北满身酒气地回到空荡荡的屋子，毫无来由地想起了常美艳回广州前的那晚。

那天，吴宏生被公安局的人带走。常美艳要庆祝一下，带陈西北去一个老巷子吃兰州拉面。喝酒吃面闲扯，起身离开的时候已是晚上九点。巷子里没灯，他俩借着手机电筒，一步一探地往出走。陈西北觉得那天的脚步声很特别，有时穿插交错，有时整齐一致，有时快，有时慢，包揽了彼此所有的话，幽深静谧的巷子因此显得充实而饱满。常美艳点了根烟，吐出的烟雾里裹着满嘴的酒气。陈西北笑道，你要是个男的，还真能干出一番大事。常美艳的脚在黑暗里崴了一下，说，你是想说，我现在一事无成。陈西北挽住她，不是。我是在反省我自己。其实，没有什么是不能改变的，哪怕是铁面罩，决心有了，一样可以撬开，在这点上，你比我有魄力。陈西北长叹一声，想当初，我也是壮志凌云的热血青年啊。

不错，反思够深刻。常美艳说，不过，我可没你说的那么有魄力，无非是为了心安一点。为了赎罪，你信吗？

陈西北觉得她有些矫情，兄弟一样拍了拍她，日子还很长，别为了阿昆自责一辈子。

巷子尽头连着一个热闹欢快的广场，常美艳看着一群踩着鼓点的大妈，露出斩钉截铁的一笑。

走了。她冲陈西北挥了挥胳膊，朝街对面走去。她走得健步如飞，像一个郑重而果决的奔赴，奔向她人生的下一个起点。

陈西北想起那个背影，像当初那样叹了口气。他有些惋惜。下一个起点，无非是李宏生，张宏生，是一个又一个鸡飞狗跳的家事，是一群跟她八竿子打不着的人。可常美艳偏要沉迷其中，乐此不疲，陈西北除了叹一口气，还能说什么呢？自己的日子自己过，谁也无权干涉。之后很长一段时间里，陈西北开着车穿梭在旅元的街道，心里常生出一种怀疑——常美艳究竟有没有来过这座城市，两人究竟有没有见过面？常美艳在他心里，渐渐成为一个虚无的存在。

九

再次接到常美艳电话时，旅元迎来一场大雪。

常美艳在电话里说，希望陈西北能去趟广州，与她见一面。那几天，陈西北受了一次重创，几乎对所有人都失去信心。他在电话里拒绝了常美艳，连理由都没给一个，只是说忙。这样的消沉源于他对一件事情的确认——那天冲进常美艳屋里动手的人果然是老王安排的。自从他知道有常美艳这么个人，就主动靠拢吴宏生，成为他的另一条眼线。面对陈西北的质问，老王委屈得振振有词，又没伤着你半根汗毛。再说，不试试，怎么知道你对她如此情深意重。他刚一说完，陈西北就动了手，一拳打向老王，也打碎了那个迷失的自己。老王应声倒地，他身上也传来刺骨的疼。是该醒醒了，自己跟老王又有什么区别呢？他开始抽自己耳光，身体里早就长满龌龊的马蝇、蚰蜒、苍蝇、毒蝎，它们正从肌肤的深处爬上脸颊，他必须用尽全力把它们拍死。

陈西北抽得浑身是汗，坐下来喘气。一只紫砂壶在地上四分五裂，浅黄色的茶水沿着碎片蜿蜒流淌，各奔东西。

神经病。老王穿好外套，系好围巾，又回到往日里高瞻远瞩的风范。他冷冷看了陈西北一眼，丢下几句更脏的话。

陈西北把毛衣领子往下拉了拉，盯着一只茶杯发呆。流畅的线条，上好的工艺，杯身刻着"禅茶一味"的篆体。他感觉脸上的灼痛渐渐明显，正从脸颊朝耳根扩散。禅茶一味。陈西北起身，看着窗外飞洒的雪花，长长舒了口气。

接完电话的第二天，陈西北坐上去广州的动车。拾起见面的念头，只因为常美艳的第二个电话。她在电话里说，还是来一趟吧，我在看守所。

几个小时后，陈西北坐到常美艳对面。常美艳看着他的肿脸，忍俊不禁地说，左撇子啊，两边不对称。陈西北笑不出来，他没想到再次见面会是这个情形。两人隔着一道铁栏，冰冷坚硬。常美艳挽在脑后的长发不见了，取而代之的是并不合脸型的妹妹头。

常美艳指指黑色棉袄外的背心说，跟我原来那件差不多，就是字不一样。又朝他摆了摆头，这发型怎么样？

挺好。陈西北说，好像胖了点。

在这里吃得香睡得好，不胖才怪。

你倒心宽。没见过你这么傻的。陈西北伸手去兜里掏烟，掏出一半，又塞回去。

我戒了。常美艳说。

陈西北点点头，戒了好。他看着常美艳，是真胖了。原来的尖下巴，变成了浅浅的圆——更像是心宽体胖。陈西北全然明白为何会有这样的变化，当他听说了全部情况，就已经理解了常美艳所做的一切。

这个自首的打算，让常美艳挣扎了很多年。一个乡镇医院，家属又没追究，医院自然想不到应该开一个死亡病例讨论。如果不是她自己说出来，这个秘密就会同继父的尸骨一样，被埋进厚厚的黄土，烂到无踪可循。可这样的秘密对常美艳来说，不仅没有消散，反随着时间愈发坚固清晰，成为身体里最显眼的一部分。它肆意生长，时刻提醒着她，侵夺掉她所有的快乐和坦然。陈西北知道，常美艳不是傻，更不是一时冲动，这是她唯一的出路。面对无形的折磨，她实在熬不下去了。

自首那天，常美艳说得很快，那些字争先恐后地从喉咙里往外挤，生怕稍晚一秒，从胸口到喉咙的通道就会立刻关闭。中途，她求警官给了她一根烟，点烟的时候她双手一直在抖，最后是警官帮她点的火。她吸了几口烟，继续交代，人是她毒死的。继父吃了她下的药，全身抽筋，嘴巴张得像碗口那么大。断气时，他一只手朝着自己，手掌是一个抓握的姿势。这些年，她一直被这只像铁钩的手折磨着，五脏六腑都快被搅烂。

陈西北托广州的律师朋友见到了那个警官，三人吃着饭，很快熟络。警官说，这人很特别，少见，做完笔录签字的时候，还冲我笑了一下，很客气地说了句谢谢。警官放下筷子，笑笑，没见过哪个犯人在坐牢之前笑得这么开心，撞上大喜事似的。从饭馆出来，陈西北只有恨铁不成钢的愤怒。扯淡。你怎么不说全世界的人死了都跟你有关系。他闭了闭眼，朝花坛旁一只垃圾桶踢了一脚。街上车流如注，陈西北走上天桥，耳边全是轰轰隆隆的声音，这些声音从四面八方涌来，一齐灌进脑子里，撕扯着每一根神经。

老家那个房子，你帮我处理了吧。常美艳说，反正我妈也不想回去住了，谁买去，办个农家乐最好不过。

陈西北说，行。我抽空回趟老家。他其实想说，他会去镇上的派出所一趟，把当年她遭受家暴的笔录调出来，对判刑有利。他起身时，常美艳的眼睛突然追上来，西北，要是回老家，替我去看看那家旅馆吧，303 房，如果你有空的话。

十

一声斗地主的"炸"把陈西北吓了一跳——他老在走神，也不知到底在想什么。老板的脸从电脑屏幕前探出来，眼神涣散地看着陈西北，等着他先开口。

陈西北坐的是最早一班回老家的动车，到县城已是下午一点。县城到处是热火朝天的工地，各种机器声此起彼伏。所幸那家旅馆还在，只是稍微装修，将门口的"住宿"招牌换成了霓虹闪烁的"君来旅馆"。

三楼有空房吗？陈西北说，303 吧。

墙面重新粉刷过，床比以前宽，蹲坑换成了马桶，窗帘也由浅白换成遮光极好的暗灰。陈西北有些惊讶，当年他并没留意，可此时往这里一站，却能看出每一处细微的变化。他拉过椅子缓缓坐下来，十七年在这间房子里，真能短成一瞬吗？

外卖送上来的时候，陈西北下去买了瓶二锅头。他拉上窗帘，把灯打开，将两个床头柜拼成一张桌子。

你结婚那年，我来过这里一次。房子刚装修，全是油漆味。陈西北脑子一嗡，两腿发软。他环顾四周，明明只有自己一人，可常美艳的声音却听得真真切切，就在对面，就在桌子的那一头。

他坐下来缓了一会儿，没那么害怕了，看着对面空荡荡的墙壁，常美艳似乎就坐在那里。

常美艳说，那天其实特别想给你打个电话，你号码我一直都有。从小缺爱的孩子是自卑的，这种自卑，是长在身上的瘊子，你厌恶它，却又不得不与它相依为命。陈西北看着常美艳拍了下床沿，我拿着你留下的信，在这里坐了好久。那种悲伤，让我看所有的东西都是一个颜色，灰色，全是灰色。

陈西北倒了酒放到对面，跟着开始剥花生，剥了一大盘，也放到对面。他端起杯子，举到空中做了个碰杯的动作。

常美艳喝了一口，脸皱成一团。听他们说，如果立了功，能从死刑到死缓，再从死缓到有期。要真能出来，你去接我。

陈西北看着她，想要吻她一次。他起身走过去，他真的这样做了。接着，他看见常美艳呆呆看着他，不认识他似的。她转身倒了杯酒，一手端着杯子，一手去擦脸上的眼泪。可眼泪老是流，她两手刚握住杯子，脸上又是稀里哗啦一片。她不停地擦、再擦，慌慌张张地，酒也洒了出来。后来她放下杯子，扯了一大把纸巾堵在脸上，那些眼泪终于像开闸的洪水，流了个痛快。

这顿饭吃了很久。一瓶二锅头喝完，陈西北撤了桌子，拉开窗帘。一团接一团的雪花正密密麻麻地往下掉，泛着银白的光，明亮通透。远处的灯塔、山峦，近处的树木和房屋，全凝固成线条各异的图案，梦幻般神秘。

窗外对着一条长长的马路，此时，它更像一条洁白的绸缎，通向看不到终点的远方。陈西北看见绸缎上走来两个人，女孩儿穿着水红色毛衣，黑色健美裤，腼腆地笑着。她身旁的男孩儿双手插兜，下巴朝天地吹着口哨。

雪越下越大，陈西北推开窗户，仔细看那男孩儿，那家伙吊儿郎当的样子，怎么就那么像自己。

演唱会

进入三个月倒计时后，任红的睡眠更浅了。

中考作为孩子人生大考的起点，已经被她延伸为谋个好归宿——不狭义指婚姻，更是实现时间和财务自由，成为人上人，起码，不能像她这样过日子。她这种延伸被老严视为爱慕虚荣，当个普通人有什么不好？考不上重点又有什么关系？任红反问道，是人话吗？孩子升学路上什么都不怕，就怕有个猪队友。

在女儿学习的问题上，任红一向都是打有备之战。几年前的小升初，任红想送她进市里最好的私立中学。这不是件简单事。笔试只有一天，笔试之后是面试——面学生，也面家长。面试的提问出其不意、攻其无备，几番筛下来，"幸存者"不过十分之一。

任红知道，以女儿的实力，正面迎战毫无希望。她靠着在保险公司摸爬滚打十几年的社交经验，如愿结识了一个人物，又因为提前研究了一些养生之道，总能在饭局闲聊时给出一些简单又有效的偏方，充当半个中医以及半个心理治愈师。面对在暗处伸过来的手掌或是暧昧微信，她也能做到张弛有度，游刃有余。

由此，女儿的小升初走了一条绿色通道——不过是喝到醺畅之时，那人掏出手机打了个电话，事情就铁板钉钉了。成为私立学校家长后，任红被同事高看一眼——工作能力再强，也抵不过将孩子送进名校，换句话说，肯在孩子身上花心思是值得尊敬的。不过任红不敢在赞誉中忘乎所以，听得越多，压力越大。进去只是开始，能不能在汪洋大海中经受风浪抵达彼岸，谁都不敢保证。

万万不能让人看笑话。她不止一次这样警告女儿。

今年热得比较早，才四月中旬，热气就纷纷往外冒了。从超市出来，不多的头发在汗水里捉襟见肘，头顶更显稀疏，快接近秃顶了。

任红无法容忍，想快点走，无奈东西实在太重，脚上刚一加速身体就跟跄起来。上一次是腊月底，她裹着条炮筒棉裤，也像今天这样歪歪倒倒从菜场出来，一头便撞上初恋男友。二十多年杳无音讯，偏偏这时撞上。任红从那张瞠目结舌的脸上知道了自己的狼狈指数，她在心里骂这世界真小，骂完又坦然消化，身为九年级学生家长，还有什么资格去保全初恋心中的完美形象呢？

进门将鸡肉洗净焯水，过油爆炒后连同生姜红枣葱段一起放进砂锅。女儿说，周三最打不起精神，双休在家存储的油水已消散殆尽，周五又还遥遥无期。为了实现周三下午的时间自由，任红申请从续收部调到财务部，用减少三分之一工资换得女儿的营养补给。女儿在班上有三个成绩优异的死党，任红当然有义务维护这份同学情谊。只是，四个人饭菜不比一个人那么简单，任红不得不配备折叠桌椅、便携电饭锅、砂锅和大号菜盒，早早在学校对面摆好爱心摊位。

电话和下课铃同时响起，是"御姐"。任红没工夫揣测是喜是祸，赶紧接电话。那头一如既往地简单干脆，第一节晚自习有空吗？来趟学校。任红点着头连说好好好，远远见女儿没精打采地从校门口出来。挂了电话迎上去，才知道另外三个去省里参加英语辩论赛，下周一才回。

怎么没你呢？任红问，老师点的还是自己报的？

女儿推一下眼镜，很不耐烦，是辩论赛，又不是刷卷子。别人学的是真英语，我学的只能应付考试。

任红打开菜盒，将筷子递到她手里，学英语还分真假啊，只要能考高分就行。

女儿蹙眉，说了你也不懂，你就知道高分。

在女儿眼里，任红就是个土包子，什么也不懂。易烊千玺说成易千烊玺，听到 cosplay 时一脸茫然。两人唯一能交流的，大概也就是考了多少分、想吃什么菜。用女儿的话说，完全不能 get 到她的点。她不单继承了老严的梨形脸和八字眉，说话也学得跟他一样生硬直接，吐不出几句软和话。任红很羡慕那些勾肩搭背，亲姐妹一样的母女。羡慕归羡慕，也没真往心里去，只要能进重点高中，其他都是浮云，无所谓。

女儿一碗饭没吃完就撂了碗，任红联想到"御姐"刚才那个电话，边盛汤边问，月考成绩出来了？数学——多少分？

卷子太难了，难得变态。女儿皱着眉头吐槽，又在任红眼神的紧逼之下嚅动出分数，七十四。

什么？任红扔下勺子，汤汁四溅。我看不是卷子难，是你心思根本就没在学习上。进不了重点高中就上不了好大学，还要我说多少遍？啊？你这样还怎么上好大学？

我不上行了吧。还能怎么样，我已经尽力了。女儿声音轻飘飘的，透着挑衅与决绝。她开始发育了，随胸部凸起的，还有反叛因子。叛逆最初就是反抗，哪里有压迫哪里就有反抗。任红按着一巴掌掴过去的冲动，转头看向身后那些拔地而起的楼房。无数栋楼，无数个楼顶，悲剧只在一两秒之间——她心里窝着一团火，熊熊燃烧，却又不敢再喷出来，担心自己再多说一句，女儿也会像网上那些孩子一样，毫不犹豫地从楼顶纵身一跃。

活着才是最重要的。任红这么安慰自己，无奈而悲壮。她随即拿出纸巾给女儿擦汗，被侧身避开，任红求饶一般安慰、道歉，半真心半违心，单为了稳住女儿。

女儿不领这份情，起身走了。任红看着她的背影，那种元气大伤、无心恋战的绝望又漫上心头。养儿育女到底何苦，上辈子欠你的吗？我自己不会过安逸日子？预备铃响起来，任红来不及再抱怨，麻利把剩菜剩饭按原样打包后放进车里。"御姐"最讨厌邋遢颓废又不守时的家长。这么想着，她抹了点口红，并重新扎了头发。

"御姐"这名字是上上届学生取的，后来不只是学生，连同事也这么叫。她是市名师，带出好几个中考状元，是全市最年轻的特级。能进她班上的学生，家长都非富即贵。第一次家长会，家长们齐聚一堂，衣着谈吐都是信号。任红通过一番细密观察，掂量出自己是最势单力薄的那一层。一想到女儿即将备受冷落自卑怯弱的样子，任红便心如刀绞。她决意拿出当年跑保单的公关劲头，在家长会结束后找到御姐，自告奋勇当家长志愿者，为班级跑腿。之后的日子里，任红像个侦探，密切关注御姐朋友圈的一举一动。御姐半夜抵达机场，她抢着去接；御姐批作业到凌晨想吃周黑鸭，她马上在美团下单；御姐喜欢棉麻围巾，她一口气快递五条。任红坚信自己的逻辑，全班四十五个孩子，每个孩子各有优势，她若不抢先在御姐心里扎个马步，机会永远轮不到女儿。机会太重要了，任红相信自我暗示这一说法，经常受关注和鼓励，孩子会更加自信，学习能力会更强。

任红铆足了劲铺路，御姐也极力往路上引，轮到女儿出场，却总是不尽如人意。最难的就是数学，能给的机会都给了，三年下来，分数从没超过八十。御姐不止一次严肃地看着任红，数学这关不过，重点根本没希望。

今天御姐请任红来办公室，依旧还是因为数学这个老大难。御姐修长的手指叩着试卷，满脸恨铁不成钢，二十分送分题，她看错题目，一分没得。大题丢分情有可原，基础题丢分，就是马虎大意。真不知道她天天在想什么。

任红尴尬地拉扯一下嘴，哭不像哭笑不像笑，兼有被重视的感激之情——御姐严厉苛责，说明女儿还没被放弃。

都是老毛病。御姐看她一眼说。

任红连连点头，是是是。话里蕴藏的意思她也明白，学习习惯和方法必须在启蒙阶段就打好桩子，现在的陋习，全都是家长关键时期的疏忽放任，即，孩子的问题就是家长的问题。这种归根溯源式的反省环节在家长会上进行过很多次，任红也是反省者之一。她看着卷子，感觉上面那些叉全打在自己脸上。

御姐抽出纸巾压了压脸，起身去开空调。任红趁机抬起头，活动了一下脖子。御姐穿着黑色鳄鱼嘴皮鞋，白底印花包裙，黑色针织短袖，外企白领一样干练。自认识以来，任红从没见过她素颜的样子。班主任都是六点到校，十点离校，上完课跟操，开完会查寝，不管多高强度的连轴转，丝毫不影响她妆容精致。什么叫女强人？这就是，不管多忙都会让自己优雅体面。任红对比出差距，自己还没她一半忙呢，怎么就弄得风尘仆仆，灰头土脸。

御姐拿出排名表让任红看，比上个月下降了四名。都冲刺阶段了，别人都在加速，她这是要高风亮节准备垫底啊？御姐像在隔空质问当事人，照这么滑下去怎么办？还想不想进重点高中？说了那么多，全没听进去。

任红犯起耳鸣，有点听不清御姐后面的话。她盯着桌上一只水杯，不敢看御姐。御姐眼睛一定睁得很大，灰色的美瞳寒气逼人。御姐继续说，我压力也很大，我希望你们家长多花点心思在孩子身上，不是交给我们就万事大吉了。任红连忙点头、赔笑，作出定会严加管教的样子。

只是还怎么管呢？家里的电视两年前就断了网，客厅白板上贴着各种概括性知识点，右下角固定一个黑色方框，每天都在提醒中考倒计时。进入九年级下学期后，女儿所有娱乐活动全部取消，唯一劳逸结合的方式就是楼下跑圈，还得边跑边听单词。任红看过一本书，关于好习惯的养成有一个多米诺效应，大致意思是说，当你实施一种行为时，其他行为也会随之改变。为此，她从七年级要求女儿从"便签条速记"开始，任红坚信这是倒下去的第一张多米诺骨牌，时间一长，良好习惯就连锁反应一般依次建立，比如定计划、整理错题、反思总结等等。所以，鞋柜、洗漱台镜子、橱柜、床头，花花绿绿的便签条如牛皮癣广告一样无孔不入。因为这个，老严发过一次大脾气，质问她这还是不是家。她懒得理，顺手又往阳台的玻璃门上添了几张。还有件事她道听途说，甚至不敢对任何人讲，她听说"川"字纹是"斩子剑"，会影响子女运气，毅然花了几千大洋，去整形医院打了肉毒素，将眉间弄得一片平整。任红的心思已经用到了顶，只是御姐不知道罢了。可知道了又怎么样？分数上不去，说明心思还不够，说明心思都是浮于表面，是假大空——御姐肯定会这么说。

任红从办公室出来，说不出的绝望，好比对付身体顽疾，能试的疗法都试了，还是无法根治。

电话首先打给李霄鹏。御姐是堵，李霄鹏就是疏。御姐是熊熊大火，李霄鹏就是灭火器。当任红感觉坠入天坑，李霄鹏就是救命天梯。

第一次知道李霄鹏时，任红跟老严刚确定恋爱关系。那会儿老严还是小严，211毕业，市重点引进人才。饭局是李霄鹏组的，喊了一桌初中同学，既是为昔日的班长接风，又是为怀念同窗岁月的手足情深。任红对李霄鹏第一印象很差，一个乡镇教师，举止言谈全是官场上那一套。而饭局的意图也再明显不过，无非是在提前押宝，待班长平步青云后拉自己一把。任红当时就想，真是个人精。不过事后来看，这场饭局也是白费心思：一来，小严不喜欢搞这套；二来，他从骨子里瞧不上李霄鹏；当然还有第三，老严压根儿就不会平步青云。

再次知道李霄鹏是十多年之后。女儿进初中后，校外补习班成了校内课堂的标配。放学走出校门，补习班是下一个目的地。成绩差要查漏补缺，成绩好要强化巩固，个个都有补课的需要。有的家长还在小号群里说"相声"，补习班是什么？是填缝的沙，是糊砖的水泥，是途中加油站。不上补习班能考高中吗？不能。不上补习班叫读书吗？不叫。也有个别家长不同意，说学霸都是妈生的，有没有读书的能力，一出生都定好了。另一个立刻反驳，爱迪生天赋高不高？不也是坚持了那么多年才发明出钨丝灯吗？要想成学霸，途径就一条，勤奋努力学学学，坚持不懈补补补。

天天扎马步的任红没工夫在群里搭腔，她火速调研摸底，最后锁定"起跑线"培训学校，理由是，几届中考状元都在这里补过课。她去官网上一查，两眼瞪成铜铃——网页上滚动的动态信息里，随处可见"总校长李霄鹏"。十几年不见，李霄鹏胖了，但胖得精干矍铄，气场强大。他的微笑比曾经内敛谦卑了很多，让人能明显感受到他这些年来的修炼和拥有着的更高格局。任红想起一句江湖老话，三十年河东三十年河西。还没用上三十年呢，李霄鹏就鸟枪换炮，今非昔比了。可人家靠的是什么，无非就是敢想敢干，不轻易放弃。她想到老严，心直往下掉。

打电话的事自然交给老严，并下了硬要求，必须进。老严坐那没动，备受着辱的样子，你知道我不爱求人的，还求他？他什么底细我不清楚？交给他我还不放心，误人子弟。

任红以为老严怒归怒，气消了还是会妥协，毕竟女儿是他的软肋。但老严这次犟到了底，坚决没打这个电话，他甚至认为任红是在故意刁难自己，全市那么多补习班，偏偏就他那行？任红气得无话，好半天才说，我看你就是嫉妒。

李霄鹏在南滨路校区设有小食堂，政界商界艺术界，各路大家都是常客。任红很喜欢这个圈子，但凡有客人在，任红都会端着酒杯挨个敬一圈。两人认识后，任红很快绕过老严和李霄鹏成为朋友，也可以说是知己。是知己，不说两肋插刀，喝点酒、闹闹气氛总是应该的。餐厅连着一间茶室，饭吃完，大家移步到茶室聊天醒酒。任红不仅在这里认识了各种闻所未闻的名茶，还听了很多场人生哲理课。茶室连着一间开放式书房，任红第一次来这里找李霄鹏，他正在临摹曹操的《观沧海》。外面下着大雨，木质窗户半开半闭，几枝绿萝在雨中摇曳，瘦弱却坚强。没事，肯定补上去。李霄鹏搁下笔，跳过客套寒暄，提前给任红吃了一颗定心丸。任红皮鞋淋湿了，裹在绿色塑料鞋套里正慢慢变热。李霄鹏请她坐下，又说了句，放心，只有不会教的老师。任红点点头，想起老严那张无动于衷的脸，差点湿了眼眶。

李霄鹏早早在办公室等她。接电话时他正在外面办事，这会儿已经赶回来了。任红的事就是他的事，他不止一次这么说。

他按下取水键，龙头转了个半圈，精准地对着一具铜壶。伴着轻微的潺潺声，一条袖珍瀑布纤细笔直，不疾不徐。任红无心喝茶，要不，一对一吧，只有三个月了。

任红跟着李霄鹏下楼。一推门，难以描述的紧迫感扑面而来。老师们穿着黄色T恤，背上印着各种关键词——冲刺、集训、突击、必赢，让任红都恨不得加入其中燃烧一把。七百多平方米的楼层，每一间教室都坐满了学生，个个埋头疾书或专注听讲。墙壁是草绿色，清新醒目，每一面都有一个主题，成绩动态、历年高分榜、励志名言等等，像一面又一面战鼓，齐声喊着"必胜！必胜！必胜！"

李霄鹏带她来到一对一教室前，任红一眼看出优势，一张长桌，一块白板，师生面对面坐着，朋友般舒适平等。因为不用佩戴扩音器，也就少了声嘶力竭，课堂看上去从容很多，更适合吸收消化。整个课堂属于孩子一个人，哪里不会讲哪里，一遍不行讲多遍，所有难点疑点逐一过关，百密无一疏。五百一节课又怎么样？五千都行。任红站在半透明的玻璃窗前果断地说，就这种，就上这种一对一。

回到茶室，李霄鹏打开冰箱拿出一个方形西瓜。任红说，怎么变形了？不是转基因吧？李霄鹏说，怎么会？放进模具里，想要什么形状都行。你可别小瞧，农展会上一只能卖上千元。

他切好摆盘，放到茶桌上。任红尝了一块，跟普通瓜没什么区别，卖出天价大概全因为创意吧。荒谬，人类总那么自以为是，不过是吃一口西瓜，非要限制生长，强制成型，搞出些奇形怪状的东西来。那会儿她也不知道怎么了，暗暗跟那个西瓜较起劲来。楼下那些教室算不算模具，孩子又算不算批量压制出来的畸形瓜？任红没把这个问题抛给李霄鹏，当然不能抛。

李霄鹏正意味深长地看着任红，孩子在这里上课，严班长没意见吧？

任红说，能有什么意见？家里我说了算。李霄鹏笑着将茶杯轻轻放到桌上说，我看也是。他说完从包里拿出三张票说，一个地产公司搞演唱会，送你几张。任红接过来看，刘德华、张信哲、韩红、邓紫棋，看着看着不对劲，才发现全是明星脸模仿者。她耸肩露了个苦笑，不知道说什么。李霄鹏也跟着笑，不是正品，九块九包邮，就图一乐。

压轴是李宗盛模仿者。任红是听李宗盛的歌长大的，迷得发狂。一九九八年他跟林忆莲结婚，任红躲在房间哭了一场。那时候最大的愿望，就是去听一场李宗盛的演唱会，参加工作后倒是下过几次决心，但总有更重要的事情等着她，工作、结婚、生子，忙碌奔波，一地鸡毛，缺钱也缺时间。一转眼，大哥倒是激情依旧，自己却成了奔四老母亲。

任红掸掸手里的票说，真想去听场正版。李霄鹏说，这有什么难，真有一场，深圳站，六月十三号。任红一算时间，说，中考前七天，怎么去啊？主办方家里肯定没孩子中考。李霄鹏说，也简单，等孩子考完了再听别的巡演站，跟老严一起。任红心想，那还是算了吧。

女儿的名字是老严取的，严顺然，顺其自然。这名字与其说取给女儿，还不如说是取给他自己。从谈恋爱到现在，任红就这么眼睁睁看着老严一步步顺其自然地落于人后，从市委政研室"流放"至莲湖区民政局窗口，见证无数对夫妻的缔盟或瓦解。很早以前，两人还能推心置腹的时候，任红启发过他，任何年代，得过且过都是很可怕的。很多事，你得有谋略，有规划有，野心，一步步往上走。老严起初还辩论几句，地球上所有东西，到最后不都往下吗？后来任红说得多了，他就有些不耐烦，一个字送给任红，俗。最近几年因为女儿的成绩，任红心力交瘁，有一次她实在忍不住冲老严说，我怎么找了你这么个逆来顺受的缩头乌龟，你放任自己就算了，起码该关心女儿的分数。老严说，分数分数分数，除了分数，你还能看见什么？咆哮间，茶杯应声落地，裂成碎片。

为了女儿，再难也得往下过。莲湖区在市区边缘，隔着二十公里，老严只能周五回家。女儿升九年级后，任红试着在每个周五晚上做着多番努力，努力在老严进门前将面容语气都调整到一个妻子该有的温和。教育专家说了，温馨和谐的家庭氛围更利于孩子学习。只要是对女儿学习有利的，任红都愿意尝试。

老严爱吃生拌豆腐，反正简单，任红每周都会做。只是老严豆腐照吃，对任红依旧冷漠。饭桌上他只跟女儿聊天，学校伙食如何，午觉能不能睡好，天气微微有些热了，寝室温度怎么样，有没有什么令她开心的人和事，等等，至于学习，则一概不提。因为这样，女儿很期待他回家，跟他也比跟任红亲。

任红往嘴里送了几大口米饭，使劲地嚼，快嚼出把刀来。好人都被你做了，我就该当恶人，从小到大你付出过什么？这样的爆发只允许在想象中，内心有多狂暴，外表就有多平静，在女儿面前，她必须当一个好演员。

饭吃到一半，老严跟女儿说，我们单位发了电影票，明天去不去？女儿咬着筷子扫了任红一眼，又不太放心地看着老严，可以吗？任红尽量注意方式方法，轻声问她，可不可以，你自己心里要有数啊。中考后一个暑假还不够你玩的？再坚持坚持，好不好？

听说考上重点高中，学校会通知提前入校补课。女儿仗着老严在，撇着嘴说，恐怕暑假还没过完，又该进入高考倒计时了吧。

老严跟着在一旁叹了口气。任红笑里藏刀，搅着碗里的饭说，叹气什么意思？哪儿委屈你了？

老严说，考了高分又有什么用？你看看她，都被你逼成什么样子了。

任红轻声回击道，拿你看，考高分的确没什么用。

老严说，我凭自己劳动吃饭，问心无愧。

两人互相丢着冷兵器，刀光剑影，杀气腾腾。女儿默默放下碗去了卧室，屋里的气氛一下跌落到冰点。好好的晚餐，好好的温馨计划，被老严一手摧毁。任红深吸一口气后继续吃饭，并刻意放松眉眼避免紧缩。不能皱眉，生了"川"字纹，又得舍财挨痛。消战片刻，她盯着那碗番茄蛋汤，头也不抬说，数学改为一对一，所有费用加起来大概两万六，老规矩，一人一半。

我一个月就那么多，老严打断任红，谁报谁想办法。

任红沉默了好一阵，说，随便你吧。为了然然，我什么都可以忍。

老严笑笑，我也一样。你天天往那个人那里跑，不只是为补课吧？为了然然，我也能忍。

任红夹了一块东西送进嘴里，嚼了几下才发现是生姜，忍着辣咽下。老严看出她的心虚，为印证了自己的猜疑而更加恼怒，扔下碗出了门。这一轮交战，任红惨败而退。她离开战场坐到客厅，后背冒出一层冷汗。难怪老严这么对她，或许在他看来，他并非毫无付出，他已经付出了身为男人最致命的尊严，这还不够吗？

晚上，任红躺在床上辗转难眠。她的确在李霄鹏面前流过眼泪，就是老严从市里下调到梁湖区那次。李霄鹏一向不乱说话，那天也颇有微词，言下之意，老严就这么个性格，没办法的事。此时任红再想起这事，有些后悔，何必叫外人看笑话呢？想到老严硬气耿直了半辈子，不给任何人弯腰，却为了女儿选择隐忍，任红有些心酸，可仔细想想，自己跟李霄鹏又有什么呢？一年前吧，李霄鹏生日，一桌人在小食堂吃完饭，转场去KTV。她跟李霞鹏挤在后排，车子朝左转弯时，李霄鹏搂了一下她的腰，短暂而有力，像下意识的挡护，也像一句神秘暗语。除此之外，李霄鹏从未对她做过什么，连半句耐人寻味的短信都没有。坦白说，任红有过失望，但很快归于平静。李霄鹏白手起家打下千万家产，什么风浪没见过，会对一个姿色平平的中年妇女牵肠挂肚？不过是生意人惯用的感情投资罢了，况且，小食堂她也不是天天去，指不定还有其他女家长也是那里的座上客。只是，任红哪怕看出李霄鹏城府之深，也没办法敬而远之。适者生存，为了孩子，她只能让脑子更糊一点，让脸皮更厚一点，斩断敏感又无用的自尊心，凡事都去征求他意见。说到底，两人之间所谓的默契和肝胆相照，也不过是逢场作戏的暧昧游戏——既然如此，为何又在老严面前心虚呢？任红自己也解释不好。她表面上对老严剑拔弩张，盛气凌人，其实是想掩盖自卑。与老严认识到现在，十几年过去，任红在老严面前的自卑其实一点没减，老严重点大学毕业，英语八级，床头摆的书比砖头还厚，哪一样她都无法企及。任红心想，离就离，真到那一天，自己也不会说半个不字，这么多年，她也累了。

周六照例比往常起得更早，洗漱，准备早餐，叫醒女儿，七点半准时出门。车上，任红跟女儿聊了几句，多是鼓励宽慰的话，女儿有一声没一声地应着，基本游离在外。到培训学校楼下，任红回头，见女儿早睡着了，手里还握着没喝完的酸奶。任红拉开门，软硬兼施将女儿叫醒。女儿的书包很重很大，坠到屁股，加上背有些驼，走起路来一点都没有青春蓬勃的意思，倒像个老气横秋的打工妹。任红心疼几秒，很快又套上铠甲，拿不容商量的语气说，背挺直，别扛着。

"起跑线"的数学首席教师是李霄鹏用六十万年薪挖来的，一位三十出头、有点撞脸林志颖的留学博士。李霄鹏说，这位夏老师学过心理学，知道怎么跟青春期孩子相处，而且极会押题，一押一个准。他笑着说，人家摆明是可以靠颜值吃饭的，偏不。任红看着墙上的照片点点头，是挺帅的。

第一节试听课，任红在安保室看了会儿监控，果然不一样，女儿不时打断老师发问，很是专心投入。任红想到一个词，心神合一，女儿似乎真与那些数学题融为一体了。八年级时任红不是没考虑过一对一，但总觉得垫底差生才这么做，加上李霄鹏经常安排实习生给女儿开小灶，跟一对一也差不多。此时她对着监控后悔莫及，一分钱一分货，实习生能跟首席比吗？

任红给保安递了包烟，像往常一样步行回公司。公司就在附近，周末也没人过来。任红在办公室备了张折叠床供女儿午休，下午再接着上两小时英语。有时候，任红也觉得女儿很累，两天假期，各科挨个补，吃饭睡觉都赶着时间。但看看身边，哪个孩子不是这样呢？那些县城的孩子，五点多就起床往市里赶，午觉只能在教室趴会儿，陪同的家长没地方可去，只能在银行或商场消磨时间。相比之下，女儿和自己都够幸运了。

任红在办公室算了笔账，这三年，补课费差不多花了二十来万，加上私立学校的学费和各项开支，四十万是有的。幸亏这几年保险行业还算景气，任红逮住机会赚了点钱，不然真不知道怎么撑下来。一想到进高中后课时费会翻倍不止，任红就有些心烦意乱。她反锁上门，打开折叠床躺下来。闭上眼，脑子里出现一个奇怪的布阵，女儿在正前方，老严站在身后，左边是御姐，右边是李霄鹏。她猛地睁开眼，原来自己一直被囚在这冰凉刚硬的牢笼之中吗？她又想起了那场演唱会，愈发想去，或许那是唯一一道缝隙供她苟延残喘。任红脑补了一下画面，自己一定会听得两眼潮热吧，可能是《山丘》，也可能是《当爱已成往事》，也可能大哥抱着吉他刚一出场，她就已经泣不成声了。曾经，那些歌如黑暗中的微光，支撑着她往前迈步，其中苦涩只有她自己知道。她并不是矫情感伤的人，日子再难，咬一咬牙也就挺过来了。但每次那些旋律一响起，她还是会生出很多冲动，想哭，想喊，想奔跑，在看不到尽头的跑道上加速，飞一般逃离周遭的一切。

她起身，从包里翻出李霄鹏给的那张票，压到键盘底下，打算周一送给同事。她不会为了那几个模仿秀挤在密密麻麻的人堆里受罪，模仿得再好，也是个没有灵魂的木偶，也不是真的大哥。

一对一立竿见影。每个周末回家，女儿一进门就扎进房间做习题，再不像以前那般不情愿，还主动定下目标，五月份月考冲过九十五分。任红不敢相信，这夏老师施了什么法，这学习态度和进步速度，简直超过前两年的总和啊。她给李霄鹏发了条微信，一来感谢，二来想给夏老师送点礼物略表心意。李霄鹏说没必要，有进步就好，我也放心了。任红拿着手机陷入幻想，月考真要冲过九十五分，见御姐也有底气了，御姐也极有可能在家长群里对女儿提出表扬，女儿会因此更加努力，这是个良性循环。到时候该怎么回复呢？两朵玫瑰花加两个拥抱？可以可以，再配上一段低调文字，比如都是老师教导有方之类的话。任红晃起身子，左右摇摆几下，才发现自己好多年没这么喜悦过了。

然而，就在五月份月考的前几天，任红接到御姐电话，语气透着寒意——严顺然同学竟然在自习课上睡着了。等任红匆匆赶到学校，发现远远不是上课睡觉这么简单。御姐将一本"软面抄"丢给任红，好好看看。

任红一页页翻着，笔记本几次差点从她手里抖出去。她边看笔记本边看女儿，一句话也说不出来。御姐问她，上的什么补习班？请的什么老师？有没有职业道德。严顺然啊严顺然，叫我说你什么好，你怎么能在这个节骨眼上早恋呢？都什么时候了，啊？

任红愣着，头发掉下几缕挂在脸颊，像受骗的舞女。她再次看着女儿，好半天才说，然然，你怎么——她死死按着膝盖，生怕自己失控，"扑通"一声给她跪下来。她真想朝女儿跪下去，磕头求饶，求她别再给自己出难题。女儿一言不发，看不出悔意，也看不出胆怯，只是低着头，用五根手指虐待着另一根大拇指，似乎要把它掰断。她这个样子，让任红觉得陌生，恨不得冲上去看着她眼睛问一句，从头到尾都是我错了吗？我辛辛苦苦把你拉扯大都是我错了是吗？

她听见御姐在叫自己，赶紧直起身子，毕恭毕敬点头"哎"了一声。女儿回教室了，什么时候走的，她毫无察觉。御姐说，我承认我今天有些简单粗暴，主要是太意外，也太着急。都到节骨眼儿上了，她来这么一出。孩子工作我来做吧，你也别太担心。要说你们——唉，事先没有多了解了解吗？御姐后面还说了很多，任红有些恍惚，听一半丢一半，也不知道过了多久，她感觉御姐拍了拍她后背，好像是说，今天就到这里，让她先走。

她站起身，肥大的阔腿裤卷翻了门口的垃圾桶，她蹲下去想要扶正，不想手忙脚乱，把垃圾全倒了出来。她胡乱地收拾好，患了失心疯一般朝外走去，御姐似乎在后面叫她，她装没听见，逃离一般出了大楼。

车子一路驶出学校直奔"起跑线"。路上任红只有一个念头，处理完这件事，她要买下一张李宗盛演唱会的门票，不管是中考前七天六天还是一天，她都要去，她要在一个属于她的角落，为大哥挥臂呼喊。

四楼亮如白昼。推开门，依旧紧锣密鼓。她脚步比上楼时更快了些，直走，右拐，再直走，再左拐。人面兽心猪狗不如。任红感觉这些话堵在舌尖，蓄势待发。电话响了，是老严，任红挂了，她知道他会说什么，责怪、反问、痛斥，用饱含讽刺的口气。电话再次响起，任红再挂，看来，老严今天不打算放过自己。滚蛋。你给我滚蛋。任红心里喊，都冲我来，都是我咎由自取。

她忍着锥心一样的痛，冲到办公室门口，还没张嘴，被夏老师抢了先，然然妈妈，来得太巧了。

夏老师拉过凳子让她坐，又给她泡茶。夏老师说，前两天给她做了一套模拟测试，然然进步很大。边说，边从一个文件盒里拿出一张卷子递给任红。

任红看着那个鲜红的数字，胸口炸开了。她看了一眼夏老师，娃娃脸，眼珠清澈明亮，他正看着自己微笑，嘴角弯成一道月牙。任红直觉这里面有些误会，夏老师可能一无所知，他不过是习惯喷一点香水，习惯绅士般赞美女孩，哪怕对方长得并不漂亮，而女儿，只是单方面对他产生了好感——可这反倒激发了她对学习的热情。

任红握紧的拳头彻底松开，双臂枕到卷子上。埋头的瞬间，眼泪像洪水一样涌出来。

手机又响了一声，是老严发来的短信。老严说，我都听说了，正往回赶。别太担心，回家再说。

任红捂着嘴，看着老严的短信，不敢相信，眼泪更汹涌了。

夏老师有些不知所措，轻轻将抽纸盒放到她面前。任红抹了把脸，冲他笑了一下，对不起，我太激动了，这个分数我简直想都不敢想，费心了夏老师。

这晚，任红躺在老严旁边，梦见了满场星光。最后一首歌唱起时，所有人站起来挥着荧光棒，如璀璨银河。任红心满意足地起身，从人群中抽离，朝门外一路小跑，将灯火通明的奥体馆置于身后。梦里的任红计算着时间，如果路上不堵，应该能搭上最后一班返程的动车。她想快点回家，跟老严和女儿分享大哥的演唱会。任红情不自禁地笑起来，昏黄的路灯低垂，笼罩着她少女一般轻快的背影。

至亲至爱

临近傍晚，暴雨渐渐收尾。铁灰的天幕破出几块亮白，像另一种味道的黎明。整个城市冲了个凉水澡，楼房、路灯、树木、街道，全显出神清气爽的样子，比平日可爱。来来往往的车辆谦和了一些，依次从湿润的路面碾过，发出黏连后的撕裂声。

　　站台上到处都是湿漉漉的。雨伞的闷臭将整个通道变成一个陈年的抽屉。等车是件乏味的事，荔枝感觉自己的脸上，已呆滞出可怕的眼袋和法令纹。好在，终于来了。

　　车懒洋洋地叹了声气，两扇门应声敞开。上车的，下车的，各自冲锋陷阵。顺着车窗，荔枝看见一个人抓着吊环，被挤得忽左忽右，像只光景惨淡的猩猩。换作平日，荔枝会笑，可今天她笑不出来。出公司时，她接到姨父的电话，让她无论如何要回去一趟。姨父说得很委婉，你姨妈——情况有点不好。荔枝讨厌他这么模棱两可，问，快死了？那头沉默两秒，说，回来一趟吧，她想见你。

　　本来，荔枝打算下班后去花鸟市场买只鹦鹉。不管这家伙会不会说话，但多少能弄出点动静。家里太冷清了，快成了深山里的庙庵了。但就是这么一个电话，轻易灭掉了她对热闹的渴望。心里乱成一团，再弄只鹦鹉，不是平添聒噪吗？

　　荔枝上了车，抢到一个座位。车门快合上时，一个老头儿追上来。荔枝瞅见他不怀好意的眼神，扭头看向窗外。她让座是有原则的，尤其不会为那些看起来坏的男人起身。

　　又冷又硬，孤孤清清——这是新来的实习生私下对她的评价。她照单全收，暗暗欣赏这个实习生的洞察力。没错，这才是真正的荔枝。处处周全、与每个人都心有灵犀不过是她的生存智慧，是一本翻烂了的厚黑学，背过身去，她谁也不想搭理，谁也懒得取悦。

　　车在解放路靠站。荔枝注视着站牌，麻乱的心也跟着解放了。有什么可纠结的，不是想见面吗？那就见吧。她倒要看看，那个女人在临死之前会对她说点什么。道歉？解释？自求多福吧，有什么用呢？她可能会听，但无非是做做样子罢了。她敢肯定，即使她边说边吐血，或是一句话没说完就与她阴阳两隔，她也绝不会有所动容。她是被姨妈举刀杀过的人，那样的痛，汇集了这世间所有的酷刑，至今心有余悸。荔枝的心口刻着一道疤，与心脏紧密相连，时刻唤起她的恨意。荔枝由此想到，也未必是真心忏悔。无非是担心作孽太深，遭报应。

荔枝没有坐飞机。飞机太快，万一她赶到医院时，那女人因为回光返照而面色红润、思路条理清晰怎么办？如果真是那样，她的出现便有些尴尬。毕竟，太过正常场景下的见面总显得有些多余，她也难以应对。她选了火车。那种与赶路无关，慢得近乎自暴自弃的绿皮车。这才是她应有的节奏和态度——就那么悠哉游哉地往回赶吧。

荔枝穿着一件黑色 T 恤，那种宽松又吸汗的纳米棉。衣服一举两得，方便在不太干净的卧铺上翻来覆去，也能穿着参加追悼会。她拖着行李，去找自己的铺位。车上冷气效果极好，使得拥挤逼仄的车厢里没有那么浓烈刺鼻的汗臭。她喜欢下铺，更喜欢靠窗。荔枝在心里笑了一下。一切都这么令人满意，像是为她做了最完美的安排。就连对面的旅客，也是最理想的类型，这位埋头玩手机的女高中生，一落座就沉迷于游戏世界，对周围的一切毫不敏感。荔枝喜欢这样的互不干涉，若换成油腻的八婆或是需要时刻警惕的猥琐男，她宁可在走廊苦熬七八个小时。荔枝放好箱子，拿出水杯、零食和耳机。火车咔嚓作响时，她竟有了旅行的愉悦。

九年前，荔枝差一点就拥有了人生中第一次旅行。如果不是那次意外，她就跟阿志去了阳朔。阳朔的酒吧有很多厉害的驻唱歌手，阿志一直想去听。如果那次去，为了省钱，他们会选慢车。可慢车又怎么样啊，即便是爬过去，荔枝也乐意。行程定下来后，她好几天睡不着，她还在盘算另一件事——回程的时候，两人该商量婚事了吧。可能再一眨眼，就有了孩子。

荔枝喝了一口咖啡。对面的女生朝床沿挪动几下，两只脚伸下来稍作探寻，灵活地钻进一双白色的球鞋，穿好鞋，又打了一局，才极不情愿地收起手机朝外面走去。荔枝看着她的背影，觉得很像九年前的自己。瘦，削肩，喜欢贴着右边走。走着走着，马尾上的发箍就松掉了。荔枝的发质也很好，又浓又黑，发箍一掉，散开的头发能罩住大半张脸。那时，阿志总爱给她编辫子，从头顶开始编，一直编到后颈。阿志说，她太划算了，追自己的女孩那么多，她凭一头长发就俘获了他。有一次他又说起这个，说到一半突然不作声了。他看着她，抬起修长的、骨节分明的手指轻轻把脸颊的头发往后捋。他的动作缓慢而小心，像在碰触一件瓷器。每捋一下，荔枝就往下沉一截。待荔枝重新露出整张脸，阿志低下头，吻住她的嘴唇。他的吻深情又克制。荔枝的大脑一片空白，接着就猛地劈出一道闪电，直穿脚底。荔枝觉得自己被劈碎了，四分五裂，所有的筋骨全被抽走，只剩下软绵绵的一团。她往后倒下，被阿志稳稳托住。他的手掌有力地托住她的后脑勺，不让她有丝毫偏离。她有些慌乱，想要别过脸，被他双手定住。荔枝闭上眼。她正躺在湖心的一片荷叶上，随风荡漾，飘啊飘。阿志的吻像一只无形的手，掀开了她身上所有多余的部分。荔枝被阿志领着，走向一片无垠的大海。荔枝觉得自己喝了点酒，有种恰到好处的醺意。

抱着我。阿志把头埋进荔枝的头发里。荔枝感觉此时的阿志跟平时不太一样，怎么说呢？像只流浪猫，期待有人爱抚。比我还会撒娇。荔枝心里想。她重新闭上眼睛。阿志说，抱紧我。荔枝把他按到胸前，心里说，阿志，让我为你死吧。

女孩进来的时候，手里多了瓶可乐，神情游离。荔枝很想跟她搭话。她其实并不喜欢跟陌生人套近乎，但此时，她特别想。说点什么呢？荔枝清了清嗓子，提醒她老看手机不好？还是问她有没有男朋友？可女孩看都没看荔枝一眼，匆匆甩掉鞋子，一头扎进手机。荔枝想，那时她对阿志的喜欢，绝不亚于这女孩对游戏的痴迷吧。

临近中午，荔枝拿出泡面，她得像往常一样赶在困意来临前往胃里塞点东西。最近半年，她总是失眠，喝过中药，也试过不少偏方，都不行，全靠睡上一个沉沉的午觉来修复倦怠。她往泡面里倒好开水，终于忍不住冲对面开了口。女孩儿抬起头，一脸茫然，当确认荔枝是在跟自己打招呼时，笑了一下，接过荔枝递来的小番茄。荔枝顿时母爱泛滥，问她饿了没有，要不要先吃她的。女孩赶紧摇头，说自己不饿。她警惕疑惑的样子让荔枝很受打击，决意不再理她。

吃了几口，荔枝戴上眼罩，往身上搭了条围巾。耳机里是披头士的《Hey Jude》，这是阿志推荐给她的。当年听，纯粹是爱屋及乌，后来阿志被她从心里拿走，才真正听出歌里的意思，越听越喜欢。一曲没唱完，一个电话闯进来。装修公司的，问她主卧的卫生间要不要弄个双人面盆。她皱起眉头，不需要。墙漆都还没完工，不是现在考虑的事。设计师解释说，她家主卫空间大，装个双人的，能避免早高峰时相互干扰。荔枝挂了电话。谁说这房子大就一定会住两个人甚至更多，她根本没这打算。早高峰。她在心里冷笑一下，还不是为了推销面盆。

不过，荔枝很快消了气。理解。为了生活谁都不易。她当年不也总给客人推销打折的沙琪玛吗？那种小型的便利店生意远不如大超市好，为了赚几块钱的提成，荔枝不得不跟在客人后面急功近利，遭来不少冷眼。可即便这样，她从没想过跳槽。便利店门口有直达古城的公汽站，这是大超市没有的福利。

从市区到古城，不堵车的话要四十分钟，堵车就不一定了。最长的一次，荔枝坐了一个半小时。那时正值炎夏，满城都是来避暑的游客。荔枝穿过摩肩接踵的人群，一路小跑。那种奔跑是什么样的感觉呢？荔枝很想用一句话来形容，总觉得不够准确。有一天，她蹲在地上整理货架，看到一款新到的巧克力上写着"甜蜜的忧郁"，顿时如梦初醒，对，就是一种甜蜜的忧郁。

通常，等荔枝赶到的时候，巷子里早站满了人。荔枝会习惯性地扫一眼吉他盒，多半是气愤。有时候她看着挤在乐队旁边的人，恨不得走上前问一句，凑这么近，又不给钱，好意思吗？

乐队共五个人，阿志年纪最大。初来的游人总以为他是队长，等依次听完每个人的演唱，就会把注意力转向真正的 No.1——那个唱功极好，长得跟鹿晗有几分神似的 "85" 后。荔枝觉得这些人的耳朵都有问题，明明只有阿志在用心唱歌。他最喜欢唱的是《一无所有》，唱到"问个不休"，沙哑的声音在巷子里被撕成一点点碎片。每到这时，荔枝的心就会揪成一团，像阴天，更严重的时候，荔枝就想死在他的歌声里。

中场休息的时候，阿志攥着荔枝的手，绕着古城散步。阿志话不多，偶尔跟她说一些事，十有八九她又听不懂。阿志嫌弃地笑，说她是猪。荔枝觉得当猪也挺好，在这个大自己十二岁的男人面前，她甘愿愚笨。

定下去阳朔的时间后，荔枝买了一套很搞笑的情侣 T 恤。阿志的那件，胸前写着"我是个坏人"，荔枝的则写着"你说得对"。不过那天阿志没怎么笑。他沉默的时候，荔枝也不敢作声，抿着嘴，时不时扭头看他几眼。他的侧面尤其好看，直挺的鼻子，浓密的眉毛。但荔枝最喜欢的是他眼角密密的皱纹，和嘴边那一圈总也刮不干净的胡子。来古城唱歌之前，阿志是个发型师，在老家有自己的店。后来为什么关了，荔枝问过，阿志没说。荔枝只知道他是个孤儿，跟自己一样。

沉默久了，荔枝也会抗议，把手抽出来，放慢步子。阿志回头重新拉上她，问她饿不饿。她摇头。她宁愿饿肚子，也不想带着满嘴的菜味跟他吻别。还有就是，阿志挣得少，她不忍乱花。可那天阿志执意要给她点一份牛肉酸辣粉，荔枝说，要不你请我喝果粒橙吧，冰的。

那晚，巷子里特别热闹。一个武汉人在网上召集了一个粉丝团，带着整箱的啤酒和荧光棒，来听乐队唱歌。大家坐的坐，站的站，一群素不相识的人在一起喝酒、依偎、黯然神伤。那个神似鹿晗的歌手唱《你可吃蚂蚱》的时候，几个女孩跑到中间跳起踢踏舞，大家拍手

　　　　　　　　　　　　　　　　　冰裂纹笔记

打节奏，因为太过整齐，巴掌变成饱满有力的鼓点，亢奋地快把城墙掀开。

只有阿志没去。他背着吉他，同荔枝上了回市区的公共汽车。车里空荡荡的，有种曲终人散的悲凉。他把她揽在怀里，目不转睛地看着窗外。荔枝从没见他这么冷峻哀伤过，还没开口问为什么，眼泪先流了下来。阿志有些顾不上她，他抹了把脸，沮丧地说，乐队要解散了。我这辈子只配做个失败的人。荔枝的心碎了一地，那一刻她真正体会到，爱一个人太深，会甘愿为他做牛做马，把心挖出来给他看。她暗暗下定决心，只要能让阿志笑起来，干什么她都愿意。

九泉之下的父母像是执意要将荔枝解救出来。一连几晚，他们双双出现在荔枝的梦里倾诉相思之苦。荔枝决定请两天假，回去烧点东西。出发时说的是两天后回，回去的当晚，碰巧有同学从镇上回市区，荔枝正好也办完了事，便搭了顺风车。回到家已近凌晨。荔枝开锁很轻，进屋后见主卧的门开了一半，洒出暗淡的橘黄色的灯光。荔枝听到有低低的说话声，狐疑着走到门口，看到两个熟悉的身影。

女人靠在床头，阿志躺在她的腿上，头朝里，贴着女人的肚子。我这辈子只配做个失败的人。他说。跟在荔枝面前的怅然不同，他说得缓慢而冷静，更接近爱人之间的枕边私房话。女人没有像荔枝那样傻哭，她抚着阿志的头发，细语安慰，让一切忧虑化为乌有。

女人还在说什么，荔枝已听不太清。她已经说不了什么了，阿志起身，把她放到更低的位置。房间里只剩下喘息，伴着舒展之后的无端呻吟。她的，阿志的。唇齿交融。荔枝拖着快要溃烂的双腿逃出来。她能想象接下来的场面，彼此疯狂的索取和给予，带着即将众叛亲离的悲怆、凄凉、只争朝夕。荔枝贴着墙角，浑身微颤，生出一种想要摧毁一切的恶念。可她更害怕，害怕他们发现自己，看到她极度愤怒之后的丑陋、自卑、哑然失语。荔枝头重脚轻地下楼，朝街上走。街上行人寥寥，谁也没理会荔枝。荔枝知道边走边哭不好，可她实在忍不住了。一个骑三轮车的大伯停下来，关心地看了她一眼，她竟走过去，抓着车把，号啕大哭起来。

荔枝是被自己的抽泣声弄醒的，那些真实的场景总喜欢在梦里变本加厉。由着梦里的伤心，她继续流了阵眼泪，直到姨父打来电话。

姨父问她到哪儿了。荔枝一时难以判断，嗡着鼻子说，应该快了吧。她刻意装出难受的语气，想引来姨父紧张的询问。但姨父没那么细心，只关心她到站的具体时间。得知她坐的慢车，他有些着急，"哦"了一声说，那你抓点紧。

作为姨妈的第二任老公，新姨父不敢对荔枝表现出丝毫不满，即便荔枝一再挑战他们的忍耐极限。荔枝离家的头两年，他遵照姨妈的意思，给她寄过很多东西。他或她亲手剁的豆瓣酱、腌制的萝卜条，还有衣服、钱。荔枝总是在收到的当天，原封不动地寄回，直到他们知难而退。九年来，她没回去过一次。外婆去世、堂弟结婚、舅舅乔迁，她都是只是汇钱，说公司太忙，走不开。离家那天她就下定决心与老家的一切划清界限，横下一条心，为生活谋出路。事实证明，一个人若不在感情上浪费时间，事业成功的机率就会大很多。时间久了，大家心照不宣，很自然地把她归为忘恩负义的一类。其他人可以不在乎，姨妈再婚、生孩子，她总得回吧。姨妈供她上了三年技校，又让她在家白吃白住好几年，她一转身全忘了吗？荔枝能想象他们撇嘴摇头一脸寒心的样子，也不想解释，解释得清吗？与其撕开那些难以启齿的真相，还不如背负一个白眼狼的骂名。

对面的女孩儿已经睡了，肆意粗放地躺成"大"字，荔枝看着，心生羡慕。这样的羡慕，她当年在姨妈脸上也看到过。上技校第二年，荔枝的身体像是忽然被唤醒，乳房开始发育，个子也嗖嗖往上蹿，渐渐蹿出凹凸的曲线。姨妈比以前更喜欢给她买衣服了。蝙蝠衫、高腰夹克、紧身牛仔裤，全是当下流行的款式，每一款都能在荔枝身上挥洒个性。荔枝穿着新衣服走出卧室，姨妈会目不转睛地看着她。那种眼神，荔枝无法形容，有母亲的怜爱，也有同龄人才有的羡慕。前姨父去世后，姨妈获得重生，不用整天再去调查那些可疑的女人，更不用再忍受姨父的简单粗暴。她没有孩子，接替了荔枝母亲的角色，将所有的心思都放在她身上，打扮她，照顾她，甚至帮她规划好了未来——她曾不止一次地跟荔枝说过，毕业后先自己吃吃苦，然后出钱给她开店。

第一次领工资，荔枝连同平日攒下的零花钱，给姨妈买了一对锆石耳钉，那是一种可以跟钻石媲美的石头，价格也在荔枝可以承受的范围内。最重要的是，姨妈喜欢。她大概受了荔枝的影响，决意收起那些沉甸甸的羊绒衫和皮草，尝试起休闲和淑女风格，这对锆石耳钉正好起到锦上添花的作用。后来，荔枝曾不止一次地后悔，如果能重来一次，她一定不会送那样的耳钉。它们穿破的，岂止是姨妈的耳垂。那种张扬、夺目的光，那种撒娇甜蜜的少女式样，迟早会勾引出内心躁动和不安分。

火车驶进傍晚的余晖里，一片接一片的云霞在天边烧出浓淡交错的火焰。荔枝能感到那些血红的光正踮着脚，踩着她的汗毛轻轻掠过。女孩翻了个身，继续酣睡。她的半张脸被一道霞光笼罩，泛出琥珀一样的通透。荔枝重新躺下来。她对夕阳是有些惧怕的，就是这样的一个傍晚，前姨父驾驶的车从山崖跌下，留下永远解不开的谜团。荔枝的爸妈也是在那一刻飞下去的，没有任何征兆，意外得让人怀疑。就在前一天中午，两人还带着荔枝去参加朋友儿子的升学宴，回去的路上，父亲不停地责备荔枝不争气。他懊恼地说，你要能像他那样读高中上大学，我死也瞑目了。后来，荔枝偷偷跑到出事的地方，想象着父母飞下去的样子。那一刻，他们会想些什么呢？父亲的眼睛闭上了吗？应该什么都来不及。那样的急弯，那样的车速，连赴死都是仓促的。

车站没有人接，荔枝有些失望。失望之后又自责不该这么矫情。都什么时候了。何况在这个大家庭，自己一直都是无关紧要的那一个。她去厕所换了件衣服。九年后的第一次亮相，能传递很多微妙的信息。至少，她得让他们看出自己打拼的结果，也不枉忘恩负义一场。荔枝换上的是一条白色连衣裙。没有时兴的腰带和流苏，简单普通。当然，识货的人都能看出来，只有高端的质地才配得上这样的胆量和底气。换衣服之前，荔枝抽了几口烟。她没有烟瘾，除非特别紧张。荔枝也不知道自己为什么紧张，总之她看了好几回手表，其间还冒出就地返回的念头。

换好衣服，荔枝掏出化妆盒，往嘴上擦了点口红，让自己看起来神采奕奕一些。她看着镜子里的自己，想起一个人。她并不知道这个人，是听阿志说的。阿志第一次见她时说，你长得很像年轻时的李赛凤。她去网上搜索，脸型和眉眼真有那么一点像。不过，长得像又怎么样呢？荔枝合上镜子。在现实的婚姻面前，女人是不是年轻貌美并不重要。世道变了，那么多苦涩贫贱的恋人里，总有一些男人会生出奇怪的需求。就像那天，阿志跟她提分手，理由是，他需要安全感，可荔枝给不了。荔枝看着桥下蠕动的车辆，真想一头栽下去。安全感，她从未关注过的一个词，竟成了她遭遇抛弃的罪魁祸首。她想起他跟那个女人在一起耳鬓厮磨地陶醉着，忍不住骂了人。

的士下了高速，汇入市区的车流和人群，荔枝收回凝固在窗外的目光。沿着主街道再走一段，就是那家馄饨店了。这个方位，荔枝至死都不会忘。她跟阿志就是在那埋下了分手的种子。像一个天衣无缝的阴谋，等一切尘埃落定，她才惊闻噩耗。这样的羞辱，让她至今都不敢吃馄饨，甚至连看的勇气都没有——见一次，心就裂开一次。可又关馄饨什么事呢？没有馄饨，还会有面条、饺子、小米粥，任何一个地点，都能轻飘飘地挥一下手，将这段感情送上末路。

荔枝感觉手机在响，刚要掏，胸口却颤动起来，像突发的地震，瞬间万物崩塌。她张着嘴，想吸一口气，但喉咙被什么堵住，吸气吐气都不行。她有些发晕，眼前出现了无数个黑点。荔枝紧紧抓着椅背，提醒自己不能倒。这样强撑了一会儿，总算缓过劲来，人却如同虚脱一般，冷汗淋漓。肿瘤医院到了。她见司机转过身看着自己。

荔枝下了车往前走。她尽量神色镇定，两只脚却不停缠绕碰撞，几次差点绊倒。她有种不好的预感，只是几秒钟的事，她像是去鬼门关转了一圈。莫非这是姨妈在临死之前对她的惩罚？她扶住额头，怎么可能这么诡异，她从来不信这些。她听见有人叫自己，循声而望，一个穿条纹 T 恤的男人正朝她看。是姨父。

若不是他叫出自己的名字，荔枝可能认不出。胡子不见了，光秃秃的嘴角和下巴，表示着他融入普通平庸的决心。帅气的偏分也不见了，从耳鬓到头顶，全被剃刀推成不同角度的陡坡。这叫板寸头，中年男人对抗脱发惯有的选择，如果还不想剃光头的话。只是再短也不能遮挡稀疏，荔枝一抬眼，就看见了几处泛白的头皮。与秃顶对应的是肥胖。人到中年的发福，不仅能摧毁容颜，连骨子里脱俗的气质都能杀得片甲不留。

走了。姨父的喉咙沉重地滚动一下，一直念着你名字。

荔枝松开行李箱，什么时候？

五点二十。他两眼红肿，眼袋泛青。就差那么一会儿。

荔枝抬了抬手腕，现在六点过。有那么几秒，荔枝失去了听力，大厅内明明有人在哭，可她一句也听不到。她想起刚才那九死一生的瞬间，不禁再次冒起冷汗。她仿佛看见姨妈在闭眼的最后一刻，拼尽力气扯住自己的胳膊。

人在太平间。姨父说。

荔枝的舌头抵着牙缝，没接话。她听说人死后，头发会竖起来。她实在没勇气去面对她猛然变长的头发。

姨父见她没任何反应，也没多说什么，拉过行李箱说，走吧。

去哪儿，干什么，荔枝没问。她像个犯了大错又硬着头皮不肯认错的坏学生，跟着姨父直行，转弯，再经过一道两边种满铁树的台阶。她想说点什么来消除一下彼此的隔阂，可说什么呢？她隐隐从姨父匆匆的背影里看到了失望与无奈，大概觉得自己这副硬心肠已经无可救药了吧。她有些自暴自弃，无所谓，反正追悼会一结束就走。

一辆白色奥迪在路边"啾啾"地叫了两声。他走向左边，她拉开了右边的门。副驾座位上放着一个粉色的水杯和一个绒毛兔。荔枝看了一眼，识趣地准备关上。姨父说，后面坐不了。

荔枝像被钝器狠狠地捶打一下，结结实实的痛。相差九岁的姐弟恋，靠一种所谓的安全感支撑的婚姻，居然走得如此稳健踏实，还多出个孩子。荔枝有些口渴，在包里摸水杯，摸到一半想起杯子里早没水了，悄悄将手拿出来。车走了一段，靠边停下，姨父掀起胸前的安全带，笨拙地钻出去。荔枝觉得他这个动作真是又蠢又丑，只是动动手指按一下这么简单，他偏要用整个身体去完成。她突然有种复仇之后的快意，这样的俗气，这样的臃肿，这样的粗糙，无疑是对生活俯首帖耳、唯命是从的结果。

再回来时，姨父手里拿着一瓶果粒橙。冰的卖完了。他说。荔枝握着瓶子，很想做出拧不开的样子。但只是恶作剧地想想罢了，她不想那么轻浮。她想起有一次喝醉了，凌晨一点给他发去一条短信，也没什么暧昧的话，就是问他在干吗之类的。他一个字没回，第二天第三天也没回。这让荔枝很鄙视，鄙视他的胆小，他的谨慎。这样刻意回避自己，无非是为了保全优渥的生活。

车在一个气派的发型店门口停下来。这是他与姨妈的另一个"孩子"。姨妈出钱，他全权打理。荔枝与门口旋转的霓虹灯柱久久对视，像是找到了真正的情敌。姨父下了车，荔枝看着他麻利地打开发型店的玻璃门，将车里的几个箱子一一搬进去。他的条纹 T 恤扎在牛仔裤里，脚上是一双歪歪垮垮的凉鞋。因为负重，他两腿弯曲，迈着匆忙的八字步，像只惶恐逃命的螃蟹。他将箱子放在门口，靠墙的一把扫帚倒下来，他用脚往里踢了一下，凉鞋也欢快地飞了出去。荔枝喝了一口饮料，看向别处。她无法接受这样的他。彻头彻尾地变了，变得那么务实，浑身冒着油盐酱醋。荔枝不敢确定是不是同一个人，真在乐队待过吗？真那么喜欢听《Hey Jude》吗？眼前的他，别说是抱着吉他，就是站在吉他店门口拍张照，都让人觉得突兀。可荔枝又说不出哪里不好。家事、生意、孩子、老人，太多焦头烂额的杂事都等着他解决。他置身其中，反倒有些享受，他甚至将丧妻之痛也转化到脚踏实地的忙碌里。荔枝隐隐明白了他当年说到的安全感。那种在她心里虚无抽象的概念，眼下在姨父脸上找到了真实的存在。

晚上在舅舅家，姨父跟舅舅起了争执。舅舅的意思，明天就火化，尽早入土为安。但姨父坚持要等到后天。荔枝在一旁听着，有淡淡的醋意，也有意想不到的惊讶。她没想到他对姨妈的宠爱是如此深入骨髓。但舅舅认为他是胡扯，并提醒他，他们家从不信这些神神叨叨的东西。舅舅虽退居二线，但说一不二的性子一点没改。荔枝在一旁看着他耐心地跟舅舅解释，有些心酸。她能想象得到，他跟姨妈这些年的不易——要忍受多少冷嘲热讽，才能让人看出这段婚姻的真诚和纯粹。荔枝在心里质问姨妈，你为什么没本事活得久一点。

姨父最终还是说服了舅舅。他起身离开的时候，荔枝也起身告辞，说自己在附近订了酒店。舅舅象征性地客套几句，没再多留。舅舅住在单位分的老房子里，楼道里是那种感应灯。姨父走在前面，不时弄出声响，跺脚、清嗓子、拍巴掌，像一个尽职尽责的侍卫。荔枝看着他的背影，想起有一次两人在古城的河边散步，荔枝仰着头，问他到底一米几。他说，目前一米七八，估计以后会缩一点点。荔枝当时笑得不行，建议他多做引体向上。走到楼下，荔枝追了几步跟他并肩，不知是心理作用，还是本来就如此，她发现他真比以前矮了一点。

你姨妈给你留了个东西。他说着，从车里拿出一个盒子。荔枝一眼认出是那对锆石耳钉。这么久了，盒子还跟当初一样崭新。什么意思呢？还给她，跟她恩断义绝，还是提醒她记得这份姨甥情分？她迟疑地伸着手，不知道该不该接。

她希望火化前，你能亲手给她戴上。姨父说，哦，你不愿意也没关系。她知道你胆小，一再让我不要强求。

荔枝在旁边的石凳上坐下。她从包里拿出烟，却怎么也找不到打火机。她开始后知后觉，为那自己迟到的那几十分钟耿耿于怀。就差那么一会儿。如果她买上一趟的班次，如果她下火车后不在厕所磨蹭，或者，如果她不跟一个将死之人斤斤计较，索性就坐动车或飞机……她浪费过那么多几十分钟，那么微不足道的几十分钟，为什么单单吝啬于姨妈。

我该早点赶到的，荔枝说。她眼前亮起一团火苗，姨父不知从哪儿找到一个打火机。抽几口就走吧。姨父说，不早了。

阿志。荔枝一开口，自己也吃了一惊。她看着眼前这个大腹便便的中年男人，想起那个把《一无所有》唱到嗓音沙哑的阿志，想起那个牵着她在城楼漫步的阿志，想起那个给了她爱的启蒙的阿志。可此时，她竟然越来越觉得，他更适合当自己的姨父。荔枝抽着烟，淌下两行清泪，她看着姨父，你知道恨一个人有多累吗？你知道你们害我有多惨吗？我现在不敢谈恋爱，不敢轻易相信任何人。我都快神经了。最后几个字，荔枝几乎是从牙缝里挤出的。

姨父一直没说话，只是等她说完，给她递了一包纸巾。荔枝擤了把鼻子，嗡着声音说，她倒好，好日子享受尽了，手一撒走了。害谁啊？

姨父说，我跟你姨妈一直在等你发泄，等了九年。这些年，我们不敢过得不好，唯有相爱相扶，才对得起自己冒的这份险。

不存在什么冒险。荔枝说，感情这种事，本来就该遵循内心。

荔枝想起那个稀松平常的下午。她跟阿志逛街，又累又饿，便去了附近的馄饨馆。刚坐下，姨妈也走了进来。她新剪了个波波头，左边的头发掖在耳后，露出精巧闪亮的锆石耳钉。那是三人的一次偶遇，也是阿志跟姨妈第一次见面。荔枝涨红了脸，胆怯地看着姨妈。好在姨妈并没责怪自己交了男友，她麻利地倒水，拿菜单，说今天她请客。

荔枝点的羊肉馅，麻辣味。阿志点的跟姨妈的一样，香菇馅，清淡味。这样的默契和统一，在随后的聊天里表现得更加具体。两人面对面坐着，一直在聊。聊的什么，荔枝没怎么认真听，时不时听姨妈说着对对对，或是听阿志说，我跟你看法一样。言语间大有相见恨晚的兴奋。荔枝在一旁大快朵颐，有种从未有过的踏实和满足。一个至亲，一个至爱，这两个她生命中最重要的人，足以温暖她在这个城市的后半生。她没有想太远，她的世界才刚刚打开，纯粹而透明，还不明白这世上还有"一切皆有可能"的真理。

三人最后一次同桌吃饭，是阿志向她提分手那天。那两天，荔枝一直躲在旅馆，哭累了就睡，醒了继续哭。没人知道她当晚提前回来和无意的窥视，阿志打来电话时，还以为她在返程的路上。

荔枝进餐馆时，阿志已经到了。见她两眼红肿，他有点心虚，不太确定是不是跟回老家上坟有关。他拿着菜单，不停问荔枝想吃什么，似乎荔枝多点几个菜，能让他心安一点。可荔枝偏不开口，就那么坐着，一脸寡淡。姨妈随后赶到。她有意坐到荔枝身边，但荔枝坐着没动，有意让她为难。姨妈没说什么，在阿志旁边坐下。半个月前，那个形单影只的人还是姨妈，此刻换成了自己。荔枝心口被戳了一下，疼痛蔓延开来，这世上肯真心疼自己的，到底只有爸妈。

三个人，四菜一汤。阿志特意记着荔枝的喜好，点了一盘偏辣的爆炒猪肚。姨妈给荔枝夹菜，没有往日那般自然。大概她也不知道，接下来该如何开口，如何求得荔枝的原谅。荔枝低着头，提醒自己不能哭，哭了就输了。可心里这么想着，一团眼泪却不争气地滚出来。好辣啊。她抽出一团纸堵住眼睛，泣不成声，怎么这么辣。

荔枝。阿志放下筷子。

别说了。荔枝飞快地摆手，让他们什么都别说。她起身，慌慌张张地逃出去。阿志追上来，拉住她。荔枝抽搐着低着头，你走，你滚蛋，滚蛋行不行！

微风里起了一点凉意。荔枝听见姨夫说，走吧。她这才发现，他一直站在旁边，等着她手上的烟燃烧殆尽。荔枝走得很慢。坐得久了，腿有些发麻，她担心鞋跟卡在石缝里摔一跤，让彼此尴尬——扶与不扶，都不太合适。

姨父开着车，驶往酒店的方向。走着走着，荔枝突然舒坦了许多，全身近乎冷藏的肌肉，正慢慢解冻，恢复到正常的温度。

我会的。荔枝说。

什么？

给她戴耳钉。荔枝把盒子拿出来，用手抚了抚，重新放进包里。

车上有很小声的音乐，稚嫩的童声唱着《李小多分果果》。荔枝想起上幼儿园时，班上一个男孩老是把"果果"唱成"朵朵"，禁不住一笑，说，现在的孩子真可怜，听的还是我们小时候听的歌。

姨父也笑了一下。等红灯时，他看她一眼，说，谢谢你。谢什么？荔枝在心里问了一句。

后来，她按下车窗，对着沉沉的夜色，回忆起一桩往事。那天，二十岁的荔枝提前回家，将一包来路不明的药粉倒进姨妈的茶杯里，搅拌之后，她坐了一会儿，又起身倒掉，去自来水管接了一杯生水。

猴王

小峰约柳红去江边骑车。天阴着，江风很大，柳红坐上去没一阵就后悔了。

"你可真会选。"她把脸埋进领子里，无精打采地看着江水。江上起了雾，一条货船只露了半边，像魔幻电影的开头。

"有你会选？选来选去——选只瘦猴子。"小峰蹬得气喘，话也说得断断续续。

"算了吧，上次走一起，有人还说你俩是兄弟呢。"

"哪次？那人眼睛里有屎吧？"小峰停下来看柳红，"你是不是又胖了？"

柳红下车走了。小峰手忙脚乱停车，扫码，付款，小跑着追上来。"真生气了？哎，我发现你自从要当新娘子，脑门上像顶了包炸药。"他歪头看了一眼柳红，赶紧合掌作揖，"我错了。您不胖，您老公也不瘦，行了吧？"

柳红站住，扑哧笑起来。

柳红烦的是另一件事，爸妈要把出阁宴席放家里办。"我们要的是实惠。要面子吃洋亏，傻。"柳红妈说。这话，民主巷的租户都爱挂在嘴上。大家见过彼此最穷困潦倒的时候，到了如今，更是要互相启发、影响和监督，讲究排场的人会遭到集体谴责，自己也会十分羞耻。

柳红查过那几天的天气，退婚的心都有了。亲戚们都是头一回来，穿得体体面面、干干净净，却要坐在雨棚里吃饭。雨棚是最便宜的不锈钢，雨点落在上面，像倒下来的黄豆，蹦蹦跶跶十分聒噪，等雨再大一点，院子就成了掌声雷动的大礼堂。到处都是湿漉漉、黏糊糊的，大家刮着鞋上的泥，心里肯定会骂他们抠搜鬼。

次日发亲才是最要命的。车队在巷子里堵成一团，婚车断不能开到门口，那段距离未知的路将是对刘钊致命的挑战——瘦巴巴的他该如何把一百四十斤的自己弄上车，柳红不敢再往下想。

"又不是弄上床，不行就自己走嘛。"小峰说，"再想想你爸妈的手艺，土豆炖牛腩、红糖猪蹄，哪个不是好吃得要死。"他喜欢用"死"来形容极致——冷得要死，烦得要死，那女人的身材棒得要死。柳红听得难受，又想不出更合适的词儿替代。民主巷的孩子都不太会说话，不过这会儿，小峰的话让柳红心里敞亮了很多。

公园里落满了银杏叶，小峰选了处厚的，跳上去踩了两脚。他跟柳红说起正事——不能给刘钊当伴郎了，他过两天要离开这里。

柳红问："去哪儿？干什么去？"

"成都。重操旧业。"

"是吗？难道成都人比宜昌人更爱烫头？"柳红说，"你是不想当伴郎吧？"

"一个破伴郎我有什么好怕的？我是真想过去干点事。"小峰说，"要混得好，就把我爸接过去。"

"那你妈呢？"

小峰在前面一处没人的亭子里坐下来，点了根烟："我管她干吗？不敢坏她好事。"

"瞎说什么？"柳红看着小峰，他嘴巴冻成紫红色，鼻孔下挂着两道亮晶晶的液体。"你就不能多穿点吗？"柳红递给他一张纸。

小峰胡乱擦了一把，把纸巾攥在手里："我想把姓范的解决了。"

"你闭嘴。"柳红气得词穷，转身走出亭子，"算了，我不想跟一个神经病说话。"

"开玩笑的，还当真了。"小峰追上来，柳红走得更快了。

柳红家在一楼，靠里。买下这房子后，柳红爸打着擦边球，将前后公共区域占尽，还圈出个院子来——正是这个院子，从根本上成全了这对"实惠夫妇"。柳红妈不止一次跟柳红爸比画："三四桌算什么？四五桌都能拿下来。"

家里像泼过几桶油漆。梳妆台、衣柜、床刚送来，摆在预留的位置。柳红掏出口罩戴上，坐在外面不说话。爸妈在散柚子皮、煮醋水，藏不住添置新家具的兴奋。除了夏天，他俩都穿同款的深色罩衣，藏青、老蓝或纯黑。柳红经常会想到一个比喻——一对勤劳又虚胖的黑熊。柳红从没见过这两头熊有身体上的接触，晚上睡觉各枕一头，白天也从未牵过手或搂搂肩。柳红经常会心酸地怀疑，这些年来，也许为了卖土豆，他俩早忘了还有做爱这件事。

"两三天味就没了。"柳红妈退到门口，用浮肿的眼睛整体打量，越看越满意。柳红觉得她是自欺欺人，批发市场的便宜货，甲醛三十年都挥发不完。满意不过是因为价格便宜罢了。爸妈精打细算的本事在民主巷有口皆碑。但凡有必买的东西，小到一块香皂一提纸，都要去批发市场货比三家。他们砍价的功夫无人能敌，常把店家气得发抖，夺回东西让他们滚蛋。真要怪，就只能怪民主巷这地方，它让每个租住在此的摊主都沦为钱的奴隶，变得毫无尊严和趣味。

炉子燃起来后，爸妈开始装土豆、葱花和香菜。下午照常出摊，连着动了几笔大开支，出摊得更卖力。好比剜掉一块肉，必须在最短的时间里长出新的。

三轮车被两人一前一后推着，拐进右侧的巷子。柳红等他们走远，回屋拔掉电饭锅，把醋水全部倒掉。梳妆台的镜子蒙着厚厚的水汽，她折回来，在镜子上画了朵小花。

来民主巷时柳红六岁，和爸妈挤在地下室。地下室二十平米不到，杂物成堆，属于她的空间只有一张折叠床——天亮后，床则是全家人的饭桌。

刚来时柳红不跟人说话，爸妈出摊时就让她把自己反锁在屋里。地下室的窗户与街面平齐，柳红靠看那些来来回回的脚打发时间。一些醉鬼也常让她害怕，他们在窗外吐痰、撒尿、打电话骂人，好长时间都不肯走。

柳红很少出去，也不敢喝太多水，以免频繁上厕所。厕所是公用的，狭窄到人进去后很难转身，又经常停水或堵塞。她最害怕的还不是这个，而是从厕所出来，房东老范会在巷子里堵住她，又摸又抱，把舌头伸进她嘴里。好在后来，老范搬走了——他家的窗户总被人打碎，还有死老鼠扔进去。有一次他在巷子里晒太阳，被凭空而来的石子儿打中后脑，差点晕过去。后来小峰告诉柳红，都是他干的，他有一把铁质的弹弓，再配上他百发百中的技术，完美。那时候，小峰爸的肚子还没鼓。

　　四点多的时候，刘钊来找柳红。他刚换班，满脸倦意，看上去更瘦了，这让柳红越发觉得"如何上婚车"是个大难题。

　　"你妈请人看的吉日一点都不吉。雨，中雨转大雨。"柳红说。

　　"下就下吧，不碍事。"

　　"怎么不碍？各种细节你肯定没想过。"柳红说，"我想好了，那天你别抱我，我自己走上车。"

　　"不是说新娘子不能沾地吗？"刘钊一屁股坐到床上，使劲颠了颠。

　　"那怎么办？"柳红不想强调两人的体重差，后面的话变成重重的叹气。

　　"你说怎么办就怎么办。"刘钊把她拉倒在床上，手脚并用。

　　"屋里味太大了。"柳红推他。刘钊不管这些，插上门，把灯也关了。

　　结束后柳红觉得嗓子又干又涩，想喝水。刘钊把来时买的没喝完的奶茶递给她。

　　"会胖。"柳红侧过身，没喝。

　　"就一口怕什么？"刘钊用脚把被子卷到一起，很冷的样子。他从后面抱着柳红，脸贴在她背上。刘钊说这样特别踏实，像空瘪的胃被热乎乎的东西填满了一样。每次他这样做，这样说，柳红再大的气也就消了。

　　"你这里可真大，我一只手都抓不过来。"刘钊的手慢慢往下移，快摸到肚子时，柳红翻了个身，将他的手扣进自己指缝里。肚子上脂肪太厚，她担心刘钊反感。"起床吧。再待下去真要过敏。"柳红说。

"你爸妈就爱挑便宜的。买新楼盘多好啊，大电梯大阳台。我家那房子要能卖出价，我早换市中心了。"

柳红刚刚才忆苦思甜，这会儿不想把"鼠目寸光""井底之蛙"之类的词用到爸妈身上。况且买这里也不是没有道理——能改善居住环境，摆摊的家当也有地方堆。总不至于每天推着三轮车进出高档小区，或是再为出摊租个房子吧？这么说来，还只能在民主巷买。想到这里，柳红又有些遗憾，爸妈从进城第一天起就待在这里不挪窝，往后怕是要在这里待到老、待到死了。

柳红更喜欢刘钊那边。他们家在郊外，有大片柑橘园，屋前还有鱼池。到了晚上，一抬头就能看见月亮和满天的星星。她好多年都没看过那么亮的月亮和星星了。风是软的、轻的，像羽毛在脸上抚弄，带着橘园的花香。每次去，柳红都睡得无比踏实，像冬眠了一整年，又像是潜入海底，做了一个幽静而沉沉的梦。柳红问过自己，到底是喜欢刘钊这个人，还是喜欢那个地方呢？柳红答不上来。

她起身穿衣服，小峰约了晚上一起吃饭。"伴郎得重新找了。"柳红说。

"这么说，他真准备滚蛋了？"

这话让柳红很不舒服。她下床穿好鞋说："等会儿我们结账。"

小峰蜷在被窝打游戏。小峰爸挺着肚子在门口叫了两声，让柳红和刘钊进屋坐。他的脸更红了些，肚子也像是更大了。柳红冲他笑了笑，想起下午小峰在江边的话，有些难过。

卫生间响起猛烈的冲水声，小峰抽着皮带出来，抓过一包烟塞进裤兜。他头发乱着，衣领掖了半边，柳红发现后给翻了出来。

入秋后的白日像烧不好的木炭，一晃就烧没了。三人沿着小肠样的胡同走到主街，路灯全亮了。

"去哪儿吃？"柳红在冷风中问刘钊。

"去哪儿吃？"刘钊挤眉弄眼，模仿着柳红的语气。

"走吧走吧。"小峰很不耐烦："秀恩爱，死得快。"

还是常去的那家大排档。柳红点好了菜，说她闻到了对面炸鸡块和烤鱿鱼的香味。

"少吃点油炸的，不怕把婚纱撑豁了？"小峰喊服务员上啤酒。

"不怕。"柳红瞪一眼小峰，也没真生气。

"就是鸡块和鱿鱼吗？"刘钊起身问。

"对，鱿鱼要变态辣。哎——手机。"柳红提醒他。

"有个一百，不想揣身上。"刘钊头也不回。

"傻子。"小峰看着他背影，"一百块串零了不是更多吗？"

柳红也觉得好笑。她等刘钊走远，问小峰："真打算走？"

"嗯。"小峰喝了口酒，发出陶醉的声音，"又不像你，还能挪个地方。"

这话让柳红怪心疼的。她住地下室时，小峰一家还住在石屋里。民主巷地势低，四周是垒高的街道，窟窿样的屋子都是从垒墙上抠出来的。没窗、没水、没电，是巷子里最差的租房。小峰爸妈也是很早进城的那拨儿，生意做过不少，结果差强人意。最近几年，小峰爸心脏出了问题，肚子里全是积水，鼓得跟四五个月的孕妇差不多。小峰妈挣的钱一大半都花在这肚子上——不让它继续变大或让它慢慢变小，后者的可能性几乎为零。小峰爸肚子鼓起来后，小峰妈找了份兼职。说是清洁工，其实是去陪老范睡觉，当然清洁还是照做。老范把那套一室一厅租给了他们，免了房租，高兴时还会再给点。

柳红说："你这次去成都也是挪地方，肯定会挪好。"

"挪好了，回来崩了姓范的。"小峰做着拿枪的手势，瞄向朝街对面各个角落，"为民除害。"

"把自己除牢里去吗？"柳红说，"行了，别动不动刀啊枪的。"

小峰瞄够了，停下来笑着说："哪儿有真枪？土枪倒是有一把。"

柳红愣了几秒，瞪他一眼："越说越没谱了。"

"还是怪我没用。"小峰说，脸跟头顶的灯一样惨白，"跟他好好过吧，瘦猴子毛病不少，不过对你还行。"

"停停停，鸡皮疙瘩都起来了。"柳红伸出胳膊给他看，心里却是另一番滋味。她跟小峰碰了个杯，还想说点什么，刘钊回来了。

三人喝光了一整箱啤酒，脸红扑扑的，都有了醉意。外面起了风，塑料棚子鼓得噗噗响。小峰对刘钊说："有年我跟你媳妇儿在江边吃烧烤，风直接把棚子都掀翻了。"

"然而我们冒着大雨，嘬完了最后一只虾。你知道吗？虾壳都吐不出去，全被雨黏在下巴上。"柳红笑得止不住。

"所以呢——然后呢——"刘钊一脸醋意。

"有没有所以然后你心里没点数吗？"小峰先扬后抑，"放心吧，我俩不可能。"

"为什么？"刘钊问柳红。柳红慢慢收起笑，没往下说。

小峰用酒杯在桌上敲了两下，"来来来，最后一杯敬你们，祝你俩新婚愉快，早生贵子。"他跟刘钊碰了个杯，"你还是得把身体好好练练，我就担心她中途一翻身，把你小子给压死了。"

"死疯子。"柳红喊得很大声，周围的人都朝这边看。刘钊笑笑，喊服务员把单子拿过来。小峰说："结了。"

"干吗？说好我们请的。"刘钊把"我们"说得很重。

"过分了你？不行啊，我把钱转你。"柳红说。

小峰夺过柳红的手机："你才过分。"

第二天，刘钊调休，约小峰去动物园玩。

刘钊在动物园当保安，隔三岔五能弄到几张赠票。第一次约会，这些票发挥了重要作用——柳红怕蛇。在一个黄金蟒的箱子前，她惊叫着抱住了刘钊，刘钊也顺势搂住了她，当天晚上就水到渠成了。后来赠票多出一张，柳红就叫上小峰。小峰对那些动物完全提不起兴趣——开屏的孔雀像用旧的扫把；鸵鸟毛都快没了，还又脏又臭；猫头鹰的眼睛像得了白内障。一堆老弱病残，难怪票卖不出去。他最喜欢坐在那扇玻璃围墙对面抽烟，幻想其中的一只老虎惊现，怒吼一声撞出来。刘钊说这完全不可能，"动物关久了都有抑郁症，没力气干别的。另外，可别小瞧这几块玻璃，钢化的，石头都砸不开。"

"这次有点新鲜的。"刘钊给小峰发语音说，"园里来了二三十只猴子，正打架争猴王呢。"

两人约在万达广场的步行街见面。步行街的长椅正对着"兰桂坊"蛋糕店，操作间是透明的落地窗。柳红穿着白色工作服，头戴厨师帽，一举一动都看得清楚。此时她正在抹胚，抹刀在旋转蛋糕胚上不留痕迹，胚上的奶油却眼见着饱满光滑起来。

"天生就是干这个的，一点就透。"小峰说，"没学一个月就出师了。"

"灵活的胖子。"刘钊眼里饱含爱意，"跟她同年纪的，没几个有她勤快能干。"

"她现在外向了很多。刚认识她时，我还以为来了个哑巴。"小峰摸出根烟夹在手里，语气飘忽，"胆子也小，受了再大的欺负也不敢说。"

"你俩一直一个班吗？"刘钊问。

"小学到初中，九年。"小峰仰头吐了个烟圈儿。

"真没发展发展？谁信。"刘钊说。

"谁愿意在贫民窟凑对儿？哪怕自己愿意，爹妈也会一棍子打散。你要住那地方，跟我一样打光棍。"

刘钊的脸柔和下来，语气也有了推心置腹的意思："我也好不到哪儿去。"

"还有点自知之明。不过我们也算不上城里人，如果能回老家，我求之不得，种地也比窝在那个巷子强。烂人一堆。"

刘钊笑了笑，好像小峰说的烂人也包括他。

"她以前没这么胖。"小峰拍了拍刘钊肩膀，"瘦得像麻秆儿，胳膊比我的还细。她爸妈满脑子都是挣钱，没时间做饭，吃的全是卖剩的卤菜。那东西油多，盐也重，长年累月，一家人吃成一个体型。"小峰把剩下的话咽下去了——柳红十岁不到就来了月经，胸也长得很快。初中三年，每节体育课她都是全班同学嘲笑的小丑。

"她挺不容易的。"小峰说。

"你好像挺不放心我。"刘钊笑得意味深长。

"有那么一点。你最好别让我失望。"

两人都看着对面。柳红出来了，带着几块她用边角料做的蛋糕。她问两人聊什么这么开心，小峰起身拍着屁股说："走，去动物园看你小叔子们。"

动物园跟往常一样冷清。守猴园的老头儿问刘钊怎么不早点来，说刚斗完一场，带劲得很，可惜观战的只有他一个。

看台是个圆圈，有两百米跑道那么大。猴园凹在下面，四周是光溜溜的石墙。人站在围栏前，所有的猴子尽收眼底。"像不像民主巷？"柳红问小峰，小峰没理。

"怎么成这样了？"刘钊盯着一处，柳红也捂嘴叫起来。那只猴子背上悬着块肉，隐隐能看到白色的骨头。离它不远的那只，一只眼睛全是血，四周都成了猩红色。

"不管管吗？这样下去会没命的。"柳红问老头儿。

老头儿接过小峰递来的烟，凑到打火机前吸了一口才回答："一会儿有人送医院去。"他慢悠悠地说，"猴王不选出来，架得天天打。那个掉肉的——对，就它，脖子上缝的针还没拆线呢。"

"不能劝劝吗？"柳红问完，老头儿和刘钊都笑起来。

"哪个会是猴王？"小峰问。

老头儿指着假山上的一只说："多半是它。它出手最狠，从没受过伤。"

大家顺着老头儿指的方向看过去。那只明显比其他猴子壮实很多，毛色也更水滑光亮。它气定神闲地坐在那里，很有君临天下的范儿。

"感觉它眼里有股杀气，好像在看我们。"柳红说完，见小峰正用手机拍它。

"这模样有点像姓范的。"小峰盯着它说。他的眼神让柳红隐隐不安，以前有人嘲笑他或他爸妈的时候，小峰就是用这种眼神盯着，直

————————————冰裂纹笔记

到对方收起笑，乖乖闭嘴。

老头儿跟刘钊闲扯起单位的事，他说他在这里干得很憋屈，明明说好的夜班也归他，现在换了人，园长的亲戚。刘钊佯装听着，余光始终没离开小峰。

"夜班比白班多一百五十块钱，啥事都没有，光睡觉。"老头儿说。柳红听着这话，心想，可能正因为这个，才让他向管理人员报告猴子受伤的事很不积极。老头儿停顿的间隙，柳红问送猴子去医院的人什么时候来。老头儿正说到气头上，有些烦柳红，"快了，你跟着急什么。"

柳红扔了两块面包下去，猴子们都过来抢。露骨头的那只也跑过来，悬着的肉一甩一甩，吓得柳红不敢再扔了。一胖一瘦两只猴子从假山洞里走出来，胖的在后面龇牙叫了一声，瘦的像得到命令，立刻站住，将屁股高高撅起来。胖猴子把注意力集中到那只屁股上，扒拉来扒拉去，像在找什么。它动作粗鲁，瘦的有些站不稳，使劲撑着，不让自己蹿出去。

"后面那个是猴妈妈吧？帮它孩子择虱子？"柳红问。

老头儿说不是，这猴子前一阵受了伤，伤口烂了，身上全是蛆，后面那只猴子在找蛆吃呢。老头儿说话时，准猴王过来了。它把瘦猴子推到地上，并赶走了那只胖的。瘦猴子抬高两只胳膊，把前胸交给它，别过头一动不动。

柳红转过身，眼睛红了一圈。

动物园快关门的时候，送猴子去医院的人还是没来。柳红怀疑老头儿是不是打过电话，让刘钊确认一下，这让老头儿很生气。回去的路上，柳红说了老头儿几句，刘钊说也不能全怪老头儿，参与打架的猴子，总归都是想当猴王。

"当猴王有什么好？打成这样。"柳红气呼呼地说。

"好处多了。所有母猴子都归它，好吃的也要先孝敬它。"刘钊问小峰，"是不是？"

小峰一直没说话。等走出动物园，他说了句有事，头也不回地走了。

小峰走的那天没跟任何人打招呼，柳红和刘钊收到微信时，他已经在成都的朋友家喝酒了。

婚礼进入倒计时，事也多起来。忙碌之余，柳红留意过小峰妈两回，听她跟人聊天的口气，小峰临走之前应该是给了一个不错的交代，让她觉得小峰懂事了，知道替她分忧了。柳红有些欣慰，看来，小峰也不是真恨她。

大雨如期而至。街上排不掉的积水一路向下，全涌进民主巷里。路面是大大小小的水坑，院墙上陈年的积垢和青苔被刷得发亮。爸妈停了摊，专心忙起宴席。四个蜂窝煤炉子搭配四只高压锅，在墙根一溜儿摆着，突突突冒着气丝儿。院门口挂着两盏灯笼，缓慢的转动中投下红黄绿紫。一些喝醉的男人从这里经过，还以为是新开的按摩店。柳红妈难得大方一回，把薄片儿的"囍"字从入口处一路贴进来，泡在浑黄泥水中的破巷子硬是被捯饬出喜庆与顽强。柳红有了点信心，或许，情况并没她想得那么糟糕。

贴完"囍"字的第二天，民主巷来了两个便衣警察。他们见到柳红，拿出一张打印的照片问她认不认识，柳红一眼认出是小峰妈。带他们上楼的时候，柳红还没反应过来，只觉得电视剧里的情节怎么就发生在自己身上了。

整个下午，柳红都在想老范的死。她给小峰打了好多次电话，都没接。她一会儿安慰自己不可能，一会儿又提醒自己，小峰逼急了什么事都能干出来。她没办法控制自己发抖的手，一连抹废了两个蛋糕胚。

下班回去的时候，柳红去了小峰家。门半掩着，能听见小峰妈低低的哭声。她对面坐着两个女的，没等柳红看清，其中一个女的起身把门关上了。巷子里的人都在议论老范的死。柳红这才知道，那两个女的是老范的女儿，她们来通知小峰妈，这房子马上要卖掉，让她赶紧搬走。

晚上去影楼取照片的时候，刘钊说："你说，会不会是他干的？"

刘钊兴奋地分析，"他弄死了姓范的，然后连夜逃走了。"

柳红冷冷地看他，那眼神等于是在问，你怎么知道？刘钊支吾一阵，只好说了实话——那天在大排档，他故意没拿手机，开了录音。

"你想干什么？没想到你是这种人。"柳红觉得这话说得太轻，完全不能表达她的愤怒和失望。她有些气自己嘴笨，想着要不要一走了之。

"我错了我错了，就当是个恶作剧行吧？真没别的意思，我就是担心你俩有什么。"刘钊不敢看柳红的眼睛。

"有什么？你觉得有什么？"柳红问他。刘钊嚅了嚅嘴，随后像是找到反驳的突破口，理直气壮地说："但他也不该那样跟你说话。"他说完，拉着柳红走上天桥。柳红想甩开他的手，但知道刘钊会再拉，三番两次，就有了打情骂俏的意思，倒给了他台阶下。她索性就那样让刘钊牵着，像根木桩。

精心挑选过的照片分别落入不同的去处——巨大的木框、水晶摆台或是厚厚的相册。柳红有些认不出自己。她的胳膊腿儿细了一圈，脸上没有了痣和痘痘，双下巴也被削得干干净净，整张脸就像是雕刻出来的一样。刘钊也变了样，头发一根不乱，眉毛更浓，鼻梁更挺，颧骨的地方还添了一些脂肪。柳红心想，可能摄像师也觉得他那对高颧骨看起来十分刻薄。柳红一张张看着，很多个瞬间，刘钊的脸变成了小峰的。

家里已经开始来客人了。柳红妈的小姨，以及小姨的女儿女婿、外孙。柳红都是第一次见，让叫什么就叫什么，说不出的尴尬。叫完，她进屋去找糖果，慢腾腾地，想多磨蹭一阵。很快，柳红妈也跟着进来了，低声埋怨小姨的拖家带口和提前到来，预算里可没有酒店住宿这一项。她说完，看了一眼柳红手里的果盘，把糖果抓回去两把。

院子里闹哄哄的，亲戚们像临时组成的旅行团，在柳红妈的带领下参观着各个房间。那个柳红叫姨奶奶的老人嗓门很大，隔一阵就要爆出一串笑声，柳红一刻也待不下去了。

往外走的时候，小峰妈正把打包好的棉絮一个个搬到三轮车上，小峰爸负责一些锅碗瓢盆的小物件儿。柳红庆幸小峰走得是时候，这样他们只需要租个小单间就能对付。她不想看到小峰帮忙搬家的样子，小峰肯定也不希望她看到。让她放下心的是，老范是因病猝死，警察来找小峰妈，是因为连续四年多进出老范家里的只有她一个人。虽是这样，小峰的电话依然打不通。柳红原本是想走上前问问小峰妈，不知为何，腿却自己改了道。

猴园一个游客也没有。柳红来不及跟看园的老头儿寒暄，问他："猴王选出来了吗？"

"别提了。"老头儿说，"猴王死了，让人用弹弓打死了。"

"什么？"

"翻院墙进来的，捂得严严实实，监控里看不清脸。那人打得可真是准，就那么一下。"

"什么时候？"柳红问。

"昨天下午。"老头儿说，"我就去了趟厕所。"

柳红心口也像被弹弓打了一下，猛烈一击，绞痛难忍。她双手撑着脸，看着猴园一动不动。老头儿以为她在找那几只受伤的，跟过来说："都送医院处理了，死了一只。"他见柳红不停抹眼睛，笑道："你这姑娘，心还真慈。"

"没睡好，有些困。"柳红张了张嘴，还真打出个哈欠，整个猴园顿时变成一片汪洋大海。

香水百合

办好手续，护士问她，两人间、走廊，选哪个？

这不废话吗？她在心里嘀咕，不耐烦地说，你这话问得，肯定两人间啊。

护士看她一眼，朝身后喊，52床铺床。玻璃门后面探出个脑袋，看了她一眼又问喊话的同伴，不确定似的问，52床吗？

她早上九点不到就来了，一个半小时过去，还没进病房。眼看着护士们活慢话多，她再不能忍，拉下脸说了几句很不中听的话。给她登记的护士见状，站起来说，走，我带你过去吧。

进了病房，她恍然大悟，难怪护士那样不确定地问她，难怪在她前面办手续的人都选了走廊。说到底，好事不会平白无故轮到她。

名义上的双人间，实则跟单人间差不多了。房间里到处是私人物品，窗台上是电磁炉、电饭煲、平底锅、筷笼子，都是小尺寸的那种，摆放得紧凑严密，像环环相扣的积木。窗台下面立着一个简易鞋架，四层，春夏秋冬各一层，第二层那里，还有一双银色的、闪闪发光的舞鞋。靠近病房的墙角是一个布满枝丫的衣帽架，帽子、围巾、马甲、风衣，大红大绿，密密麻麻。

床底下也是满的，成捆的报纸一沓挨着一沓，堆成了另一张床。她大致扫了一眼，二十捆是有的。当天的《人民日报》打开着，摊在床边，显得很有气场。床上躺的是位大爷，鼻子里插着管，一动不动，不像是每天能看报纸的人。

她拍了个小视频发给彭彭，说，毫无疑问，病房里常年活跃着一位花枝招展的大妈。

彭彭发了个惊讶的表情，说，这还是病房吗？大妈来度假的？长啥样？

————————————冰裂纹笔记

她说，还没见着。

屋里的味道令她作呕。老人味、药水味、剩菜味，鞋臭味以及一些找不到来由的，各式各样的掺杂在一起，堪比一辆胡吃海塞的垃圾车。她觉得自己被耍了，转头问护士，这能住人吗？

护士为难一笑，要不，你先住走廊？等有空病房了再给你调。

知难而退，再来个缓兵之计。先前那些住到走廊的病友，也一定遭遇了此番。她暗暗分析一番，最后推断，眼前这个植物人样的老头儿不是个普通人，表面上住着普通病房，但医院的人里应外合，给了他极不普通的待遇。她燃起一股无名之火，冷冷地说，真无耻。

呼叫器此起彼伏，护士让她先想，小跑着走了。就在这时，卫生间"哗啦"一声，门开了，一位大妈冒出来。

她一愣，要不是冲水声在前，她还以为是哪个夕阳红大舞台上的演员刚谢幕，抄秘密通道进来了。大妈穿着玫红色无袖衫，裸露的肩膀上搭着金片流苏，稍微一动就是风吹麦浪的效果。下身是翩翩起舞的阔腿裤，与肩膀上的麦浪相得益彰。她最诧异的还是大妈的妆容，粉底太厚暂且不说，眼影和腮红也都一样不少，还是娇嫩的桃粉色。

刚来的？大妈跟她打招呼，手在眼睛处扒拉了几下，扯下一个东西。她一看，是假睫毛。天哪，竟然还贴了假睫毛。

她趁大妈不留神，拍了张照片发给彭彭。彭彭回复说，老脸儿煞白，这妆化得，主打一个下手重啊。

她说，头一回见人在医院化成这样的。快说，好不好看？

彭彭说，好看谈不上，但霸气，就说这对粗眉毛，谁都不敢惹。

大妈在镜子前站了会儿，转身的时候，眼睛变成了芭比娃娃。可能是眼皮太松弛的缘故，睫毛依旧不够服帖，总感觉要掉下来。

她佯装漫不经心地刷手机，对准大妈放大镜头，拍了个眼部特写发给彭彭。彭彭说，俩刷子吗？大妈够时尚啊。

她说，你们男的是不是都喜欢这种火辣辣的类型？风情万种不分年龄。

彭彭说，这算哪门子风情万种哦，吓不死人就谢天谢地了。

她"扑哧"笑出声来。大妈在一旁说，你还挺乐观，挺好，人活着就该这样，天又塌不下来。

她没作声，一碗油腻腻的心灵鸡汤，有什么好接话的。

大妈对着镜子往头上扣了顶紫红色假发说，我叫刘凤林，你叫什么？戴上假发后的刘凤林不仅没年轻，反添了几分怪异。她很鄙夷，用沉默回答了大妈的提问。

眼下最要紧的事情是到底睡哪儿。病房里脏乱臭，可走廊也好不了多少，人躺在那像展览，还指不定会碰上偷拍的变态。她站在门口，迟迟拿不定主意。

刘凤林见状，说，你的东西可以放床头柜，那柜子宽得很。

她瞬间明白了这话的意思，这个叫刘凤林的大妈，一定是把两组壁柜全占了，心虚。所有的不满和憋屈终于在这一刻找到发泄的出口，她抬起下巴，慢慢悠悠地说，我东西多着呢，得放壁柜。说完就往前走。果然，刘凤林笑出一脸褶子并挡住了她，姑娘，这里面全是我的东西。你要用，我得花时间腾出来。

为了证明自己没说谎，刘凤林打开半扇柜门，一个圆鼓鼓的黑色塑料袋迫不及待滚出来，刚被塞回去，又有红的、白的，一个个争着往外溜。刘凤林一阵手忙脚乱，把另一扇门也打开了。

她一眼瞥见几个高大上的礼品盒，茅台酒、蜂王浆、虫草之类，那些滚出来的廉价塑料袋，更像是某种掩饰。她想起小时候，母亲为了不让邻居们借米借油，总会在装满鸡蛋的篮子里铺上一层稻草，让家里看上去一贫如洗。只是现在都什么年代了，还用这些伎俩。她由此更加确信，老头儿官职不小，即便躺在这里奄奄一息，也仍然是棵招财树。但她又想不通，这么多东西，为什么不拎回家，都放这里，不显眼吗？再一想，又明白了，最危险的地方就是最安全的地方，谁会上病房来搜东西啊？当然，想明白了不代表不愤怒，她质问刘凤林，你把这里当家了？

————————————————冰裂纹笔记

刘凤林一笑，姑娘，我们在这里可不是一天两天啦。

她说，就是住一辈子，这总归是病房。病房是两人间，除了病床，其他的都是公共区域，你全占着，是很不道德的表现。

我也是有苦难言，刘凤林塞进去最后一个塑料袋，关上柜门说，我把下面的柜子腾出来，你东西有地方放就行，可不可以？没必要生气啊姑娘，气伤身。

她也笑着，用比刘凤林更温和的语气说，我没生气啊，只是，我东西真挺多，不光下面的柜子，上面那两个，恐怕也要用呢。

哎哟我的姑娘喂，你行行好。上面全装着棉絮被褥和冬天的衣服，等我收出来，你都要出院了。再说，这么多大物件，你让我往哪儿放啊？刘凤林双手合十，歪头看着她，一脸温柔，算我求你了好不好？

她一笑，您这是跟我撒娇吗？这套，在我这里可不管用。

刘凤林嗔怪着斜她一眼，你这孩子，真是伶牙俐齿，说不过你。

她转身，刻意做出的有教养的微笑被冷漠取代，还有一丝初战告捷的得意。她果断决定住这里，不但是为了收回本属于她的壁柜，更是不畏强权，讨回公道，与恶势力作斗争。护士铺床的时候，她站在一旁给彭彭发微信说，这不是偏执，我们总不能时时处处都忍气吞声，让人欺负。彭彭说，你这么一说，我怎么觉得她特别像胡刁缠？

哎，还真像。她说，难怪我这么讨厌她，终于懂了。

一年前酒厂倒闭，她和彭彭都丢了工作。在物流公司当主管的高中同学建议他俩开个快递点，虽说没赶上挣钱的黄金期，但比给人家打工还是强很多。她着急下个月的车贷房贷，生出盲目的乐观，认为只要把快递点开起来，钱的问题就能迎刃而解。彭彭比她更着急，一天都不想在家闲着了，就是亏，也得先行动起来。两人一拍即合，踌躇满志，火速谈妥了一家正转让的门店，签完合同，夫妻俩发了条一模一样的朋友圈：莫问前程，干就得了。

接手的菜鸟驿站位于一个叫左岸长堤的小区，清一色江景房。小区配套高档，除了游泳池和健身房，还有高尔夫球场。物流公司的同学说，这种小区业务量大，小半年就能把加盟费赚回来。她和彭彭越想越兴奋，到时候办张门禁卡，每周游泳撸铁，赚钱的同时，顺带把身体也锻炼了，这年头，不进医院也是积累财富啊。

然而，所有美好的设想，在胡刁缠出现的那一刻变得渺茫飘摇，让他们领教了前程路上的江湖险恶。

胡刁缠住七栋，五十多岁，真名不详——快递上写的是胡女士，"刁缠"这名字是彭彭取的，刁钻又难缠嘛。菜鸟驿站开张的第一天，胡刁缠就跟物业提意见，说拉货的三轮车不能开进小区，有损小区形象。胡女士三番五次地在前台叫嚷，物业没办法，只得来找她和彭彭。她想着忍一时风平浪静，隔天便去买了辆二手面包车。扫码付款的时候，她看着手机上显示的金额，只觉得胸口被剜了一大块，两脚轻飘。

门店设在楼栋背面的停车场附近，但凡碰到卸货，胡刁缠停好车后，都要绕回来指责，不该把货堆在门口，不该把废纸盒堆在墙边，这样乱七八糟，特别影响心情。

她和彭彭对视了一眼，无奈叹气，堆自家门口也有错吗？

这不是你们家门口，胡刁缠瞪着眼睛，这是公共区域呀，只能堆屋里的。

她说，这么多货，屋里怎么堆？

胡刁缠说，那是你们自己的事，我可管不着。

双十一前后是驿站最忙的时候。有一天，她和彭彭正卸快递，胡刁缠在门口不停按喇叭，说自己没地方停车了，让他们把面包车和小三轮统统挪走。彭彭说，最前面就有空车位，我们车上装着货，真不能停太远。

胡刁缠说，我想停哪儿还用你教我？这都是业主的车位，谁占谁不要脸。

她在一旁听着，实在忍不了了，拉开彭彭说，我们可没占什么便宜，该交的钱一分没少。你也别太欺负人。

胡刁缠顿时像点了火的炸药包，又是叫楼栋里的业主代表，又是打电话找物业经理，一副决不罢休的架势。彭彭不想把事情闹大，赶紧赔罪，把车挪走了。胡刁缠说，实话说，我就是看你们不顺眼，自从你们来这里后，这个小区就变得乡里乡气，跟高档不沾边儿了。说完，看到随后赶来的物业经理，又说，这个地方，就只能用来开书店、咖啡馆。

她气得哭了一场，彭彭劝她算了，为了生意，忍忍，好不容易开起来的店。她说，忍忍忍，我们凭双手吃饭，不偷不抢，凭什么要低人一等？彭彭不知道怎么回答她，抽了张纸给她擦眼泪。

这会儿，她躺在刚铺好的床上，跟彭彭说，胡刁缠那受的气还没消全，又碰上个刘凤林。这一次，旧仇加新恨，我肯定不会忍。

晚饭前，刘凤林把柜子清了出来。她摆出胜利者的姿态，往里面放了一个盆和几个衣架。刘凤林见了，有些恼火，不是东西多吗，就这么点？她耸肩摊手，反问道，我放什么，跟您有关系吗？刘凤林说，我不是那个意思，我是想跟你商量，既然你东西不多，那我能不能把这几个袋子放进去？我放最里面，不挨着你的东西，行不行？

不行。她咬牙切齿。

刘凤林噎住，把提起来的袋子放回原处。

她说，我有点不明白，您为什么不拎回家呢？家里多宽敞啊。您这样，给自己和别人都造成了不便，何苦呢？

跟你说不明白。刘凤林是真生气了，边往外走边说，得饶人处且饶人，懂吧？

谁饶谁啊？她追出去说，赶紧把你的那些锅碗瓢盆搬走，就你自己不嫌臭。

刘凤林从柜子里搬出来的东西，就那样大包小包堆在地上，把去厕所的道堵得只剩一指宽。她左右踢了两脚，进了厕所，倒吸一口冷气——里面是另一个满满当当的世界。墙角是盆架，盆架旁边是木椅子、泡脚盆。浴镜旁边钉了两块错开的木板，放着各种瓶瓶罐罐。剪了半截的矿泉水瓶子里，插着长短粗细各不同的腮红刷、睫毛刷、眉笔等。两块木板下面还各有一排挂钩，每个挂钩都挂着袋子，每个袋子都没空着，发套、面膜、耳环、项链、长袜、短袜，分门别类，体现出了高超的收纳水平，而将每一寸空间都利用到极致的做法，让她对刘凤林的厌恶又多了一分。

她拍了一堆照片发给彭彭，彭彭竖起大拇指说，奇葩。

从厕所出来，她有意在大爷床头咳嗽了几声，不见睁眼。蹑手蹑脚地凑近瞧了瞧，面生，没在本地新闻和公众号上见过，又把病历卡上的姓名上网搜索一番，也没查出什么来。她想，也许不是大爷厉害，是他的子女，或者什么亲戚？她老家的王大有，文盲一个，就因为哥哥在省里当官，说话比镇长还管用。逢年过节，进村的轿车一辆接一辆，都是来看他的。王大有还专门腾了间屋子，用来放礼品。

她拉上隔帘，洒了花露水，没压住多少味道。要待下去，只能全凭意志了。一位护士端着托盘进来，麻利地摇了几下床把手说，爷爷，吃饭了啊。大爷眼睛开了条缝，似有似无地"嗯"了一声。她伸头去看，见护士拧开管子的一处接口，用一根很粗的注射器朝管子里灌东西，第一次应该是水，第二次是橙黄色的糊状。她有些反胃，问护士，就这么吃？用鼻子？护士说，对啊，鼻饲。她见护士人很好，又问，他是不是什么领导干部？护士说，不知道呢，我新来的，不过，护士长对他们挺照顾的。

这就对了。她说，我就说不一般。

她下楼吃了碗面，不想太早回病房，便去附近的巷子溜达。自从有了孩子，忙上加忙，她记不清上一次像这样独自闲逛是什么时候。逛了一小会儿，彭彭打来视频电话，问她是不是回家睡。

手术定在后天，按理，今明两晚她都可以回去住。可她敢断定，只要她一走，刘凤林就会霸占她的床且让她抓不到任何把柄。

她快速做了决定，不回，不能让那老妖婆得逞。彭彭说，倒是有个两全其美的办法，我来替你住。她真觉得可以，随即明白彭彭只是说笑。

九点左右，刘凤林回来了，哼着歌，满头大汗，应该是去跳了广场舞。见她从厕所出来，刘凤林很意外，说，你不回去睡？

她说，不回啊，我天天都住这里，怎么了？

我就是随便问问。刘凤林摘下发套，露出白花花的头顶。

她说，医生让你别把剩菜放这里，空气不好还招蟑螂。

那医生是你吧。刘凤林笑着说，行，马上倒，可你也别老苦着张脸嘛。女人啊，一辈子就该没心没肺、快快乐乐地活，为自己活。刘凤林说着，撕开一个玉米，连同穗子一起放到电饭煲煮。

她说，我怎么活，用不着你指手画脚。我只知道，但凡有点道德，就不应该把自己的方便建立在别人的痛苦之上。

刘凤林转身，谁建立了？

你。她说，明明有家，非在这里安营扎寨，把好好的病房搞得乌烟瘴气。你倒是没心没肺为自己活了，可别人呢？我刚上厕所，差点没摔一跤，你自己看看，还能过路吗？厕所里也是，连块香皂都没处放，全是你的地盘啊大妈。

刘凤林的脸一阵红一阵白，说，我也是没办法。

她哼一声，你还没办法。在这里吃在这里住，既照顾了病人，还省了水电费、空调费、暖气费，还不用打扫卫生，连家务活都省了，你是全天下最有办法的。

刘凤林没接话，背对着她，望着黑漆漆的窗外吃玉米。吃完玉米，打了热水，给老头儿擦身子。翻过身的老头儿味道更大了，她受不了，拿了洗漱包，找了间没人的病房去洗漱。再回来，刘凤林也洗完澡了，穿着吊带睡衣，贴着面膜，嘴里哼着小曲儿在做扩胸运动。她不得不承认，跟眼前这个大妈比起来，自己的日子过得潦草至极，更没有如此稳定而强大的内核。

刘凤林从鞋架后面拖出折叠床，问她，你起夜吗？

她答非所问，说，你这床，灰可真厚。

刘凤林听出她的含沙射影，索性说，是很久没用了，平时就睡你这张床。说完，把床拖到她床头的位置。

她不想再为难她，除了这里，也没别的地方能支棱开了。况且，看着刘凤林很不情愿地擦灰、铺被褥，她觉得很解气。为了消减心里那点不算太多的愧欠，她问刘凤林，你孩子应该跟我差不多大吧？我90年的。

刘凤林说，比你小一岁，我的也是个女儿。你结婚了吗？

她说，结了，孩子都三岁了。

我闺女没结婚也没孩子。刘凤林像是逮到了她的软肋，说，住院了都不见你男人来照顾。

她说，谁说他不来？这不是还没手术吗？你盼点好。

刘凤林一笑，那就好。

因为生气，她跳下床，一巴掌拍灭了灯。刘凤林在黑暗中迷失了方向，打翻了什么东西，"哐当"一下，惊得大爷连哼几声。刘凤林低吼道，你关灯干吗，没看见我还忙着吗？

她说，没看见。

她躺在床上，被刘凤林刚才的话扰乱了心。和彭彭结婚、生孩子，说不上好与坏，但总感觉手脚像拴着链子，头上的天也只有井口那么大。有了菜鸟驿站后，她觉得自己也变成了一只菜鸟，财富的菜鸟，阶层的菜鸟，品位的菜鸟，每天都灰头土脸、小心翼翼，还时不时要被胡刁缠这种人为难、教训。她越想越难过，替自己，也替彭彭。她摸过手机，在黑暗中坐起来，给自己订了束打折的鲜花。

脚头很快响起鼾声，低沉、霸蛮、尾音绵长。一开始还能忍受，渐渐地，只觉得卧了只贪吃能睡的母猪。她大声清了下嗓子，鼾声猝不及防地止住，两秒钟后又接上了，像是在告诉她，没用的，抽刀断水水更流。她翻身下床去厕所，摔门、冲水，动静很大，却是鼾声依旧。往回走的时候，她忍无可忍，瞄准床架子，狠狠踹了一脚。

嗯！刘凤林惊叫，怎么了？

小点声。她说，还让不让人睡了？

刘凤林这才缓过劲来，也很不耐烦，十人九鼾，我有什么办法？你这样吓我，会出人命的。

出人命？那你可真娇贵。

她刚说完，大爷那边也哼叫起来。刘凤林起床开灯，走过去问他，又疼了？敷敷？

她在刺眼的灯光下睡意全无。隔着帘子，听见拧毛巾的声音，哗啦啦地，连着好几遍。大爷的哼叫声又大了些，掺杂了难受和愤怒。刘凤林有些慌，出去叫了护士，护士又叫来了值班医生，跟着，量体温、测心电图、挂点滴，进进出出一阵风，等一切归于平静，已经凌晨三点了。

不知道什么时候睡着的，迷迷糊糊中，她被刘凤林的说话声吵醒。刘凤林端着饭盒，身后跟着一位中年女人。女人说，别太担心，用点药就没事了。刘凤林说，谢谢你护士长。女人说，对了，明天进伏，你有空去贴三伏贴，我跟中医房说好了。刘凤林说，年年沾你的光，我都不知道该说什么了。护士长说，客气什么。

护士长。她打断两人，能给我换个病房吗？这里完全没法儿住。

刘凤林接过话，昨晚是挺闹的。

护士长看了看她的姓名卡，面带歉意，说，只有走廊了。实在不行，你今晚回家住，明早直接来手术。

凭什么要我回家住？你们少收了我住院费吗？她看了一眼刘凤林，扰民的是她好不好，又是打鼾又是磨牙，天不亮就叽叽歪歪，没一刻消停。

那行，我给她们交代一下，有病房空出来，第一个给你换。护士长说完，拍了拍刘凤林的胳膊，那意思像是在说，别管她，你该怎样怎样。

这下她彻底怒了，说，你们要这么区别对待的话，别怪我曝网上去。让大家看看，你们天天挂嘴上的"仁心仁术"是什么玩意儿。刘凤林拉住她，姑娘，听我说，护士长人很好的，你千万别误会。她说，好也是对你好，跟我没关系。

门外来了个骑手，怀里抱了束娇粉的香水百合。她冲骑手示意，接过了花。刘凤林眼睛一亮，你老公送的吧？真有心，好看啊。

护士长抬手压住她的话，说，病房里不能放百合。

她说，针对上我了，买束花都不行了？

护士长笑笑，你误会了，绝对没有针对的意思。你上网查查就知道了，医院有过惨痛的教训，一个病人因为百合过敏导致呼吸衰竭，走了。这位老人体质很弱，昨晚又犯了病，还是注意点好。

这么严重？刘凤林也紧张起来，看着她说，姑娘，要不，我给你买束别的花吧。

话已经说到人命关天的地步，她再硬来就是犯蠢。带着无从反驳的愤怒，她踩开垃圾桶盖子，把花扔了进去。刘凤林一脸歉意，低声说，我现在就出去给你买。

谁稀罕啊？她说。

好了好了，都冷静冷静，不是什么大事，一个病房的，相互包容，好不好？护士长拉着刘凤林说，过来一下，我有事找你。

上午有麻醉评估和剩下的几项检查，她忙完这些，吃了午饭回到病房，没见刘凤林。病房难得清静，她关上房门，从床边的柜子里捧出一束百合。没错，刘凤林和护士长前脚走，她后脚就把花捡起来了，垃圾桶里是早上刚换的垃圾袋，什么东西都没有，花原样如初。

她一边留意门外，一边欣赏着花。粉中带白的颜色，清幽的香气，看着叫人愉悦。她后悔长这么大，还是第一次给自己买花，尽管出师不利，但她还是及时挽救，没让这份愉悦戛然而止。至于大爷会不会过敏，她想，关上柜门不就行了。等过几天出院，再悄悄带回家，完美。

她拍了张人与花的合影发给彭彭，随后把花放回柜子，怕花闷着，她留了道很小的缝。她很快睡着了，一觉醒来，收到彭彭的回复——没说话，只发了个微笑的表情。她直觉不对，打电话过去，才知道出了事。

就在今天上午，一个业主拿快递的时候，纸盒子没兜住，把几瓶拆了包装的橄榄油摔碎在门口。因为忙着整理货架，彭彭没工夫出去收拾。按说，那摊碎渣一眼就能看见，绕着走就行了。可偏偏又是胡刁缠，她低头看着手机，结结实实一跟头，左胳膊断了，还让玻璃扎了几处，都不浅。

她顾不上听彭彭继续说，打车直奔店里。彭彭额头青了一块，脸上的巴掌印还没消。她问，谁动的手？

彭彭说，姓胡的老公跑来闹，差点把店砸了。我给他们转了两万，还请了护工。

她气得发抖，去电脑前调监控。彭彭拉住她说，别看了，报警也没什么用。问了几个律师，都说是我们的责任？

她看着彭彭，差点站不稳，那得多少钱？

彭彭没再说话，蹲回地上闷头干活。她跟着蹲下去，像往常一样配合他分拣货物。沉默许久，彭彭突然甩掉手上的东西说，要是把我们逼上绝路，老子跟她同归于尽。

说什么啊。她哭着推了彭彭一把，什么同归于尽，你浑不浑？

彭彭坐在地上，抹了把脸。她抱住他，说，不行就打官司，他们打人在先，监控都录着。彭彭点点头，说，起来吧，地上凉。

忙到天黑，两人关了店门，骑摩托车回家。半道上她想起清肠的药还没拿，让彭彭改道，先去趟医院。

刘凤林脖子上贴着三伏贴，正给大爷擦身子。大爷又发出跟昨晚那样的哼叫声，像是胸口压了块大石头，听着瘆人。刘凤林说，你难受，我也难受。今天不知道怎么了，老觉得恶心想吐。

她看见床头柜上放了盆绿萝，瘦小的两株，放在一只软趴趴的白色塑料盆里。她一眼认出是在超市买的，九块九的廉价货。

刘凤林说，也不知道你喜欢什么，护士长说绿萝能净化空气，最安全。

她没说话，把被子枕头卷到一起，再把褥子掀起来盖住。刘凤林看在眼里，委屈巴巴地说，你放心呀，我不会偷偷睡你床的。她还是没说话，把那盆绿萝放到了大爷床头柜上。

姑娘，你这是跟我怄气呢？刘凤林说。

没有啊。不是净化空气嘛，放哪儿都一样。她说得漫不经心，好让刘凤林明白，她并不把这盆绿萝放在眼里，更不会领情。刘凤林还想说什么，她装接电话，悄悄看了一眼百合，还好，一点没蔫。她把柜门的缝隙调了又调，直到认为十分完美。

孩子在奶奶家，晚饭就她和彭彭两人。她做了泡椒猪肝、炒苋菜和番茄蛋汤，都是彭彭爱吃的。彭彭说没什么胃口，她因为要清肠，也只喝了小半碗汤，两人面对面坐着，吃得寂寂寥寥，没什么滋味。

饭还没吃完，胡刁缠老公打来电话，说请的护工不行，得换，让彭彭"赶紧滚过来"。她听得清清楚楚，擦着手说，我陪你一块吧。不用，彭彭挤出一个疲惫的微笑，逗她说，你还得审一晚上稀呢。她没笑，继续说，别被这种烂人激怒。你要做了傻事，事情只会更糟。彭彭摸了摸她脑袋，放心吧，不会的。她拽住彭彭，说，他要再动手，直接报警。

彭彭夜里两点多回来的时候，她还在跑厕所。见他进来，她拉过他，全身上下到处看，没找出什么伤，这才彻底松了口气。彭彭说，抓紧睡一觉，然后陪你去医院。她说，你还是守店吧，关门不好。就是手术结束后推个轮椅，住院部到处都是实习生。就这么定了。

凌晨六点，她又去了趟厕所，反正睡不着，索性去了医院。病房里的折叠床支在昨天的位置，但不见刘凤林，厕所也没有。她直奔枕头上看做的记号，没动，刘凤林还算有骨气。她瞅准时机，抱出香水百合去卫生间浇了点水，回来的时候，她发现大爷的床竟然也空着。所以大爷能下地走路？她没想明白，也懒得想。

手术很顺利。医生给她看切下来的息肉，两个，都是一公分。医生说，她这个年纪，这么大的息肉还是很少见，以后要注重锻炼和复查。她麻药还没醒彻底，喝醉酒一样，话特别多。回到病房，她问身后的实习生，刘凤林去哪儿了？床上的大爷去哪儿了？

实习生说，不知道呢。

护士给她挂上了吊瓶，让她踏实睡，会有护士盯着。她有些不放心，可眼睛实在撑不住了，慢慢昏睡过去。一觉醒来，彭彭坐在床边，吊瓶还挂着。

她问，不是让你不来吗？

彭彭说，反正不远，顺道来看看。

她四处扫了一眼，折叠床收起来了，大爷的床还是空着。她问彭彭，那个大妈回来过？彭彭说，没看见啊，还想着一睹大妈的真风采呢。她刚想接话，浑身冒起冷汗，头也有些晕。糖，快点。她说，抽屉里，冰糖。

缓了一阵，她总算有力气开口。好奇怪，她说，从早上来就没看见他们俩。

彭彭说，走了不更清静吗？最好晚上也别来，不然你哪睡得好。

她说，今天她要磨牙打鼾，肯定完胜，我没力气跟她斗。

熬几天就出院了。没有办法的时候，就只能熬着。彭彭摸着她额头，苦笑着，欲言又止。她猜，胡刁缠肯定又有了新的麻烦。可他不愿说，她也就不问。坐了会儿，说，店里还有事没干完，晚上我再来。你记住不要乱动，不然伤口裂了会大出血的。

她说，你晚上别来了，我没事了。

晚上十一点，所有的吊瓶全部吊完。护士来给她抽针的时候，她问，大爷呢？怎么一直没在。

护士说，走了。

什么？她叫了一声，什么时候？

别动，回血了。护士给她冲洗了留置针管，接着说，昨天夜里进的抢救室，今天下午走的。爷爷基础病太多，发烧啊，过敏啊，禁不起一点折腾。

护士走后，她想给彭彭发条微信，刚拿起手机，脑子一下警醒起来。她躺在那里，听见胸口怦怦怦地直跳，她从未受过如此的惊吓。过了好一阵，她缓缓下床，柜门打开的那一刻，她脸色煞白。

她怀疑是不是眼睛出了问题，把手伸进去四处扒拉。可那么大一捧花，怎么会看不见又摸不着呢？她忘了伤口的事，把柜子往外拖出来一截，又看床底下。没有，都没有。

那束花是不是你拿走了？她在电话里问彭彭。

什么花？彭彭说，哦，你买的那束？没啊。

把我发你的照片删了。她说，跟花照的那张，马上删。彭彭听出她声音不对劲，多问了几句。她急了，说，要你删你就删，快删。

她躺在床上复盘。花显然是从她进手术室后到彭彭进病房之前的时段不见的，这中间隔着好几个小时，而拿走一束花只需要分分钟。她又下了床，去查看病房的每个角落。刘凤林腾出来的那些高大上的手提袋还在原地，她顺手扒开，根本就不是什么茅台、虫草之类，全是叠成方块的衣服。

花去哪儿了，谁拿走了花，目的又是什么？她一夜没合眼，如果拿走那束花是要作为证据，而刘凤林的亲人中又有个厉害人物——她不敢再分析，只觉得手腕冰凉，仿佛那里已经落下了一副手铐。想到劳碌的彭彭、弱小的儿子，想到他们以后的生活，她连哭的力气都没有了。

连续三天，仍没看到刘凤林。刘凤林越不露面，她越不安。不挂吊瓶的时候，她假装散步，在护士站附近晃悠，观察她们看自己的神情，并无异样。唯一令她疑惑的是，护士长一直都没来上班。整件事情，她没敢告诉彭彭——彭彭每天给她送饭，还得忙着店里，够累了。如果真有那样的劫难等着她，眼下，能过一天是一天吧。那几天，她每分每秒都处于惶恐之中，就连做梦，也是刘凤林带着警察找上来的场景。她被吓醒了，睁眼看着漆黑的夜，恨不得一死了之。

出院那天，她正收着东西，见护士长站在门口。你知道了吧？护士长一脸倦容。

听说了。她下意识拽紧了衣服，问，什么原因走的？

心梗。按说是能抢救过来的，那晚刘大妈也病了，没及时发现，晚了。护士长叹了口气。

怎么突然就心梗了呢？会不会是什么原因引起的，您之前也说过，他基础病很多。她强装镇定，但话多得很不自然。

护士长说，没什么诱因，幸好你把那束花扔了。

是哦，幸好扔了。她默默松了口气。

护士长说，大妈挺不容易的。女儿病，大爷也病，为了他俩住院，她把房子卖了，这个病房，是两老唯一的落脚点。

她说，跟我想的有点不太一样。

她下午会来收东西。护士长说，这两天刚帮她把房子租好。

她问，她前两天回过病房吗？

护士长想了想说，这我还真不清楚，走了。护士长站起来，像拍刘凤林那样拍了拍她。

她坐在那里，环顾着这个病房。当初，刘凤林大包小包往这里拎东西的时候，一定像株断了根的浮萍。她是能感同身受的，和彭彭失业的那段时间，何尝不是这样？可他俩毕竟年轻，也还没到疾病缠身、不得不失去安身之地的地步。相比之下，刘凤林就难多了，她得独自撑着所有的事情。也许正是为了抵御那份酸楚和旁人的蔑视，刘凤林才那样狠狠地打扮自己吧。她生出一丝悔意，如果早一点知道真相，她也不至于那样尖酸刻薄。

她的目光再一次落到床头柜上。带着一点不甘心，她蹲下去，打开柜门，久久凝视着那个空荡荡的方形格子。就在准备起身时，她发现了什么，拈起来看，是一片假睫毛。用这种加长加密款式的，除了刘凤林不会再有别人。她看着这片小小的东西，渐渐后背发凉，指尖像被一只形状怪异的虫子叮咬了一口。她急剧甩开那东西，薅过行李出门，没敢再回头看。

电梯迟迟上不来，她改走楼梯。路上，她给彭彭电话说，能不能马上来接我？你要是忙，我就自己打车走。

猫也许知道

最开始的想法，是养只猫。

这对梁小舟来说是个挑战。一，她讨厌凌乱，喜欢把家里收拾得井井有条。二，因为欧阳北，猫对她来说是子弹般的存在。看一次，身体就穿孔一次，鲜血汩汩。

但梁小舟还是决定养，乱就乱吧，她正好需要这种穿膛之痛给自己深刻警告。

用手机搜索过附近的宠物店，最近的只隔着五百米。她其实做了更多准备，收藏了关于养猫的攻略、指南和注意事项。

她去浴盆前洗了把脸，心情像往日一样黯淡。医生说，保守估计，至少得三个月。她满脑子都是考驾照时教练扯嗓子喊的两个字，回正！回正！真要是像方向盘一样那么容易回正就好了。梁小舟看着镜子里那张歪斜的脸，提醒自己得乐观一些，不然呢？她已经领教了郁闷怨气的后果。从淋巴上取出来的肿瘤有鹌鹑蛋那么大，好在是良性的。只是幸运不会白给，手术牵扯到了面部神经，左脸歪着，像牙疼。梁小舟为此一直披着头发，并把右边的头发也捋到左边来。

她换下睡衣，披着一边倒的头发，埋头朝宠物店走。鞋跟在地上叩出声响，像一把小锤不断敲打她决心的钉子，渐渐紧实牢固——必须要养，好好养，最好养得富态可掬，毛色像水貂那样顺滑发亮。

店主很潮。亚麻金头发，丸子头，睫毛浓密得像森林，让梁小舟一进门就后悔了。也不知道从什么时候开始，她会在这些年轻时尚的女孩面前生出胆怯，即便擦肩而过，也会自惭形秽几秒。此时，她看着笼子里的猫，后悔出门前该涂点口红，同时又犹豫要不要出去，换一家店。可到底在怕什么呢？我是客人，客人就是上帝。她给自己壮了胆，转身问店主，有布偶吗？

有的呀。店主声音软糯糯的，笑容也亲切。她将手机塞进牛仔裤的屁股口袋，从其中一只笼子里抱出个雪白的小家伙。

梁小舟看一眼就喜欢上了。能不喜欢吗？眼睛明亮溜圆，被毛柔软蓬松，粉得通亮的小鼻子几乎能把人萌化。店主将猫递给她说，它喜欢挠脖子，轻轻的。梁小舟照做，果然，布偶在她怀里安分起来。

梁小舟还是第一次这么正式而认真地看一只猫，想到往后要跟这家伙朝夕相处，她躁动的情绪里差点带出泛滥的母爱。女人跟猫，大概注定就有不解之缘吧，都一样好奇、多疑，任性而自作主张。她看了看标价，五千八。小贵，但咬咬牙也能承受。

梁小舟抱着布偶走了几步，小小的欢喜顿时被身后镜子杀得片甲不留。为什么非要在店里竖这么大一面镜子呢？她瞥见镜子里那个人，面色蜡黄，眼皮肿胀，歪歪斜斜的部分就更不用说，连背也是驼着的。她花了几秒钟才确定那就是自己。最近半年状态的确不好，没想到已经到了这个地步。

兴致急剧跌落下去，她笃定是因为怀里的猫，是猫的灵动娇媚对比出了她的丑态。一定是。她飞快地想，不是所有人都配养猫的，外表或内在，总有一个能拿出来与之匹配。梁小舟灰头土脸地逃了出来。

回到家，她做了一盘蔬菜沙拉对付晚饭，吃了几口，又吃出新的焦虑——真的老了。即将三十五，开始面临肌肉下垂和功能退化危机，是不是也该面对现实，步入相夫教子的生活轨道。摆在面前的无非两条路，相亲，或去婚恋网上注册登记，将成功率交给大数据。两种方式梁小舟都不喜欢，她有些矫情地想，还是等着爱情降临吧。她气恼自己为什么还要相信爱情，伤得还不够吗？

手机不停在响。群主是个退居二线的老领导，每天往群里发各种帖子，养生、国际形势、经典好书、宇宙探索，没有哪一方面不涉及。今天是世界读书日，冒泡的人比往常多，好像不冒泡就显得没文化。有人发了一个必读书单，竟然还有一本关于如何捕获男人心的厚黑学。放平时也就一笑而过，但这个书单，让梁小舟实在不能忍，愤愤然了几句，对方也不甘示弱，回敬了梁小舟，几番回合，剑拔弩张，吓得老领导赶紧出来打哈哈。

进来一条私信，是一个叫辛老师的人。他劝梁小舟，别跟这些人较真，开心点。说完发了一个龇牙咧嘴的笑脸。梁小舟回复说，我是好心，怕她以后惨遭渣男伤害。辛老师说，别一棍子打死嘛，给我们老实人留条活路。

梁小舟没再接话，仔细回想这个辛老师是什么时候认识的，在哪儿认识的。过了一会儿，他又发来一条说，没见过你冒泡，不知道你也在这群里，缘分啊。好久不见，还好吧。梁小舟回复说，还好。

梁小舟跟辛老师相识于一个饭局。谁组的局，她忘了，放平时不会参加，但那天跟欧阳北闹着冷战，就去了。一大桌人，辛老师坐在她旁边。她有些印象，高高大大，阳光热情。大概看出她心情不怎么好，辛老师对她照顾有加，给她盛汤，还用公筷给她夹了几次蜜汁百合。那晚互加微信后，老辛给她发过几次微信，多是节日问候，梁小舟很少回复。跟欧阳北关系再不好，她也不会找替补打发空虚，何况是老辛这种其貌不扬、规规矩矩的大叔。梁小舟吃完最后一口，抱着空碗算了算，饭局还是四年前的事。

又寒暄几句后，老辛问她有没有兴趣参加一个诗会。梁小舟问，都是读书群的人吗？不不不。老辛说，群里就我俩。梁小舟"哦"了一声，说考虑考虑。梁小舟边说边回想他的样子，模糊得很。微信头像也不是自己的照片，是一条从木屋出发，蜿蜒伸向远方的小径。

去不去，梁小舟很纠结，跟一个久不联络的人去参加一个诗会，多少有些莫名其妙。但若不去，周末该怎么打发呢？两个闺密相继结婚生子，能聊的话题渐渐分岔，个个都以过来人的身份提醒她早点成家早点生小孩等等，烦人，还不如诗会呢。

第二天老辛再次发来消息确认时，梁小舟说，刚做了个手术，嘴还歪着，怕是会吓到大家。老辛说，这有什么？随后问她什么手术，恢复得怎么样，有没有人照顾之类。梁小舟感觉手机微微发烫，像是被老辛的话暖着了，于是将他的微信备注名从"辛老师"改成了"辛如风"。

活动那天，照着老辛发来的定位，梁小舟准时到达。刚下的士，一个大高个儿迎上来，看样子是在等她。老辛倒真是一点没变，肚子不鼓，发际线没退，背挺得笔直，两腿一迈跟他名字一样，如风，活脱脱一个生命在于运动的正能量代言人。

他认真看了看梁小舟的脸说，没事的，做做理疗，很快就会好。梁小舟说，待会儿可别让我读诗，读出来都是歪的。歪的也是诗。老辛咧嘴一笑。梁小舟心里"咯噔"一下，以前没发现他牙这么乱啊。她想起一个帖子，警告家长不能让孩子睡觉张嘴，会长龅牙。这么说，老辛睡觉爱张嘴？梁小舟天马行空地想着，进门的时候没注意前面的老辛，一头撞到他身上。梁小舟闻到一股味道，香皂与洗发水的混合香气，朴实、家常。

这里挺滑的，小心。老辛扭头说。因为侧着脸，嘴越发显突，梁小舟心情又坏下去，连句"谢谢"也懒得说了。

活动结束，老辛要送她回家。梁小舟说不用，时间还早，又不顺路。老辛说，没事，反正每天要锻炼，今天的一万步还差得远呢。梁小舟还打算拒绝，想想还是算了。

茶楼对面就是临江广场，一群扇子舞大妈正四散开去，像退场的伴舞，将舞台让给隆重登场的梁小舟和老辛。梁小舟喜欢在夜色中行走，各种灯光调和出来的光线带着修复和微调的功能，让一切变得柔和又朦胧。她在一处石栏杆前停下来，江风拂面，透着薄荷般的透凉清爽。一艘游船正从远处驶来，霓虹璀璨，在黑暗里的江面亮起一个极乐世界。夜色将老辛嘴巴往里收了收，这让他面部协调不少。他站在梁小舟旁边，像在酝酿一个合适的话题却又不敢贸然开口。沉默的间隙，梁小舟又想起养猫的事，不经意间问了一句，你喜欢猫吗？

老辛一怔，如同被猜中了什么秘密似的措手不及。还行吧。他说，你很喜欢？

梁小舟眼前出现了那个穿着黑色吊带短裙的女孩，没说喜欢，也没说不喜欢。两人边走边聊，多是老辛问，梁小舟答。爱吃什么菜，最想去哪儿旅游，咖啡爱不爱加糖，鸡蛋爱两面煎还是单面煎，细碎得像狗仔队对明星的八卦采访。梁小舟嘴上应付着，脑子全是那个女孩。女孩穿一条黑色吊带短裙、镶钻的人字拖，嘴巴涂成橘色。到底年轻，又白皙高挑，不管什么颜色，在她身上都能释放时尚和惊艳。那天，女孩就那样慵懒地抱着猫，站在欧阳北的跑车旁边——梁小舟清楚记得，当初买这辆车时候，欧阳北说，副驾是她的专属。但此时，这个发了无数个山盟海誓的男人正一路小跑过来，打开车门，将女孩送进副驾，那个专属梁小舟的副驾。欧阳北手里还拎着袋子，没看错的话，是几袋进口猫粮。这个在几百号下属面前雷厉风行、冷漠苛刻的男人，此时满目柔情得像要解甲归田，去过平凡人的小日子。

梁小舟想到这里，两腿绵软，脚一崴，整个人朝前倒去。老辛眼疾手快，架住她胳膊，手掌温和有力。梁小舟说，我还是打车走吧，有点不舒服。说完，不等老辛接话，一个人朝前走了。老辛追上来说，我帮你叫车。

几天后的周六，老辛给梁小舟发来微信，说他打听到一家很专业的康复医院，想带她去试一试。梁小舟一听是针灸，有些怕。老辛说，没事的，不疼。

理疗做了四十多分钟，坐在门外的老辛时不时过来看一眼。针扎在脖子上有些微微刺痛，但想到门外紧张的老辛，梁小舟心宽不少。

老辛很忙。早上六点到校，上课、备课、开会、查寝，陀螺一样转到晚上十点才能离校，约梁小舟只能是双休。一到周五，他那辆捷达便早早开到梁小舟单位楼下，生怕她会从楼里飞走。

见面后的活动安排得很满，先陪她做理疗，再吃饭、看电影抑或是逛街。他总是提议梁小舟去买衣服，夸她身材好，穿什么都好看。说的次数多了，梁小舟也重拾打扮自己的热情，从国贸常去的几家品牌店看新款。只是跟先前到底还是有所不同，手里没了欧阳北给的信用卡，面对那些几千上万的衣服，她还是要犹豫再三。喜欢就买。老辛说着，就要去刷卡，被梁小舟拦住。她觉得自己缺的不是衣服，衣帽间里至今还挂着数不清的名牌，也并没让她快乐多少。

老辛是班主任，手机里有五六个工作群，每个群里都有要解决的事。分给老辛的班很弱，学校和家长却寄予厚望，都指望在老辛手上能化平庸为神奇，一头冲进重点高中。有天，两人正找地方吃饭，一个家长不停给老辛发语音，说孩子最近有些叛逆，希望老辛能多花点时间关注。老辛开着车，由对方唠唠叨叨了半个小时。梁小舟说，你太好脾气了，家长可不能惯。老辛说，不惯不行啊，能去校长那投诉我。

梁小舟扭头佯装欣赏风景，心里很不是滋味。习惯了看欧阳北大声训斥下属时的跋扈，面对老辛的胆小谨慎，难免会有些落差。她搭在大腿上的手不动声色地捏着一处，用力捏到生疼。一疼，人就醒了，她提醒自己别去想那些虚的，身份地位高人一等又怎么样，给过她半点关心吗？为了一头倒进老辛的世界，梁小舟扭头开起玩笑，辛老师，我也去你班上吧，当个插班生。老辛说，那必须给你一个人设个班，班主任只能是我。

吃饭的地方叫"风情小镇"，其实也就是一条步行街，跟风情和小镇隔着十万八千里。老辛说这是办公室的九零后们推荐的，来之前他查了评论，也都说好。但老辛还是疏忽了一点，没有提前预订，几家西餐厅都得排队。梁小舟料想这里也吃不到正宗菲力，便说算了，吃火锅吧。

那天梁小舟的胃口出奇得好，一口酒一口肉，吃得忘乎所以。鲜红的锅底在高温下翻滚，热气腾腾，给了她大步向前的勇气。老辛给她夹着菜说，肉多吃，酒少喝，还做着理疗呢。梁小舟辣得眼泪直涌。以前欧阳北老夸她有江南女人的温婉，她为了讨他喜欢，被迫收起大大咧咧的性子，连口味都变了，多是清淡菜系，时间一长，都忘了自己究竟是谁。

饭吃得有点久，快赶不上电影了。梁小舟说，不看了，走，陪我去买猫。

猫？买猫？老辛问，现在吗？

梁小舟来不及回答他，飞快下楼，小跑到停车场。老辛全身上下摸着车钥匙说，为什么这时候急着买啊？梁小舟说，就是想买。

提着猫出来，老辛在门外抽烟。抽烟时的老辛添了点江湖气，像另一个人。他回头看到梁小舟手里的猫笼，下意识往后退了几步。梁小舟笑话他，别告诉我你怕它。老辛笑着说没有，接过猫笼，神情仍有些紧张。梁小舟说，又不是毒蛇，你这样子可太逗了。老辛跟着笑，自始至终没朝笼子看一眼，似乎里面真躺着条蛇。

猫一进门就躲到沙发背后，接着又蹑手蹑脚地去了卫生间、厨房。老辛很着急，觉得梁小舟不该把它放出来，到处撒尿怎么办？跳到床上怎么办？梁小舟把猫砂放到阳台上说，放心，人家训练有素。老辛在房间里四处走动，有意与猫保持距离。

除了欧阳北，老辛是这间房子的第二个客人。房子是欧阳北两年前送的生日礼物，送房子后不久，欧阳北轿跑的副驾换成了别人。因此，这房子更像是欧阳北给她的一笔补偿金。

梁小舟给老辛倒了杯水，说，得给猫取个名字。老辛有些为难，取名字还真不擅长。梁小舟说，暂时叫它小布偶吧，名字不重要，能不能养好才最重要。老辛点头说是，怎么看都有些敷衍。

梁小舟拿着两只干虾唤着餐桌底下的小布偶。它将零食叼回桌底，吃完，再探出头。如此几番，终于肯走到梁小舟旁边。梁小舟抱着猫起身，老辛还坐在那里沉思。梁小舟问，要不要抱抱？老辛赶紧摆手说，我抱不好，怕吓着它了。梁小舟说，你摸它脖子就行。老辛还是不肯靠近，我手重。梁小舟说，有洁癖啊，还是不喜欢猫？老辛搓着两只手说，不是不是，就是觉得自己五大三粗的，抱只猫——

梁小舟走到阳台看远处的跨江大桥，桥面镶着亮黄的灯带，笔直恒久，拱形部分的灯带是幽深的湖蓝，在高度一致的节奏里忽明忽暗。梁小舟一高兴，拿出一瓶香槟。老辛说，我开车来的。等梁小舟转身去找杯子，又说，那我喊代驾。

后面的事顺理成章。老辛有些受宠若惊，俯身面对梁小舟的时候，撑着的双臂微微颤抖。看得出，他想拿出最好的状态，让梁小舟满意。

梁小舟默许了老辛的更进一步，尽管老辛在手忙脚乱中干了很多煞风景的事情，比如他的皮带扣子顶在她肋骨上，他却浑然不知，又比如他因为动作生疏，将她的文胸带子拉开又弹了回去，就更别提蹩脚的亲吻了。梁小舟闭上眼睛，斩断满脑的杂念和对细节上的挑剔，说服自己不要太理想化——眼下，她要的是婚姻，是柴米油盐、吃喝拉撒，是需要容下粗粝和瑕疵的。

当老辛在磕磕巴巴中渐渐摸索到一点眉目时，旁边响起一声猫叫，小布偶两腿一蹬跳到床上，又从床上跳到对面的窗台。这几秒让老辛魂飞魄散，他浑身一哆嗦，四下查看小布偶是否还在床上。

梁小舟先是惊讶，随后就有些气恼。她翻过身背对他说，不早了，你快回去吧。

老辛默默穿戴，连呼吸里都透着歉意。如果说这是一次测试，他显然不合格。他穿好衣服，在梁小舟身后站了会儿，终究什么都没说。他摸了下鼻尖，拿起手机放进裤兜，轻轻开门侧身出去，又轻轻关门。

之后的几个双休，老辛约了梁小舟几次，梁小舟各种推脱。老辛心知肚明，没有气馁，每天发过去的微信上百条，各种问候、关心，也不管梁小舟回不回复。

他虚心向办公室的年轻老师请教，列出各种景点、攻略和娱乐项目，比如赏花、滑草、骑马、露营等，隔几天就给梁小舟发去一个，等她发话。他有足够的耐心，也愿意给她时间。

老辛的努力没有白费，某个双休日，梁小舟终于肯答应去附近走走。

带着失而复得的激动，老辛比先前更心细如发。他车上备着薄毯，以防开冷气时梁小舟会凉了膝盖。会定期往她冰箱里添一些新鲜蔬菜、水果，帮她把穿过的球鞋清洗干净。两人不管是待在家里还是一起出门，他的眼睛像是从没离开过她，总能想她所想，读懂她的意思，以至于她不管什么时候脱下外套，总有他在身后接住，动一动喉咙，他便及时递上保温杯。有一次两人爬山，她回头看他，他身上挂满她的东西，包、太阳伞、围巾，恨不得三头六臂才够用。那一刻，她被老辛的体贴包裹，还是有些幸福感的，想起跟欧阳在一起时，跟在身后抱外套、拿茶杯的人只会是她。怎么说呢？婚姻是自己的，冷暖自知，没必要在乎别人怎么看。她以前不懂，现在，老辛让她懂了。

梁小舟从小在 Y 县长大，巧的是，老辛也在 Y 县待过。算起来，一九九二年老辛师专毕业分到那时，梁小舟刚上初中。可惜 Y 县有三所中学，不然老辛真有可能成为梁小舟的班主任。老辛说，肯定在某个地方擦肩而过，县城那么点地方，怎么可能不打照面。梁小舟说，回去试试，从不同的街道出发，看看多长时间能碰上。老辛说算了，一辈子不想去那个地方。他意识到自己说漏了嘴，想另起话题搪塞过去，却被梁小舟揪住，为什么不想去？老辛犹豫着不想说，见梁小舟快生气了，赶紧说，我说。

他沉默片刻，问她，知道一九九六年那桩凶杀案吗？梁小舟摇头，那时候我还在读书，不太清楚。

老辛摸了根烟，拿在手里没点火，继续说，一九九六年春天吧，县供销社的会计被杀，尸体被装进麻袋扔进天井。出事那天，财务室的保险箱被砸了，六万块钱不翼而飞。县里还从没发生过杀人抛尸的事，好几个单位的会计都吓得不敢上班。

天哪。梁小舟问，谁干的呢？

案子很快就破了，凶手是供销社的司机。还有一个帮凶，计划与司机私奔的情妇，也就是——我的妻子，那时候，我们结婚还不到两年。

梁小舟愣了半晌，说，原来你经历过这种事，太不容易了。

老辛说，不说这些了。

两人在客栈窗前的竹床相拥而卧，有了认识以来最毫无保留的一次长谈。山顶凉爽怡人，抬头可见繁星漫天，月光也比往常绵柔温情。

事后，老辛抓过梁小舟的手说，小舟，咱俩领证吧。领完证，大大方方地住到一起，再要个孩子。虽然对你我都迟了点，但总归是圆满的。

梁小舟说，孩子我们有啊，小布偶就是。

老辛说，那能算吗？

梁小舟说，算其中一个。

那是你的。再要一个我们的。老辛说，而且，猫和人可不一样。

不一定。梁小舟从老辛怀里抽身，坐起来说，有时候，猫比人更聪明，人不知道的，猫也许知道。

老辛也跟着坐起来，看了看梁小舟，柔情尽无，唯有满脸惊慌怅然。梁小舟看出不对劲，靠近他问，怎么了？老辛忘了像往常一样搂住她，只是看着对面说，没什么。

回到家，小布偶就扑上来，蹭着梁小舟的腿撒娇直叫。老辛在一旁说，等领了证，猫就不养了，好不好？我听说孕妇不适合养猫，容易患隐性弓形虫病，畸形概率很高。

孕妇在哪儿呢？梁小舟抱起猫，用它的爪子挠老辛说，这个人要撵你走呢。老辛往后退了好几步，笑着说，没有啊，怎么会撵它。

今天周日，学生到校上晚自习，老辛把课堂和查寝的事提前交给了副班，不打算回学校了。他做了晚饭，吃完后又洗碗、拖地，清理了冰箱里过期的食物。自从有了他，这套房子到处透着干净整洁，梁小舟觉得自己的生活也被理顺了、明朗了，每一天都值得期待。

暮色渐浓，各种灯光同时亮起来，抚慰着这个城市白天的忙碌和喧闹。梁小舟说，出去走走吧。

她换了身衣服，化了妆。老辛看得几乎呆住，说，真美。梁小舟抱起小布偶，走了几步，发现忘了拿包，转身将其塞进老辛怀里。

意外就出在那一秒里——老辛几乎是以闪电般的速度扔掉了猫，快速而有力。梁小舟看见一团白色快速砸向地板，在小布偶的怪异的哀嚎声中，老辛的脸近乎乖戾。

梁小舟感觉有道闪电从头顶劈下来，将她一分为二。

对不起对不起。老辛说，我一下没反应过来，对不起。

梁小舟没理他，去卧室唤小布偶。此时，它匍匐在床底，冲主人愤怒且委屈地叫唤，无论梁小舟怎么叫，怎么伸手，它都不出来。

梁小舟回到客厅坐下，人还是错愕的。或许仅仅只是一个意外——老辛猛地碰到一团毛茸茸的东西，下意识推开，也是合理的。毕竟，他好像不太喜欢动物。再者，老辛可能在操心工作的事，再过一个月就要中考，身为班主任，怎么可能轻松。她应该想到他是顶着压力在陪自己，他只是个普通老师，时间于他而言，是奢侈的。

老辛还在不停道歉。梁小舟抬头看他，依旧春风和煦，两眼装满怜爱。

没什么。你忙去吧。梁小舟说。她看着老辛小心翼翼往外走的样子，联想起不久前的那个晚上，也是因为小布偶，老辛突然就变得有些难以自控。是巧合吗？如果不是，那又说明了什么问题呢？

梁小舟总觉得哪儿不对，又说不上来。之后的几天，老辛丢开小布偶的动作不断在脑海里放大、回放，变成一个心结，她纵然有无数个理由替他解释并说服自己，却无法忽略直觉。直觉告诉她，老辛有秘密，老辛那个动作背后另有隐情。

她把身边的人想了一大圈，最后想到一位大姐。两人曾一起作为单位的档案专管员开过同一个会议且同住一间房。梁小舟记得，在去现单位之前，她曾在老辛所在的学校工作过，和老辛是同事。

好几年不联系，梁小舟用准备好的话题打前站，都是一些业务上的问题，看起来，像是纯粹为了工作才贸然联系的她。大姐显然对梁小舟印象深刻，回答问题的间隙，更热衷梁小舟的私事，她急于知道，那个送她临江洋房的富商男友会不会对爱情从一而终。梁小舟一边后悔当初的虚荣显摆，一边含糊应付，最后渐渐没有了耐心，索性直奔主题。

大姐说，他啊，你怎么认识他了？

梁小舟说，他看上我发小了，发小想多了解了解。

大姐无比认同梁小舟发小的做法，男人都是知人知面不知心，多个人多双眼，一定要了解透了。大姐说，他以前跟学校一个美术老师谈了三年多，后来分了，知道为什么分吗？他趁那老师出差，放走了她养的猫。

梁小舟盯着最后那个字，像是隐隐找到直觉中某个暗藏的机关，对上了暗号。她问大姐，为什么要放走？

他讨厌猫。大姐说，可不是简单的讨厌，是心理疾病，恐猫症。你知道恐猫症吗？

梁小舟赶紧打开网页搜索，还真有恐猫症一说。让她更沮丧的是，上面描述的症状，老辛似乎都对得上。这时，电话响了，是老辛，梁小舟果断挂掉了。

离下班还有一个多小时，梁小舟谎称头痛，提前走了。从来没觉得回家的路有那么远，从来没觉得升到二十五楼的电梯会有一年那么长。开门，小布偶像往常一样扑上来，与往常不同的是，撒娇的喵喵声变成狼一般的凶狠。梁小舟吓住了，以为它受了伤，抱起来四处检查。小布偶从她怀里挣出来，撅起屁股，眼神迷离。梁小舟这才明白，小布偶发情了。她第一反应就是把它关进笼子——店主警告过，一旦发情，千万别让它跑出去。

她忍着小布偶的叫声，早早躺下。明明很累，却睡不着。恐猫症一旦到了严重的地步，是不是就意味着某种变态呢？变态。梁小舟顺着这个词延伸出一个场景：漆黑的房间里，面无表情的老辛打开窗户，俯冲而下的小布偶在夜色里变成一道白光。

梁小舟在急剧下坠里恶心起来，冲进厕所干呕了几口，呕出两行眼泪。难怪他前妻出轨，难怪他这么多年一直单身。所有人都擦亮了眼睛，除了她。所以，又是一次徒劳的挣扎，赔上大把的精力和时间，所以，根本就没有一条属于她的光明大道。

手机不停在响，老辛的未接来电和微信挤满了手机屏幕。又一次响起时，梁小舟接了。老辛语气不同以往，像是预感到了什么，有些力不从心。

这两天你怎么了？老辛笑笑，哪怕是拒绝我，也得让我死个明白啊。

梁小舟说，原因好像不是在我。

老辛沉默了一会儿，问，能不能见个面？

梁小舟想拒绝，可脑子里想的全是老辛对她的那些好。她说，我在家等你吧。

半小时后老辛进门。几天没见，他老了很多，眼圈泛红，嘴边长了一圈胡茬。梁小舟庆幸自己还算冷静，若是连见面的机会都不给，老辛的头发恐怕也会白出一半。

就几句话，我说完就走。老辛声音有点哑，目光像只自卑的蜗牛，缓缓地，只敢爬到梁小舟的脖子。

我从未想过要瞒着你，这段时间，一直在想怎么开口。老辛说，我一直在看心理医生。最近半年，我觉得情况好了很多，我觉得我就快好了。

要真是快好了，你就不会那么扔小布偶。梁小舟笑着，尽量做到语气平静，她害怕老辛情绪陡转。

老辛看出她的戒备，有些难受，但还是自嘲地笑了笑说，你放心，我不会伤害你，我不是疯子。

梁小舟说，你别误会，我只是——我希望你别介意。

　　　　　　　　　　　　　　　　　　　冰裂纹笔记

老辛说，那我全告诉你吧。还是从那个案子说起，案子本来毫无头绪，为什么很快就破了呢？因为猫。那年腊月底，邻居家被盗，警察上门做笔录。当时，我家的猫正在玩一个毛线团，从屋里扒到门外，顺着楼梯一直滚下去。本来也没人在意，都是一些不用的旧线团，可滚着滚着，正下楼的警察站住了，毛线团里裹着钱，钱上还沾着血。

这也太玄幻了。那只猫呢？梁小舟顺手抽了张纸巾递给老辛，又去给他倒了杯咖啡。

我打了它，把它关在门外。它在外面叫了一夜，后来走了。几天后我在楼下发现了它，它吃了中毒的老鼠，死了。回家的时候，我在门上看见好多条爪印。从那天起，我开始怕猫。

梁小舟搅着咖啡，搅出一个急促的漩涡。她恨老辛，恨他没有情绪失控地扑上来掐住她，让她彻底死心。她看着杯子里缓缓平复的漩涡，又开始恨自己——竟然这么快就原谅了他，竟然想糊里糊涂越过这个插曲，把老辛当正常人样看待。老辛是无辜的，猫也是无辜的。她恨自己这么想。

老辛不时有电话和微信进来，他小声说，对不起啊，要开备考会，我得马上走。等中考结束，时间就多了，不过你放心，我不会勉强你什么。

梁小舟什么也没说，听着老辛像前两次一样带着亏欠和不安离去，只是这一次，她有些心疼他。

她把咖啡一口一口喝完，像品一杯烈酒。小布偶又叫起来，像控诉梁小舟的惨无人道，声音都有些惊悚了。

梁小舟果断起身。她决定就现在，带小布偶去一趟宠物医院。任何安抚，都没有斩草除根更加准确。

换好鞋，开门，手机响了。老辛发来一个表情。空旷的聊天框，那个企鹅一样的拥抱显得那么微弱无力。梁小舟靠着鞋柜，久久看着这个拥抱，眼泪汹涌而出。

小布偶就是这个时候跑出门的，它不知怎么就钻出了笼子，绕过梁小舟，竖着尾巴朝楼梯口跑去。

梁小舟追上去大声喊，小布偶，站住，小布偶——

小布偶真停下来了。它转头看着梁小舟，冲她叫了一声，似乎是说，别着急，我很快就会回来。

戏台

一

运小七来电话，说他要回来了。

那段时间，老祝天天在江堤看人游泳。拄盲杖的大姐来得最早。大姐绾着发簪，一丝不乱，脖子也长，走路时抬头挺胸，像赛场上的体操运动员。金毛跟在女人身后，这狗生得俊俏，泳友们叫它"大眼睛"。女人下水，大眼睛也跟着下去，一直游到女人上岸。太阳探出半张脸后，独臂大爷也来了，换好装备，先打声呼哨。哨声裹着薄雾和金光，还在空中打旋，大爷跟着纵身一跳，在江面划出一道动人的弧线。

老祝每天一趟，就是为了看这俩。多重的心病啊闷气啊，江边一坐，全好了。

老祝的心病要从他当团长时说起，一时半会儿也扯不清。闷气是最近的事，副团长老梁在家办班带学生，硬是连个屁都没冲他放。团里收入一年比一年差，不少人都在外面干点副业，只要事先吱一声，老祝也就关只耳朵闭只眼。可姓梁的老东西什么意思？连动动嘴皮子打声招呼都嫌麻烦了？

那天的尴尬反正是没藏住。一周一次的全员例会，就老梁没到。有人嘀咕一句，老祝一脸雾水，办什么班？老梁在外面办班？没人接话。大家脸上的雾水比老祝的更重，惊诧他竟然还不知情。老祝的火气说不清是被老梁点着的，还是被会场的人集体点着的，一巴掌甩在桌子上，我还没退呢。

会议草草结束。老祝把自己关在办公室，懊恼又难过。当团长几十年，碰到那么多糟心事，从没像今天这样失了体面。真是年纪大了，沉不住气了？想到这里，老祝突然明白了，他不是气老梁，是害

————————————冰裂纹笔记

怕自己老。

老梁的家是剧团二十世纪八十年代建的宿舍楼，细长的巷子七弯八拐，藏污纳垢，挑战着过路人的勇气和耐力。老祝上了楼，站定，盯着门口的牌子和牌子上的字——少儿京剧培训中心。他逐字读出来，抖出一声冷笑。鸡圈大点破屋，还中心。话是这么说，气消了一大半。带学生，怎么说也是功德一件，万一真发现几棵好苗子呢？京剧后继无人的说法，还真不是危言耸听啊。老祝在短短几秒里进入了一番勾勒和畅想，把自己弄得十分激动，忘了来这里的本意。他甚至想，等退下来后，他也来这里当老师，贴钱也干。

循声找到教室，把门推了道缝。七八个孩子坐在那，背绷得笔直。门从里面拉开，见是老祝，老梁转身继续上课。老祝也不客气，去最后排找了位子坐下，也跟孩子一样坐直了身体。可轮到学生挨个儿表演的时候，老祝坐不住了。

总算熬到下课，教室只剩老祝和老梁。老祝说："难怪捂着不敢让我知道。你这教的是戏吗？吐字发音，基本功。舌头都没捋干净呢，就开始唱了？你当年在戏班嘴里含着烧萝卜，也没少挨刀坯子吧？"

"什么年代了还戏班戏班。我就是挣点糊口的钱。慢走不送。"老梁拿过拖把拖地，专拣老祝站的地方下手。

老祝躲着那只不长眼睛的拖把："你要是不心虚，把手里的家伙扔了，咱俩比画真的。"

老梁叹了口气，拉过凳子让老祝坐下："算我求你了，行不行？求你网开一面，别在我这里较真。你要稳固你的团长地位，可以回团里嘛。先拉赞助，再排出大戏。砰！一炮打响，谁还能不认识你祝团长。"

这话像几发连环子弹，把老祝射了个半死。老梁知道自己话重了，换了语气跟他诉苦："我也是没办法。家长交了钱，那是要看效果的。他们哪在乎舌头捋没捋干净，就想着，怎么学了这么久，连个《红灯记》《沙家浜》都不会唱？什么都没学会，儿童节还怎么上台表演？你说我好不容易弄这么个地方，招来这十几个学生，总不能今天开业明天就倒闭吧？"

老祝说："我也不是跟你较真，可你这是糊弄人啊。就算上了台，内行一听就露馅了。老祖宗的东西，就让你们糟蹋了赚钱？这是个脸面问题。"

"饭都吃不饱了，还要什么脸面？天天在团里熬着，到现在还窝在这样的破房子里就是有面子？"老梁说着说着，语气又不对了，"话既然说开了，我也不遮遮掩掩。这些年，大家跟着你，落下什么了？日子过得还不如剧团门口那几个卖馄饨的呢。当着外人，我们叫你一声祝团长，关了门谁认你？你也别怪我说话刻薄，我不说，憋着难受。"老梁起身进了厕所，关门时手劲很大。

又是一轮连环扫射，老祝前胸穿后背，一点力气也没有了。

老祝提前申请了退休。趁团里没人，他分几次去收拾了自己的东西。最后一次，老祝拎着布口袋站在走廊，涌出生离死别的伤感。

先去了后台。七八间屋子，连成一个长长的廊道，卧于戏台后方。哪怕闭着眼，老祝也能看清每间屋子里的摆设和物件。蟒袍、官衣、帔、开氅、铠、甲、箭衣，各式各样的冠、帽、盔、巾以及柜门背后挂的密密麻麻的髯口、线帘子。有些是老辈们一代代传下来的，经历过战火，也陪伴着无数伶人从风华绝代走向迟暮。还有一些是历届团长去省团化缘来的旧物件儿。旧点缺点也没关系，衣箱师傅有双巧手，总有办法叫人看不出破绽。有一回团里演《锁麟囊》，"赵守贞"的一只银色耳环掉了钩子，又没相近颜色的替换。衣箱师傅不慌不忙，拿过一只回形针绕两下，分分钟就解决了。那位青衣左右看着耳环，对着镜子假意伤心，念白道："可怜我——到底是个贫寒人家的啊，呀呀呀——"化妆间笑声一片。老祝刚好经过，也跟着喊了句老生念白："演出毕，宵夜，红油小面一碗——"笑声又变成了欢呼声。那会儿气氛多好啊。老祝用目光轻抚着每一件行头、每一样道具，它们都长在老祝的肉里。要从肉里扯出来，会流血，会绞心的痛。它们看上去也有老苍样了，带着时过境迁的难堪。老祝想，它们如果会说话，一定会逮住他问几个为什么。老祝低下头，不敢再看，怕它们真开了口。

老祝拿过一副白色髯口，打算去戏台上喊一嗓子，算是道别吧。外面起了风，戏台的幕布鼓起来、瘪下去，又鼓起来，搅乱似的。老祝想去关窗户，一迈脚，风伏着地面钻进老祝的裤管。老祝感觉一阵沁骨的凉，不禁打了个哆嗦。他停下来，任扇动的幕布一点点裹住自己，直到两眼一抹黑。老祝在幕布里说："罢了，罢了哇——"

二

运小七是傍晚到的。一进屋，两手钳着老祝的肩膀左瞅右瞅。"怎么有白头发了？"说完，扳住老祝的手。老祝顶住运小七的手劲："你都起褶子了，还不许我老啊。"两人对峙几秒，高出半个头的老祝担心锅里的汤沸出来，松手认输。

老祝开始炒菜，炒好一个，运小七就往外端一个。鸡胗炒笋尖、猪心炖萝卜、腐乳炒蕹菜、红烧甲鱼，都是运小七爱吃的，当然，还有最不能少的卤牛舌。老祝的房子背靠来凤山，坐在厨房，能听见雨点浇洗灌木的沙沙声。来凤山下是长江，平静的江水和来往的船只像一幅流动的画。露台开阔规整，正对江面，用来做画框再合适不过。运小七脱掉鞋打了个盘腿："还是你这里最自在。这房子，地儿没得挑。"

"托孩子的福。"老祝问，"希梅什么时候过来？"

"她不想回来。在那边带带孙子，比回来跟我怄气强。"运小七看着老祝，"你呢？一直没再打算打算？"

老祝说："不打算了，就这样挺好。"

"是挺好。"运小七闭上眼睛，仰头靠在沙发上，"回了这里，再不走了。"

酒喝到一半，运小七拎出胡琴，问老祝来哪段。老祝说："《空城计》吧。"运小七问："要不试试《定军山》？"老祝一拍巴掌："行啊。"

当年，只要老祝开嗓唱出前三个字，运小七就知道自己的琴该抻还是该低，保腔托调也自有章法。在老祝心里，运小七是天生的琴师，自己的唱腔里哪怕是一丁点的强弱起伏，都能被他精确察觉并牢牢抓住。对运小七来说，拉琴不是最惬意的，给老祝伴奏才是。那种人琴合一的感觉，也只有在老祝的唱腔里才找得到。

七八年没见，这份默契只增没减。一曲唱完，运小七满脸醉意，"文听嗓子武看膀子。你厉害，嗓子膀子都还有功夫。"

运小七没说假话，六十岁的老祝的确不显年纪。即便现在上台，来个大刀花、翻身亮相，依然面不改色，唱一句"站立宫门叫小番"更是劲拔酣畅、字字瓷实。用那帮老粉丝的话说，老祝这身板儿，再唱十年都不成问题。

运小七搁了琴，站到窗前唱起来："居高临下审时事，得与良机且登台。养得英风豪气在，何愁天公不识才。"

老祝笑着点头："这些年，拉琴唱戏都没少练。"

"也就这点爱好了。"运小七说，"如果让我再选一次，我肯定选那把琴，在台上拉一辈子。"

"别这么想。"老祝说，"你现在可比拉琴强多了。再说，琴你也没落下。"

江面上，一辆轮船鸣了两声长笛。运小七问老祝："过闸还是靠岸？"

"过闸。这些货轮，一旦开了就没有日夜。"

"没到靠岸的时候，就该加足马力，一刻也别停。"运小七叹了口气，"想当初，茶园街的队伍排得多长啊，挤破脑袋都只为了看一眼老生名角儿祝连青。"

老祝摆摆手："过去的事了，连我自己都快忘了。"

运小七说："你自己可以忘，别人不能。"

老祝笑了笑，有些苦涩。

运小七的公司在上海，核心业务是出境游。二十年前，开国际旅行社还是新兴产业，运小七有勇有谋，又懂得抓牢机遇，一路走到现在，经历的艰辛和不易全变成铠甲，公司也成为行业标杆。这次回来，收购了个旅游景区，除了占地十几个平方公里的自然山水，还有个民俗艺术团。运小七说，他不喜欢这个艺术团，吹吹打打、俗歌艳舞，一点档次也没有。他的想法是，解散现有的艺术团，另成立一个票友协会。成立之前，先去招几个科班生，待遇和平台一定要好。"我们养得起，也留得住。"最后这句，是调侃老祝的。

这就还得提到老祝的心病。当年，老祝任团长后的第一件事就是招人。他夹着老团长留下来的那只脱了皮的公文包，全国各地跑了一个多月。那时候，老祝在业界还有些名气，拜过名师，拿过大奖，再加上他给出的优厚条件，成功签了六个孩子回来。欢迎晚宴设在剧团对面的"迎客来"，老祝从头到尾都处于亢奋之中，酒一杯接一杯喝，话也说得白沫直飞。他好几次起身，抡圆了胳膊给大家描述未来蓝图，差点打翻了杯子。

"你们将和剧团一起成长，共同见证剧团的辉煌。"老祝把全身的力气都集中在竖起的那根食指上，每一个字都说得斩钉截铁。两年多过去，成长和辉煌一样没来。面对六个孩子陆续递来的辞职报告，老祝有心挽留，却张不开嘴。拿什么留呢？招聘时开出的优厚条件，至今还写在给上面打的报告里。最让老祝难受的是那几个孩子为自己找的下家。青衣和花旦去了地产公司，武生打算去横店干群演，其他两个则分别去了上海、北京的京剧团——做好了在那里跑一辈子龙套的打算。

老祝为此消沉了很长时间，心病也就此落下了。女儿五岁多的时候，他想带她学戏，老婆在他面前砸掉两只开水瓶。她在团里唱花旦，和老祝那场争吵，让她下定最后的决心，辞职去了深圳。四十岁之后，老祝都是一个人生活。深圳是另一番天地，女儿在那边从小学一路读到博士，成立了自己的服装品牌。她回来看老祝，给他买了临江大平层，要买车，老祝死活不让。离婚时老婆劝他，别惦记那个戏台子了，一天放不下，一天就没好日子过。一想到这话，老祝心里就戳了根刺。女儿的心意他不好拒绝，但也等于承认，老婆的话没半点错。

"以前的事不想了，想想现在。"运小七思路明确，决心也很大，协会成立后聘老祝当艺术总监，把原先没发挥的光和热，都来发挥发挥。还要给他弄个会馆——老祝是名角儿，名角儿就该有个名角儿的样。

老祝听明白了，运小七收购公司不是为了赚钱，票友协会才是重点。果然，运小七又说，钱他赚够了，临到老，回家干点有意思的事。

老祝揉了把脸，像是被运小七的话震迷糊了。这些事，老祝以前想过，借酒壮了胆子，使劲做白日梦。老祝怎么也想不到，这梦竟还有实现的一天。

运小七要走，老祝坚持要送他。廊道里是感应灯，老祝狠狠跺了一脚，差点把腿跺瘸了。运小七笑出了声，老祝有些不好意思，说："小七啊小七，这么好的事，我怎么能不激动。"

楼下的车灯亮起来。一个年轻小伙儿在雨中小跑过来，撑伞、开车门，干脆麻利。运小七给老祝介绍，他的秘书，小刘，复旦高才生。小刘欠身跟老祝握手说："幸会祝老师。董事长经常跟我们提到您。"

车子走了很远。老祝站在路边，想起往事。

老祝父亲生于1917年，三十九岁才得老祝。运小七是父亲从重庆带回来的。那封电报一直珍藏在父亲的抽屉里，老祝因此记得清楚，1966年5月8日。父亲收到电报后一夜没睡，天没亮就动身，乘船逆江而上。他迫不及待要去见的人叫运小六，当年"楚家班"有名的长靠武生——父亲一直以为他不在人世了，年年清明节都去后山的茶地里烧纸。

那次重庆之行，是父亲和运小六时隔二十六年后的第一次见面，也是最后一次。老祝父亲不敢相信，眼前这个头发雪白、瘦得只剩一副骨架的老头儿就是运小六，那可是浑身都是真功夫的运小六啊。

进病房前，老祝父亲才明白运小六为什么这么多年杳无音信。他

　　　　　　　　　　　　　　　　　冰裂纹笔记

改了名字，辗转很多地方，炸过油条、卖过药材、开过茶馆，一次次在枪口下死里逃生。孩子母亲死于难产，悲痛之余，运小六怀疑自己是不是做了一个错误的决定，身体也一天天垮下去。确诊是喉癌晚期后，他最先想到的是赶紧拍一封电报。

对方讲述简略，老祝父亲也不好多问。他沉浸其中，无法平静。真相如此崇高，令他钦佩动容。

运小六躺在病床上，一句话得分好几次才能讲完。他说："病得太快。见你，晚了点。"老祝父亲说："放心，孩子跟着我，当亲生的疼。"

他说完去抓运小六的手，低头的瞬间，浑身闪过洪水般的冰凉。那只手仅剩一根小指，孤零零立在手掌边缘，细长且怪异。老祝父亲哆嗦着嘴巴，压着喉咙里的呜咽，但压不住大颗的眼泪。运小六笑着，反倒安慰起他来。他最后是带着笑容走的。

运小七比老祝小四岁。老祝父亲带他回来时，六岁的老祝正在剧团当学员。运小七稍大一点后，父亲让他学戏，运小七不肯。前脚软硬兼施弄到京剧团，后脚就有人来家里冲父亲摊手："怎么弄？又跑了。"

父亲看准运小七是吃戏饭的好坯子，不甘心。越劝，运小七越反感。满十六岁后，运小七留下字条，跑到外地学手艺。字条上话没明说，另立门户的打算谁都能看出来。那时候父亲正犯着风湿，腿脚很不利索，不得不带着老祝一起去找他。两人乘车坐船，辗转了十多天，总算在几十公里外的一个小村子找到了运小七。快落雪的天气，他穿一件单褂，被师父骂得直不起头。运小七抓着刨子，喊走也不走，搭话也不应声，一下一下，硬是擦出又薄又细的刨花来。老祝原本还窝着怒火，一看这情形，心顿时透软。他当时就想，这家伙，以后会有大出息。

雨下大了，老祝反身上楼。他心里照进一束光，大大小小的心结，都在这束光里变得柔和。他怀疑还是个梦，攥紧拳头。指甲抠进肉里，疼得他"嗞"了一声。

三

运小七相中的地方，是大南门 13 号。

很早的时候，大南门 13 号不止一栋，是和相邻的三栋连为一个整体，叫"兴隆堂"。

"兴隆堂"是老祝祖上开的药铺，到老祝父亲这里添设了诊所。老祝父亲是个戏迷，不把脉、不开方子的时候，便打开身后的留声机，光听不够，还要唱两嗓子才过瘾。

"楚家班"与"兴隆堂"隔江相望，戏班的运小六时常搭渔船过来抓药，多是活血化瘀、消炎止痛之类。每次来，祝大夫都没好脸色，对运小六说："转告你们师父，下手别这么重，药也不是回回管用的。"

运小六专工长靠武生，二十出头，说话横冲直撞。他问祝医生："不打能出真功夫？戏班有戏班的规矩。"

"命只有一条。"祝大夫抬头，看着门外默然不语。急赤白脸的运小六被祝大夫无意间涌动出来的忧伤吓住了，直到离开也再没吐出半个字。这天回去，运小六跟戏班的人说，"兴隆堂"的祝大夫跟别人不一样，值得托付。戏班的人笑他，你无家无口，有什么可托付的？

有天下午，运小六急匆匆跑进"兴隆堂"，却不是抓药。等祝大夫号完脉，运小六神神秘秘从怀里拿出一样东西，是一张 12 寸的红公鸡大唱片。祝大夫一看，梅兰芳先生的《祭塔》，手都抖了。

唱片放上去的头几秒，祝大夫以为是留声机出了故障。跟着，巨大的声音在头顶炸开，运小六冲过来，一把将他扑倒。祝大夫耳朵里灌进各种声音，混乱嘈杂，什么也听不清。只有一句他听清了，运小六说，去他的小日本。

轰炸结束后，运小六和祝大夫顶着满身白灰走出去。街上滚滚浓烟，火焰劈开烟雾跳出来，像喷涌的血。逃往乡下避难时，祝大夫在一张木桌上刻下了时间：1940 年 6 月 12 日。

这些，都是父亲不在家时，老祝听母亲讲的。母亲说，父亲什么都好，唯独不能提这些，她也是偷偷从诊所里的老师傅们那里听来的。

老祝坐在院子正中的花坛边，恍若隔世。"兴隆堂"发生的伤心事太多太多，亲人们也因此相继离世，到最后，房子改名换姓，跟祝家再无半点关系。这些年，老祝无数次走到院子前，不敢多看。像今天这样心无杂念地看它、回忆它，还是第一次。

运小七说："小时候，你老被伙计们蒙着眼睛拉到百子柜前，随便拉开一个屉子，你都能说出药名。就连熬制的雪梨膏里加没加川贝、加没加红枣，你都能闻出来。你这鼻子，天生就是用来继承家业的。"

"父亲只想让我学戏。"老祝说，"从小到大不让我进药房，就连戥子、臼杵之类的东西都不让我碰。我也很少见他笑过。你还记不记得父亲坐诊的那张桌子？上面有父亲记下的时间。不过后来也看不清了，全是日本人劈下的刀痕。父亲明明恨得要命，但是到最后也没换掉那张桌子。"

"他冲我笑过。"运小七十分肯定，"有一回他盯着我，说我跟我父亲很像，连脸上两颗痣的位置都没变。我知道他的心思，可我们运家，总不能都只是个唱戏的。"

"小六伯可不只是个唱戏的。投身抗日吃了多少苦，当特情的牺牲有多大，只有他自己知道。总之，他很了不起。"老祝说，"父亲总觉得对不起他。闭眼都带着遗憾。"

运小七说："是我太不懂事了。"

"别这么想。你没做错什么。"老祝说，"他要知道这房子又回来了，肯定高兴。"

运小七说："找个时间，我们去看看他老人家，给他报告这个好消息。对了，这地方，以后叫个什么名字好呢？"

老祝说："早想好了。各占一字，兴楚会馆。"

四

装修主要以加固和局部翻新为主，更像是一次精心的修缮。

门口砌了几步台阶，一对麒麟立于左右。麒麟大小适中，形态俏皮，怎么看都不算招摇。大门保留了原先的两扇对开，新换了门板。材质是进口榉木，上漆、打磨、再上漆、再打磨，反反复复十多道工序，最后定格为饱满的朱砂色。大门两边，一副龙门对嵌于其中，内容和书法均出自运小七之手：

> 莫道白云苍狗，忠孝纠缠，都付与银牙戏鼓；
> 请看青史红尘，利名争搏，俱登场帷帐歌台。

门楣的木匾也是朱砂色，只是比大门稍暗一些。"兴楚会馆"四个字下笔淳朴厚重，映衬着底色的低调内敛。正厅里，十二套八仙桌椅摆放成"回"字形，十多盏方体廊灯悬挂上方，橘色的光安静地倾泻，笼罩着桌上的梨形紫砂壶。整个大厅，戏台反倒是最简单的。越是重要的地方越是要含蓄，在这一点上，运小七和老祝的意见完全一致。

老祝尤其喜欢台阶的设计，以及台阶尽头那副棉蚌珠帘。他对运小七说："别看这短短几步，不俗的人走上去，总能悟出点新东西。"运小七笑老祝："这意思明明就是，本会馆不欢迎草包。"老祝嘴上不承认，心里不得不佩服运小七的洞烛幽微。他的确是这么想的。往后，就是天塌下来，这里也只能是一方纯粹之地。帘子一放，身后的市井烟火由它去，身前只有阳春白雪。

新招的演员报到那天，运小七在外考察，欢迎晚宴交给了老祝。多年前剧团的那场晚宴仍让老祝心有余悸，于是酒没敢多喝，话没敢多说，就更别说描绘蓝图了。吃过饭，大家一起步行去会馆喝茶，一个女孩儿看着崭新别致的戏台，来了兴致，起身说："我来给大家唱一段吧。"

女孩儿唱的是程派《白蛇传》"说许"一折。"许郎夫他待我百般恩爱——"刚一开嗓，老祝便定住了，盯着台上的人，一刻也不敢动。

"许郎夫他待我百般恩爱，喜相亲病相扶寂寞相陪——"

女孩儿眉眼流转，每个字用丹田气稳稳托着。丹田气领着字音，放出字头、字腹，到了字尾，徐徐提气，归韵收声。到了气口处，换气、偷气不见棱角，唯有啾切凄婉的声音绵延而来，取之不尽。老祝暗暗叫好，程派的"云遮月"，还真让她唱出一番韵味来了。

这晚，老祝睡不着，一股热烘烘的东西在身体里涌动、疾走，快要烧起来。他坐起身，给运小七发短信，太多话无从说起，最后只有短短三个字，还有戏。运小七回复说，好戏。

协会成立后很快运转起来，以公益演出团的名义进校园、进社区、进企业、进乡村。每个节目都是老祝精心设计的，既有《锁麟囊》《游龙戏凤》《四郎探母》《三岔口》等传统老戏，还有《打虎上山》《沙家浜》《绣红旗》之类的现代京剧。几场演出下来，看戏的人一场比一场多。有些戏迷专门建了群，以确保信息及时、结伴赶场。媒体对运小七和老祝分别做了专访，还写了深度报道，呼吁更多的人关注京剧，"这种源于中国、独属于中国的艺术形式，不应该被遗忘"。

老祝觉得这些记者说得太好了，说出了他最想说的话。他把这些报道剪下来，贴在一个大本子上，一有时间就拿出来看。运小七笑他说，这又不是玉瓷做的，碰不破的，你就不能大大方方地翻？老祝说，它们可比玉瓷贵多了。

会馆二楼有现成的卧室和厨房，一忙起来，老祝就省了回家。事情是真多，要对接公益演出的各项流程和细节，要把关每一个演出节目。除此之外，还得给那几个科班生一对一辅导——运小七为他们在全国各地争取了各种票友擂台赛、戏曲节目录制，都是难得的平台和机会。老祝忙得吃饭睡觉都有些潦草了，精神却抖擞。自从运小七回来，自从有了"兴楚会馆"，老祝每天的日子都明媚充沛。

隔三岔五就有登门拜访的，这也是老祝忙碌的事情之一。一开始老祝还挺当真，以为这些人真像他们自己说的那样，是对老祝的戏深深着迷，抑或是资深票友，想找老祝讨教。老祝又是讲又是唱，但对方听着听着，话锋一转，都到了运小七身上。老祝这才明白，哪儿是什么戏迷呀。

的确是都冲运小七来的。公益演出一场接一场，运小七早成了人物。外面都传，说他是大儒商，只要是跟戏剧有关的事，运董事长一律支持。那些正为经费发愁的民间剧团、文化公司，甚至一些外地的剧团听说以后，都想来试试。作为中间人，老祝手上被他们塞了不少东西，名片、情况说明以及各种各样的土特产，比老祝当年化缘时准备的资料还齐。倒是运小七，还真跟外面传的那样好说话，他戴着老花镜，认真阅读了那些情况说明，酌情确定经费金额。给多给少，全没让对方空着手。

老祝有些担忧，"都成了你的编外子公司了，还是只有支出没有收入的子公司。"运小七不同意这种说法："那些冒出来的新角儿，都是赚来的无价之宝。"严冬已过，空气里有了春天的味道。地上映着两人的影子，一高一矮，一瘦一胖。老祝和运小七站在阳光里，看着墙头倾泻而下的迎春花。老祝说："你刚回来的时候，这里还全是杂草呢。"运小七说："真快，一眨眼五年了。"

集团的事，老祝从不多问，只知道运小七去上海总部那边的次数越来越少。运小七说，总部集结的都是精英，还有两个跟他一起白手起家、赴汤蹈火的得力干将。有了这两个左膀右臂，他也乐得当个甩手掌柜。

固定的聚会是每年夏末秋初，要么运小七和老祝过去，要么左膀右臂过来，权当旅游散心。四个人碰了面，运小七自然还是大家的主心骨，怎么打发时间全由他说了算。运小七最喜欢的去处是郊外农场，白天钓鱼、摘菜、田间散步，晚上喝酒、赏月、打麻将。爬山是运小七最近两年新增的项目，他胃不好，爬快了会吐，吐完，一张脸白得可怕。往往是爬到中途，大家便提议原路返回，运小七不干，挥挥手喊继续。老祝跟在他后面，摇着头笑。他这死犟到底的脾性，怕是一辈子也改不了了。

老祝很敬佩运小七的左膀右臂，跟他们坐在一起，老祝经常想起两个词儿：从容稳重，儒雅睿智。他们知道老祝是曾经的红角儿，但从不借着酒兴让老祝唱一曲。唱戏，只能是在戏台上。唱戏也不是助兴，是要被认真欣赏的——这是其中一个人说的。老祝冲运小七感叹，到底是你身边的人。运小七笑他，这是顺带把你自己也表扬了一番？老祝说，可比不了人家。我这辈子除了唱戏，什么都不会。运小七说，人一辈子就把一件事干好，就很不容易了。

运小七回来的第八年，左膀右臂从上海过来了一趟。时间不是夏末秋初，看神情，也不像是散心访友。运小七带他们来了会馆，没在大厅停留，径直去了楼上。老祝见气氛不对，泡好茶下楼，在门外挂了"谢绝来访"的牌子。

三人似乎在谈一件重要的事，压低的声音里，时不时会有一两句话像脱鞘而出的剑，锋利、泛着寒光。老祝有些心疼，他听出小七多半在沉默。那把剑，也是对着小七的。

天快黑的时候，楼上只剩下运小七一个人。老祝站在楼梯口，正犹豫要不要上去，听见运小七低声说："我先待会儿。"老祝说好。运小七又说："班章有吗？"老祝说有，有有有。

安静了一会儿，运小七也下来了。老祝想问一句，他们没欺负你吧？话在嘴里兜了几圈，怕不合适，倒惹了运小七不高兴。

运小七说："都快记不得父亲和母亲的样子了，他们连张照片都没留给我。"

老祝不知道该说什么，往他面前放了杯热茶。

运小七说："以前还好，最近这几年也不知道是怎么了，总想起父亲。你说，他这一辈子，心里会不会只装着仇恨？"

"应该不是吧。起码你的到来，让他放下了很多。人一辈子就这么长——"老祝一时说不出的伤感，眼泪都快出来了，他说，"小七，我们都老了，该过点轻松日子。"

运小七点点头，抹了把脸，算是接受了老祝的建议。沉默半晌，他说："元旦的时候，咱们弄场票友会吧？就在这里。"

五

节目定下十一个，文戏武戏都有。第一次走台，运小七也来了。票友们功底扎实，也练得刻苦，虽没有带妆，效果已经出来了。运小七很满意，跟老祝说："这水平，能拉去跟京剧团的专业队伍PK。"

元旦那天，老祝一大早起床。理发、刮脸、洗牙、修脚、买酱肘子，又找出定制的西装和皮鞋，擦的擦，熨的熨，不放过一道褶子一颗灰。

　　街上挂满了红灯笼，老祝走着走着，禁不住掏出手机，想给前妻打个电话。离婚后他从没主动联系过她，并非心存怨恨，只是为了一个失败者最后一丝尊严和体面。不过这天，此时此刻，老祝不这么想了。电话接通后，老祝大声说："新年快乐。"

　　八点开演，六点半就开始来人，除了留座，其他地方都坐满了。后面来的没了位子，就找地方站着。老祝原本在后台默戏，此刻也有些分神。嘉宾都是运小七亲自邀请过来的各界精英。上海的左膀右臂也来了，老祝拿不准先前的隔阂到底消没消除。不过，既然能来，说明问题没那么严重。

　　开场前几分钟，进来个飒爽帅气的小伙儿，是小刘。小刘掀起帘子，笔挺站着。运小七一来，厅内起了小小的骚动，好多人都往门口走。运小七笑意盈盈，跟大家微笑、握手、寒暄。

　　运小七入座，开锣戏正式上场。老祝坐在台下，感觉有些不对劲。他的两只手不停在抖动，热汗密密麻麻冒上来，让人心烦意乱。怎么回事？唱了大半辈子，还从没这样过。老祝闭上眼，想镇定下来。完全不行，脑袋像箍了钢圈，越箍越紧了。

　　时间眨眼过去，很快唱到了压轴。压轴唱完，就轮到老祝唱大轴了。老祝唱的是《借东风·天堑上风云会虎跃龙骧》，运小七操琴。主持人报完幕，老祝头疼加剧，热汗冒得更厉害。他连喝几口滚烫的茶水，想尽快把嗓子烫开，却并不管用。

　　掌声响起，所有的人都看向老祝和运小七。老祝硬着头皮，和运小七分别从左右上台。乐队的人全体起立，等运小七落座。更加热烈的掌声里，扛着"长枪短炮"的摄像师们弓腰疾步，纷纷在台前找拍摄位置。老祝不敢看前面，前面是一个正在剧烈旋转的转盘，他被转得发晕，随时可能倒下。他攒了团唾液往下咽，铁坨似的，下不去。老祝绝望了，在心里说，坏了，要出事。

当运小七的琴一响，老祝如同服下一味神药，汗没了，嗓子开了，头不紧了，腿脚也有了力气。他在渐渐松弛舒缓的状态中，想象着运小七此时的样子。一定是脊背笔挺、目光清澈。因为专注，他的额头上布满青筋，显出力量和坚毅，天大的事也不会让他停下来。这是老祝熟悉的运小七，一旦坐上戏台，一旦将琴揽入怀中，他便化身为另一根弦，在谁也看不见的地方，与弓子厮磨出一串音符。高亢的，低沉的，在另一个时空交错。天宽地阔，无限广袤。

一股气流在老祝身体里，急需破口而出。必须唱，必须与小七的琴声汇聚、互补、追逐、停留、缠绕。

"天堑上风云会虎跃龙骧，设坛台祭东风相助周郎。曹孟德占天时兵多将广，领人马下江南兵扎在长江……"

最后一个音符滑过，掌声如雨点倾盆而下。老祝看见运小七走过来，站在自己旁边。

"太成功了。"运小七低声说。

老祝心中轻松，有意跟他打嘴仗："上了台，就没败过。"他低头看见怀里的百合，花蕊上附着几粒灵动清透的水珠，被灯光照出五彩斑斓的颜色。莫道桑榆晚，为霞尚满天啊。老祝深吸一口气，升起久违多年的胸有成竹。

六

有天傍晚，运小七给老祝打来电话，说想来家里吃饭。老祝让他赶紧过来，莫非有心灵感应，他今天赶巧去了趟早市，卤好的牛舌还泡在汤汁里呢。

三菜一汤端上桌，运小七却没胃口，搁下筷子，说今天特别想来一碗红糖水泡汤圆。红糖水泡汤圆是"楚家班"临行前吃的一道菜，做法简单，将白萝卜挖成汤圆一样大，再放一点酱油水。

老祝分分钟做了一碗，端到运小七面前。

"搁当年，吃完这道菜，便要挑起东西上路。到了东家，牌戏一挂，一唱就是十天半月。"运小七吃得心满意足，"我错了。我的确该吃唱戏这碗饭。"

老祝听出他话里的惆怅，安慰他说："你是见过大世面的人。像江上的船，什么风浪没见过？"运小七说："就怕船走得太快，靠不了岸了。"

老祝看过去，发现比起运小七刚回来的时候，老了太多。腰杆松垮，眼神缓慢笨拙。时间真是不饶人啊。老祝轻声问："最近——没什么事吧？"

"太忙，有点累。我打算休个长假，去看看希梅她们，她能回来更好。"

这话让老祝很高兴："一定让她回来。国外再好，孩子再亲，老了，还是得跟老伴儿待在一块。"

运小七掏出一张卡给老祝："给你支了笔周转金，以后协会的全部费用都从这张卡里支出，你自己做主，免得每次去财务走报销程序，麻烦。"

老祝说："不好吧？我管不好钱。"

"没你想的那么复杂，就是专款专用。"运小七说，"收好，密码六个零，回头你自己改。"

老祝没再多想，收了卡。运小七说："以后，协会光搞公益演出还不行，还得排新戏、开公益课堂，好多好多事，都等着我们去干呢。"

那天，运小七迟迟不想走。先是拉琴、唱戏，过了九点，又改为下棋、喝茶。喝到凌晨，运小七索性让司机先回。后半夜有些凉，运小七裹着老祝的大衣，窝在沙发里，断断续续说话。老祝从不这样熬夜，有些撑不住，在运小七的说话声中睡着了。

连续两天，运小七的电话始终打不通，能找的地方都找了，也没有任何出行记录。老祝把电话铃声调到最大，一刻不离手，运小七的电话不管什么时候打过来，他都要在第一时间接到。

第四天，老祝接到小刘的电话，约见的地点让老祝愣了好久。他觉得冷，套上厚厚的棉衣，在路边站了好久才想起叫出租车。

运小七罩着床单，躺在那里一动不动。老祝从没见他这样昏睡过，怎么叫都叫不醒。运小七是病逝，他生病的事，没有告诉任何人。

老祝被送上了救护车。迷迷糊糊中，他看见一两张熟悉的脸，怎么也想不起名字。有一阵，他做了个凌乱的梦，"兴隆堂"的天井处，大雨从屋檐上哗哗哗落下来，变成四道水帘。长方形的廊道里弥散着中药味，伙计们进进出出，千层底布鞋踩在青砖上，窸窸窣窣。这是老祝从小听到大的声音，一听，什么担惊受怕就没有了。不过这一次，老祝听出了异常。那些让他踏实的人和物都在张皇失措地朝不同的方向各自逃离，老祝看向四周，明晃晃的，什么也没有了。他听见耳边有"滴——滴——"的声音，像绝望的哭泣。梦境中的老祝也想哭，但来不及了，他发现自己变成了一片树叶，正在风里打旋。

完全醒过来是第二天中午。睁眼，面前坐着个清瘦的老头儿。老头儿说："我就说嘛，你顶多去鬼门关溜达一圈。"

老祝看清了，是老梁。他顾不上别的，问："老梁，你怎么瘦成这个样子了？"

老梁把衣摆下面的空尿袋塞进裤兜，说："我在楼上住着呢。膀胱上长了个瘤，切了。不过事不大，低级别。"看了老祝一眼，又说："你说我吧，长个瘤子，都到不了高级别。"

老祝被他逗笑了，笑完，又想起伤心事，旧的事上又添了新的。老祝按着眼窝，再不想说话。

"你可得挺住，不能垮了。追悼会还没开，他老婆孩子正往回赶呢。"老梁拍拍他，"你闺女和她妈妈也在回来的路上，我给的信儿。"

七

回上海前，小刘去老祝家里坐了坐。运小七离世后的所有事情都是他在处理，几天没见，他长了一脸胡茬，像是一步跨进沧桑中年。

小刘说："这几年旅游不好做，公司启动了两个新项目投资，都遇到了各种各样的问题。董事长大概是想搏一把吧，跟人签了对赌协议——要说，这还真不符合董事长一贯的风格。"

老祝说："是协会。他怕协会散了。每年一百多场公益演出，还要养那么多演员，光是戏校那几个孩子，一年的年薪都是个大数。小七的心思我明白，怕亏待了他们，让他们走掉了。他这人，认准的事，再难也不肯回头。"

小刘为难地笑了笑："上海的公司，虽说赚不了大钱，但底子还算厚实，扛住了好几次金融危机。倒是回这边收购的公司，一分钱没赚到，年年赔。所有的开销，都靠总部那边兜着。"

老祝拿出那张卡交给小刘。小刘说："那是他卖房子的钱，上海那栋别墅。他既然给您，肯定有他的想法。"过了半晌，小刘说："以前在上海，他经常一个人坐在那里，天黑了也不开灯。这卡您得拿着，他放不下这票友协会。"

老祝转头，看着运小七那晚坐过的沙发："我还一直觉得我很了解小七，原来不是。"

八

来凤山山形陡直，沿山而建的台阶像天梯一样看不到头。老祝身体尚未痊愈，歇了好几次才爬到山顶。

观景亭台三面临崖，站在哪一处都能登高远眺。风景另有一番不同，江水褪去雄浑，蜿蜒柔美，满城的高楼、街道和人流浓缩在一个不规则的椭圆之中。眼前的万物都变小了，心胸却开了。人活一世，从生到死，哪儿是起点哪儿是终点，谁也掐不准。很多事，本来就是无尽循环。

老祝恍然大悟，这亭子在运小七眼里，或许不只是亭子这么简单，这明明就是一个立于天地之间的戏台啊。

老祝在亭子中央站定，徐徐唱起来：

"我正在城楼观山景，耳听得城外乱纷纷。旌旗招展空翻影，却原来是司马发来的兵……"

　　起了风，整片山林起了呜咽。先是低沉，接着逐渐高亢、透亮。老祝听得真切，并不是风，是运小七的琴声，它托着老祝的唱腔，发出秘密的、悲壮的呼喊。老祝想起那个晚上，运小七歪在沙发里说的话。运小七说，老祝，不管发生什么事，我希望协会别散。会馆呢，就更不能没了。

　　老祝一刻也不想等了。下山，先找老梁。他那房子漏水，隔音也差，家长和邻居们都在提意见，老梁正为这事犯愁呢。会馆给他办培训班，再合适不过。他也正好给老梁提提要求，像以前那样教可不行。接着，得把协会的成员们拉到一起开个会。运小七交代的好多事，都等着大伙儿去干呢。

　　通往山下的台阶密密麻麻叠在一起，比爬上去更难。老祝抓着栏杆说，别慌，腿脚上的劲，走着走着就有了。

万物回春

一

一夜大雪没有打消骆玉回乡下的念头。按理不急这一天，公司年会呢，又是金牌销售 TOP10 成员之一，怎么都不能错过穿晚礼服走红毯的机会。可骆玉说什么也不想再挨，她算的是另一本时间账——从知道消息到现在，整整快一个月了。

消息准确可靠。骆玉听说的当天就给父亲打过电话，又将父亲的话转述给一位医生朋友。可以确定的是，这种病多是积郁所致，也不排除基因遗传。往后，只会越来越严重。骆玉不是急着回去见证"恶有恶报"。时隔多年，那团搁在心里的仇恨一点点松动、风化、脱落，到现在，还剩图钉盖那么大。没有人能明白骆玉回乡的仪式感，她想站在生病的黄秋英面前，同另一个自己和解，将这枚图钉连根拔起。

进村后雪停了，阳光拨开云层，洒下薄薄的金色。白皑皑的村庄显出尘埃落定后的沉静和安详。黄秋英站在雪地里絮絮叨叨，风拨开染过的黑，将里层的白色掏出来，在头上开出一朵朵肥胖的蒲公英。此时，黄秋英正俯下身，眼睛贴住磨盘上的圆孔。出来儿子，出来。她说话还是那样干脆，但气息微弱得有些颤抖。骆玉五味杂陈，也许，放下和原谅本不该等什么机会，如果说这是对黄秋英的惩罚，这个惩罚未免太重了些。

骆玉下了车，想把黄秋英拉回屋里。远远见母亲也朝这边走来。走走走，回家。母亲说，吃饭了。

黄秋英一"回家"就是四年。四年的时间让很多事都纷纷掉头，走向相反的方向。最要命的一件是，骆玉心里的那枚待拔的图钉越钉越紧，而母亲就快成为新的一枚。

骆玉自认为是理智的。她选择原谅，并非意味着要跟黄秋英建立起亲密关系，对她的现状负责。换句话说，那些情绪的消化需要在恰当的距离中进行，没有谁会蠢到把昔日的仇家放到眼皮底下，时刻去挑战人性的弱点。母亲却这样做了。四年里，她像仆人一样伺候着黄秋英的吃喝拉撒，带她跑医院，为她梳洗、修剪指甲。只可惜黄秋英的病情一直走下坡，人也越来越糊涂。母亲也在劳累中落了个头发花白，瘦弱苍老。

损己不利人。这是骆玉给母亲的总结。她跟母亲谈过一次，毕竟，母亲向来办事谨慎，且黄秋英是个什么样的人，大家心知肚明。不料这一次，母亲固执而愚蠢，她说，一个孤老婆婆，我照顾一下是应该的。

是孤老吗？她明明还有个儿子。

不是失踪了吗？母亲反问。

失踪不是死。

都差不多。

骆玉张了张嘴，差一点就说出那个隐秘之痛。停顿的间隙，母亲看了她一眼，像是害怕她说，又做好了听下去的准备。

母亲再次抬头，这事不说了，我这么做肯定有我的道理。她坚定地看着骆玉，大有一副在黄秋英和女儿之间毅然保全前者的决裂。

那次谈话之后，骆玉选择了疏远。她每年只回去三趟，前两次替客户办事，若顺利，也就不在家落脚。第三趟是春节，算是尽女儿本分——单纯地为父亲。

今年腊月是骆玉第二次回乡，带着"葡萄"。"葡萄"是捡回来的，养了几年，变成亲生骨肉。也许真的被一只猫激发出了母爱，过完三十六岁生日，骆玉脑子里时常会浮现出一幅画面来——她半蹲在草地上，张开双臂，看着一个小宝宝企鹅样朝自己走来。

去年春天她开车回乡，柔风拂面，阳光和煦。黄牛拉着犁耙掀开湿润糯软的泥土，发出黏稠的撕裂声。空气中弥散着孕育新生的潮湿和兴奋。骆玉不禁腾出一只手按住小腹，想象里面有个拳头大的东西正"扑通扑通"跳着，与自己的血脉连为一体。她的心剧烈收缩了一下，又猛地张开，涌上一股想要深爱一切的冲动。骆玉一下释然了，给冷战已久的小王发了条微信说，要个孩子吧。

做试管就这样提上议程，葡萄也因此要暂寄乡下。当然，送葡萄只是其一，腊月回来最重要的事，是为几个 VIP 客户宰杀特供猪。所谓特供，图的是喂养上的讲究——只喂五谷杂粮而非饲料。客户在甲方上签上名字，提成够骆玉还一年的房贷，骆玉没理由不供着。以前，特供猪由母亲帮忙喂养，骆玉给钱的时候，会在客户给的基础上再加一点。黄秋英生病后，母亲丢掉很多农事，远一点的旱田全送了人，三间猪圈也空下两间。这四年，骆玉不得不自己找卖家，猪崽前脚捉回来，骆玉后脚就到。拎着礼物，交下定金，恨不得认干妈干爹。费心是费心，但她宁愿这样，以免跟母亲有太多牵扯。

二

黄秋英在沙发上打盹。嘴半张，鼻孔朝天，下半身罩在取暖器的桌布里。骆玉径直往餐厅走。这个家早在无形之中做着空间上的分割——骆家的，黄秋英的。眼下，黄秋英已经霸占了客厅的一切，沙发、茶几、电视，处处积攒黄秋英的气味。

炉子还没烧旺，寒流从墙面渗进来，椅子冰冻如铁。骆玉有些恼火，为父亲的节省，更为他平时也甘愿坐在那个取暖桌旁，与黄秋英膝盖顶膝盖，听她嘴里发出的那些莫名其妙的咕哝声。

父亲察觉到骆玉的脸色，拉开灶膛，又往里添了两块干柴。骆玉不好再说什么，跟他交代起葡萄。刚说一半，母亲从磨坊回来。她刚磨完面，全身罩一层"薄雾"。

母亲问，男猫女猫？

女。

劁过没有？

没。

骆玉为母亲无端的远忧感到可笑。母亲还想说什么，骆玉出去了。与母亲之间，能不说就不说，必须要说绝对精简。但骆玉总有眉开眼笑的时候——大多是接金主爸爸打来的签单电话。母亲总会在这个时候趁虚而入，问她最想知道的问题，小王呢？小王怎么没跟你一起回来。

忙。骆玉说完心想，等孩子生下来，两人离了婚，她就不会再小王大王的了。

其实，即便没有黄秋英，骆玉跟母亲之间也横着沟壑，不过横在暗处罢了。记不清多少次回家，母亲蜷坐在门口忧心忡忡，似乎天马上就要塌下来。这让骆玉无比压抑。母亲是什么时候变的，骆玉说不准确。好像没什么具体原因，她突然就不喜欢去人多的地方，后来发展到连上街买东西都让摩的师傅跑腿。五六块钱的东西，加上摩的费，豆腐都滚成了肉价。

可以前的母亲恰恰相反。骆玉早年的记忆里，母亲泼辣爽朗，能扛事，也从不唉声叹气。她的虎口、小腿和后颈都有深浅不一的疤痕，都是她为劝架挺身而出的后果。钝器交错中，母亲瘦小的身躯总能爆发出惊人的力量，将其中一个人拦腰抱住。但钝器也从不长眼睛，被误伤虎口那年骆玉五岁，每个细节都记得清清楚楚。那根软趴趴的大拇指被母亲摊在手心，血顺着手背往下滴，母亲面不改色。

骆玉手机里存着几张母亲年轻时候的照片，是她从旧相册里翻拍下来的。母亲穿着黄色大摆裙，牵着她站在田埂上。风很大，裙摆朝一边扬起来，母亲的脸明媚鲜艳。那张照片以及那个相册，骆玉后来再没看见，她直觉是被母亲藏起来或毁掉了。为什么要这样呢？难道她痛恨当年的自己，甘愿以现在的样子活着？骆玉想不明白，也懒得去想了。

三头猪定在一天集中宰杀，上午两头，下午一头。骆玉早早醒来，起身掀开窗帘一角，几株千年矮在雨点中颤颤巍巍。每次宰猪都没碰上过好天气，今年又不例外。

昨晚没怎么睡踏实，迷迷糊糊中，裹着泥浆的猪在嗷嗷的叫声中被摁上木板，一刀进去，鲜血汩汩。屋后的山坡上，小猪崽们聚集在一起，冷冷地看着骆玉。骆玉被无形的对峙吓醒了，她在黑暗中睁大眼睛，胸口怦怦直跳。这些年，数不清的猪在她面前被开膛剖腹、拆肢解体。再过一阵就是屠宰高峰，整个村子会弥漫着热腾腾的腥味。残留的猪毛和血迹裹在泥浆里，又被说不清的鞋底和车轮带到各个地方。好在，雪会一场接一场地下，大雪厚厚地铺下来，仿佛要拥抱那些逝去的生命。

骆玉出门的时候，雨小了一些，天空黑压压的，像是在提前酝酿第一场雪。父亲说，我跟你一起去吧？

骆玉答非所问，炉子从今天起别停了。

母亲蹲在西边的杂屋捡土豆，套着肥大的罩衣。刚下过雨，她想抢着地里的墒把土豆种下去。杂屋正对着院子的风口处，每扒拉一会儿，母亲就得把手放进腋窝里暖一暖。骆玉也是无意间发现母亲那么怕冷。有年冬天，她追剧到半夜，鬼使神差想洗头发，去房间找电吹风时，见母亲穿着毛衣，戴了顶帽子蜷在被窝里。被子上搭着衣服，丘陵一般，母亲压在丘陵之下，像走到绝望尽头，对一切举手投降。骆玉泛上来一股酸楚，父亲患癌症后不能受累，母亲每天像陀螺一样停不下来。想想她，真不划算——二十出头嫁人，眨眼就身形佝偻。时间从未丰富过她、蜕变过她，反倒像支针管，抽走她皮下的脂肪、脊背的笔直、头发的黑色以及眼里的生动。骆玉不是不体谅她，可能怪谁呢？明明到了该享福的年纪，偏要死死拽住一个黄秋英，往原本就泡在苦缸里的日子再倒进一缸苦汁。

没手套吗？骆玉没好气地喊。

不灵便，太慢。中午炖排骨吧？难得骆玉主动开口，母亲见缝插针，多问了一句。

不吃，减肥。骆玉头也没回。

三

从牢里出来后，黄秋英靠打零工把房子翻修了一下。在骆玉眼里，不管墙上刷得多白，地上铺得多亮，她都能清晰地回想起那天的一切。

那是间土房，房里有好几种气味：地面的泥腥，被潮湿浸出的霉臭，棕垫的腻子味以及木箱上的松脂气。大概，黄秋英翻修的初衷也是想盖住那些不堪。可盖得住吗？点点滴滴都像是印在岩石上的生物遗体，哪怕扔进时间的洪流中也不会消失磨灭。

骆玉闭上眼睛。房间没有窗户，只有瓦缝里投下来的一缕光，细细的，将那个人的身体切成两段。同样被切成两段的，还有他的上唇。打从黄秋英肚子里出来，他的上唇就裂成两半，一半朝下，一半朝上卷起与鼻孔连为一体。村里人叫他豁嘴，还经常在喝酒的时候学他翻起上唇，露出两颗大门牙。

那天，豁嘴给骆玉看了一样东西。他让她闻里面浓浓的芝麻香，给她看包装纸上渗出的油印。这世上怎么能有这么好的东西呢？骆玉这么想着，跟着香味和油印进了那间屋子。这叫——海棠糕。豁嘴说话很费力，搁到舌尖的话，老喜欢从那道裂缝里跑掉。

但骆玉这次听清楚了。她喉咙里漫上一股唾液，咽下去又会重新漫上来。

想不想吃？豁嘴问。骆玉点头。

摸一下我，摸了就给你。豁嘴狡黠地笑，把裤子褪下来一截，露出自己的东西。

骆玉不敢往那里看，又不舍得掉头走。她抬头，瞥见床头的画，女明星的脸在坑坑洼洼的墙上严重变形。

豁嘴往床沿挪了挪，说，摸一下，全给你。

骆玉正在犹豫，门推开，黄秋英冲进来，把骆玉拉到手里使劲摇揉。他们欺负他，整他，你也来勾引他。你才多大，啊？嫩婊子，让老娘看你长全了没有。

骆玉吓傻了，也不知道是怎么跑出来的。她拼命往前冲，不敢停下来。四周是满眼的枯黄，风追着骆玉，像无限长的刺条。

豁嘴后来去了哪里，没人能说清楚。他辍学后无所事事，打别人，也被人打。地质队的人来村里后，他帮他们扛仪器进山，做过一年多小工。因此，最多的说法是，黄秋英没治好儿子的嘴，又知道自己要出事，早早将他托付给地质队的人，去大地方谋生去了。

骆玉家门口有片延伸出去的菜地，站在菜地尽头，能看见地质队落脚的四合院。不工作的时候，那些人会把桌子搬到院子里吃饭喝酒，放音乐。骆玉经常听见豁嘴兴奋地叫喊，叫喊声像蛇一样贴着草坡爬上来。从豁嘴家跑出来之后，骆玉连地质队的人一起恨，恨他们送了豁嘴海棠糕，还送了他磁带、明星画、香烟，豁嘴就是被这些东西带坏的。

地质队的人撤走是第二年秋天。那年村里发生了两件大事，先是村里集资建的茶厂在上梁时突然倒塌，村民们的血汗钱变成一堆瓦砾。大家冲进黄秋英家里，让她把每一分钱的用途说清楚。骆玉趁着混乱，朝屋里扔了一大把石子儿，还扯断了屋檐下的晾衣杆。

接着，豁嘴不见了。豁嘴消失后，骆玉经常回想起最后一次见他的场景。那天傍晚，骆玉放学回家，见他正顺着洼地的小道朝山那边走。一阵风刮过来，半人高的茅草海浪一样从两边涌过来，几乎要把豁嘴淹没。骆玉心想，要是茅草能吃人就好了。她继续往前走，再回头看时，豁嘴不见了，只有茅草在风中一开一合。

骆玉听见对面的山林中有人叫喊了一声，那声音有些耳熟，像奶奶封棺时母亲的叫喊。

四

父亲隔三岔五给骆玉发照片，骆玉很快发现问题，大部分时间，葡萄都在笼子关着。父亲说，是母亲不让放，怕惹祸。他向骆玉保证，会伺机而动，确保葡萄的户外时间。很快，骆玉才明白母亲说的"惹祸"是什么意思，当初问她剅没剅也是有道理的——葡萄怀孕了。

骆玉责怪自己考虑不周，乡下野猫多，必定会有这些隐患。葡萄生下小猫后，骆玉抽空回去了一趟。黄秋英围着围布，坐在太阳底下闭目养神，母亲则撅着屁股，一张脸快贴到她后颈。骆玉一口怒气吊在胸口，想起母亲所说的照顾黄秋英的"道理"。她原本还做过很多种设想，会不会是奶奶临终嘱托，又或是因为在黄秋英入狱的事上，母亲也是举报人之一，但这些都立不住，随便列出一条就能推翻。此时，看着弯腰弓背的母亲，骆玉不得不另辟蹊径来解释母亲的行为——不知道恶毒的黄秋英对母亲做了什么，让母亲甘愿沦为黄秋英的奴才。

葡萄蹲在楼梯口，叫声焦躁。骆玉听出异样，问父亲怎么回事。母亲接话说，孩子送走了，不送走长不好。

骆玉抱过葡萄，发现它身下全是伤。每只乳头都被咬破了，有几处还化了脓。

擦了碘伏。别看是只畜生，一当妈，跟人一样的。母亲说，放心，都送的好人家。

骆玉"哦"了一声，生出点感激。回来的路上，她还犯愁如何处理这些猫宝宝，朋友圈的领养信息发了好几条，没人理睬。

她发现母亲在看她，从上到下。

你是不是长胖了？母亲问。

没。骆玉照旧惜字如金，心里还是掠过片刻愉悦。大半年的调养没白费，就在前两天，医生从她体内取出几枚卵泡，并告诉她，卵泡质量很不错。

剪完头发的黄秋英转过身来，脸如干枯的白蜡，似乎轻轻一按就会断裂。她神神秘秘地跟母亲说，要回屋里看看，有要事商量。

母亲说，不许往公路上跑，听见没有？

听见了。黄秋英缩起脖子，可怜巴巴地点头。

午饭是土鸡火锅。母亲拿着公筷在锅里翻找两下，分别往骆玉和父亲碗里各送了一只鸡腿。同样的待遇，黄秋英也有，母亲端着她那只专用大碗，往里放了几块最有肉的。每放一块，还不忘用筷子压一压，这让骆玉觉得，母亲刚刚往自己碗里送来鸡腿，不过是为了让此时的行为更理所当然。

饭盛好，才发现黄秋英还没回来。母亲正要去屋后叫她，她顶着一头蛛丝网进来了。

不见了。黄秋英说，我儿子不见了。她转了一圈，看见地上一只废旧的暖水瓶，笑起来。她走过去，对着暖水瓶口说，出来，儿子，我晓得你在里头。

母亲过去拉她，一脚踩空，差点跌倒。吃饭吃饭，吃饭了就出来了。母亲把黄秋英往客厅拉，没往日那么有耐心。

五

三月中旬，骆玉做了囊胚移植。在家休息的那几天，客户同往年一样发来特供的数量信息，骆玉做记录时下定决心，这是最后一次。等孩子出生，她再不干这活了。

几天后，骆玉感觉腹部往下坠，上网查，说这是着床成功的症状。她不放心，去了趟医院，回来的时候眼睛有些湿润。女儿，最好是女儿，一出生就要给她全部的爱。她一定尽其所能，帮她顶过人生在世的各种难关。

又过了一周，骆玉终于等到了血检结果。她攥着化验单反复地看。每一处都是她喜欢的，化验单的长度宽度，化验单上的油墨香气，化验单上每一个汉字、符号以及最下面那个潦草到她无法辨认的签名。她把结果拍了张照发给小王，电话很快打过来，琐碎的询问、嘱咐，让骆玉心生暖意。从决定做试管开始，骆玉就明显感觉出他的变化，也知道他正在暗暗努力，积极争取一个从北京分公司调回来的机会。

猪崽三月底放窝，骆玉需提前回去。出发的头几天，父亲打来电话，说起母亲的生日——今年，母亲满六十岁。自从家里有了黄秋英，母亲的生日让骆玉选择性地遗忘掉了。村里人很看重做六十岁，条件再差的人家也都要摆几桌，是脸面问题。骆玉愧疚加恼怒，跟父亲说，现在来张罗酒席，恐怕来不及了。

父亲赶紧说，我不是那个意思，你妈也不喜欢那些吹吹打打的场面，我是让你回来，你回来就好。

挂了电话，骆玉去了趟商场。原以为不是难事，去了才发现自己对母亲的遗忘已波及到很多方面——她穿多大号衣服、多大码鞋、喜欢什么款式什么颜色，骆玉一概不知。后来不得不求助父亲，在他的建议下买了双"足力健"棉鞋。

买鞋的时候，父亲强调一定要买39码，骆玉以为父亲记错了，她什么时候脚比身子还长了。父亲没笑，认真地说，她那次摔跤你忘了？脚背的骨头拱起来了。

骆玉拿着电话怔了一会儿。母亲摔伤是很久以前的事了，她背着两袋谷子从坡上滚下来，摔断了脚。这些年，骆玉从没听母亲提及，她以为早好了。

买完鞋，顺着扶手电梯下楼，骆玉在橱窗看到一条裙子。是一条纯棉连衣裙，鹅黄色，大摆，像极了母亲当年那条。如果不是那张照片，骆玉真会怀疑母亲身上从未有过明媚的颜色。性格的突然变化，让她很少再买新衣服，即便买，也总是黑灰两色。母亲似乎甘愿掉进这种阴沉的色系里，拒绝一切鲜亮。

参加工作头两年，骆玉曾热衷打扮母亲。然而不管买什么，母亲都能挑出毛病，直到后来她信心全无，接受母亲"自己在镇上买"的建议。

母亲这么说，只是为了糊弄骆玉，很少行动过。村里有不少在市区安家落户的人，人走了，交情还在。嫁女儿、娶媳妇儿、乔迁、升学，邀请的客人里，老家人是必有的方阵。东道主办事细致，天不亮派大班车来接，晚饭后再送回村里，母亲夹在大部队里，单为了完成礼尚往来的任务，从没想过要穿好一点。

早些年母女关系尚可时，骆玉去酒店找过她几次，每次都能凭借那几件固定的衣服，一眼把她从人群中捞出来。有年冬天，母亲穿着一件褪色的军绿色棉袄，坐在几个浓妆艳抹、披金戴银的妇人中间，寒酸得近乎狼狈。棉袄是骆玉大学时淘汰掉的，内衬里的棉花结成一坨一坨，母亲穿在身上，像背着无数颗鹅卵石。骆玉没敢过去，在厕所待到情绪稳定后才出来。

母亲对自己吝啬，却舍得为骆玉花钱。从初中到大学，骆玉吃的穿的用的以及寄读后的零花钱，都无法让同学们相信她是个农村来的孩子。骆玉一度也很疑惑，她从来就不曾向母亲提要求，而母亲也不是个爱慕虚荣的人。后来骆玉有些明白了，母亲的慷慨，或许是在拼尽全力阻止骆玉被诱惑。可外面的诱惑实在太多，母亲常常因为力不从心而倍感沮丧。每次给钱，她都带着一点让骆玉无法形容的悲壮和郑重其事，她把钱放进骆玉手里，每一句话都说得十分用力，喜欢什么自己买，妈有钱，妈挣钱容易。

骆玉从不揭穿。她何尝不知道，母亲给的每一分零花钱都是她捡知了壳、捡桐油果换来的，三年高中加四年大学，母亲捡的知了壳、桐油果恐怕能堆到两层楼那么高了。

那天席散，骆玉拉着母亲直奔一家专卖店。她太想从一套像样的衣服开始，为母亲找回一些体面。母亲却不领情，也极不配合，好说歹劝，终于答应试穿。骆玉看中一件黄色羽绒服，在她的潜意识里，只有这个颜色能衬出母亲的年轻。她刚把衣服拿过来，母亲的脸猛然涨得通红，她激动地推开衣服，气急败坏，不试了，我不要买什么衣服。

那是母女俩第一次吵架。母亲头也不回地逃开，冲上大马路，差点与一辆正常行驶的轿车迎面相撞。委屈连同惊吓，骆玉蹲在街边号啕大哭。她不明白，拒绝的方式有很多种，母亲为什么一定要如此粗暴。

六

骆玉赶在午饭前到家，还没下车就听见母亲的咳嗽。父亲说，高烧，吊了几天水才退。骆玉一问原因，半句安慰的话都不想说——黄秋英肠胃出了问题，吃不进去也拉不出来，母亲连续几晚都在给她按穴位、抠大便。令骆玉更为恼火的是，葡萄又怀孕了。

上次临走时，骆玉准备带葡萄去做手术，父亲说要等一个月才行，让她先不要慌，到时候会提醒她。父亲有些不好意思，一忙，忘了。

骆玉知道他在忙什么。黄秋英只要生病住院，他就得随时待命，完成母亲在医院遥控交代的各种杂事。

骆玉开了一听罐头倒进猫碗，看葡萄吃得欢快，心里有了点安慰。

母亲抱着床单从一间卧室出来，骆玉闻出味道，狠狠将罐头摔到桌上。在这之前，黄秋英好歹每天还是回自己家睡觉，现在，竟然开始在这里过夜了。那可是奶奶的卧房，奶奶一辈子干净整洁，见不得一点脏和乱。她去世后，父亲会定期打扫，隔半月换一次床单、被套，保留她爱熏香的习惯。这样的房间，黄秋英配吗？可她就是睡上去了，不仅睡了，还在上面拉屎拉尿，打嗝放屁，用大股大股的体味吞噬那些熏香。

骆玉早料到了，客厅只是个开头，接下来会一间间霸占，直到全部变成黄秋英的天下。

母亲站在水池边洗床单。她脱了外套，露出里面的毛衣。依旧是骆玉不要的那些，缩得像块抹布，背上偏还印着一串英文，Angel girl，真是滑稽讽刺。能怪谁呢？就只配穿这样的，只配把自己搞得凄凄惨惨戚戚。

骆玉倚在门口拿捏着语气，就让她在这里住，等哪天她儿子回来了，也住这里。她那些没死光的亲戚都可以搬进来，咱们家做慈善，管够。

骆玉！父亲在旁边叫她。

母亲转身，还没说话，咳嗽像伞柄一样撑开她的胸腔、嘴巴以及眼睛。她本来就瘦，用力咳嗽的时候，锁骨耸成两道绝壁。

少说两句。就住几天，你也别太较真了。父亲的语气让骆玉很委屈。这个家唯一一个理解她的人也开始朝母亲靠拢，跟她站到一起了。这么说，母亲是对的，错的是她，她自私、狭隘、冷漠无情。

骆玉转身去厕所。她可不能哭，在这个家，她不允许自己掉一滴眼泪。

洗完衣服，母亲回厨房炒菜。十二寸的大蛋糕摆在正中间，十分突兀。父亲拎出一瓶酒，刻意做出一点喜剧的效果，想让骆玉觉得他拎的是只手榴弹。

骆玉强说，酒就不喝了吧？喝了难受。

喝饮料吧。母亲说。

骆玉和母亲面对面坐着，都没再说话，活跃的只有父亲。他拿起一瓶花生牛奶，拧盖，倒杯，放到各人面前。

谢谢你。母亲举杯，谢谢你给我过生日。

应该的。骆玉没看母亲。

小王还在北京？父亲鼓起勇气问了一句。

嗯。骆玉吃了几口菜，拨了个视频电话。接通的那一刻，父亲和母亲同时伸手，都想把电话拿到自己手上。小王反应快，也会说话，三两句就让屋里喜气洋洋。母亲和父亲脑袋顶脑袋，争相把脸塞到屏幕上自顾自地说，场面一时有些混乱。小王又说了一些不要太劳累，把身体养好之类的话，母亲"嗯嗯嗯"应着，频频点头，点着点着就抹起眼泪。父亲在旁边用力抿着嘴，恨不得跟他来一个铁箍似的拥抱。骆玉看着他俩，想笑，鼻子却发起酸来。

外面"乓"地一声，母亲像接到紧急指令，迅速起身，很快叫起父亲的名字。骆玉跟小王草草解释，也跟着出去。不锈钢碗掉在地上，饭菜撒得到处都是，黄秋英卡在桌椅之间，瞪着眼，嘴角挂着根豆芽。

母亲脸上的泪痕还没干，脸上却已切换至专注的警惕。她捏起黄秋英的下巴，快速地往外抠，黄秋英的嘴巴眼看着慢慢合拢。这个间隙，父亲以最快的速度挪开桌子，半弓着腰握住两条腿，等母亲发号施令。母亲来不及清理那些抠出来的饭菜，绕到黄秋英身后，两手架住她腋窝，蹲下马步攒了股力气。1、2、3。母亲喊道，"3"刚一出口，两人同时发力，黄秋英的身体被稳稳抬起，轻快而准确地落到沙

　　　　　　　　　　　　　　　冰裂纹笔记

发上。母亲用靠垫将她上身垫高，一只手还在垫子上，另一手已经够到旁边的柜子，从里拿出一只家用氧气瓶。拧开关的同时，父亲已经将胶管送进黄秋英的鼻子。

骆玉看得目瞪口呆。显然，这样的急救已不是一次两次，而父亲也被母亲成功地培养成一名优秀助手。黄秋英很快醒过来了，一张嘴，吐了母亲一身。

骆玉走到门外，站在屋檐下做了个深呼吸。生日饭还没开始就结束了，她跑了半个城订的蛋糕，连包装上的蝴蝶结都没来得及解下。

黄秋英被抬进卧室——奶奶的卧室，隔一阵就会吐一些东西。臭气散出来，窜进每个房间。黄秋英稍稍平稳后，骆玉提醒父亲，该给村委会报告一声，万一死在家里，谁也说不清楚。父亲让骆玉别担心，老毛病，你妈心里有数的。骆玉冷笑一声，真是不见棺材不掉泪，养老送终还有个说法呢。忙碌中母亲停下来，看着骆玉说，你怎么能这样跟你爸说话？碍你多大事了？这个家里还有说话的必要吗？

骆玉盯着母亲说，换谁都待不下去。

待不下去就走。母亲说。

骆玉冲上阁楼去找猫笼，跟着开始收东西，包括葡萄没吃完的罐头和火腿。东西刚放到后备厢，见母亲慌慌张张跑出来，不行，马上送医院。

父亲愣了一下，让骆玉赶紧开车。骆玉转身刷起手机，没听见似的。母亲过来催她，走啊，开车。

你们自己叫救护车吧。骆玉说。她嗅出母亲所在的那个方向有了炸弹的火药味，火苗正朝那截芯子靠拢，很快，威力就会掀开屋顶。炸呗。骆玉心想，炸个稀巴烂最好。

葡萄走过来，缠着母亲的腿又叫又蹭，像是知道自己要走，来跟她道别。母亲一脚踢过去，葡萄"嗷呜"一声，用身体划出一道白色的抛物线。

骆玉冲过来，眼泪汹涌而出，你干吗？你再踢一个试试。

从村里到镇上二十分钟车程。骆玉开得比往常慢。一路上没人说话，黄秋英的哼叫声愈发刺耳。那声音是一条直线，带着强烈的入侵性和难以名状的压抑惊悚，让骆玉备受折磨。各种味道在车里交织，葡萄怀孕后的膻味，母亲熬夜后的口臭，父亲的中药味以及黄秋英的腐臭。骆玉开了窗，被母亲关上，黄秋英不能再感冒。骆玉当没听见，又开，母亲再关。骆玉猛踩一脚油门，母亲为扶住黄秋英，一头撞到椅背上。

母亲说，你有什么气，等她住院了你再撒。

骆玉眯起眼睛。她连跟母亲吵架的欲望都没有了。

停车场在医院大楼背后，与二楼急救室通道平齐。母亲提前做好安排，她跟父亲先下车，骆玉则载黄秋英去停车场等。骆玉在门口放下父母，飞快地开到指定地点。接着，她熄了火，坐到后排，像母亲那样挽住黄秋英。

骆玉计算过时间，从父母去急救室叫医生，到医生拖着担架过来，最快也要四分钟。四分钟足够了，她只需要伸伸手，可以让她当场断气，也可以将断气的时间延迟到担架上，无非取决于手上的力度罢了。但不管哪一种，都不会引起怀疑——黄秋英的呼吸已经快接不上了，在这个乡镇医院，只会认定她是自然死亡，没有人会想到去采集什么指纹。骆玉放松了一下肩膀，她敢肯定，这绝对是全世界最天衣无缝的一起作案。骆玉盯着那截皱巴巴的脖子，右手已经等不及了，它脱离了大脑的支配，自作主张地做成抓握状，慢慢靠近。一下，只需要一下，万事清静，天下太平。

七

起了风。路边集体摇摆的杨树让骆玉恍惚置身某个熟悉的时刻——每一次起风，骆玉就能看见满眼的灰白，听见若有似无的叫喊声。那样的颜色和声音，都令她恐惧。

很快，太阳出来了。阳光折起那些灰白，照向广袤的山川和田野。骆玉想起来，眼下正是初春，整个大地正在解冻、回暖，迎接新一轮的生机蓬勃。她放倒座椅，打开天窗，在阳光里闭上了眼睛。

她听见动静。母亲打开车门，移走葡萄坐上副驾。紧张过后的松弛，让她更添几分苍老。骆玉从未从侧面看过她，此时回头，吓了一跳，她连耳鬓处都积满了褶皱。

晚一秒，人就没了。母亲说着，抹了把脸，像吞下一口烈酒。

你要感谢我。骆玉懒洋洋地说，我差点把她解决掉了。母亲没说话。骆玉又说，也是一两秒的事。

可是那一两秒，会像铁链子一样拴你一辈子。母亲说。

被她羞辱，还不是会拴一辈子。从八岁到现在，三十多年，我每天拖着链子走路、吃饭、睡觉，连谈恋爱都有阴影。我甚至还特别排斥男人那个东西。

我都知道。母亲说。

你知道什么？你什么都不知道。

母亲深吸一口气，有种因即将放弃某种坚守而显出的无奈，知道豁嘴去哪儿了吗？告诉你吧，他死了，是我亲眼送他走的。

骆玉的呼吸，顿时有些接不上来。

她听母亲继续说，后山有个枯井，井上面的高粱秆是我盖上去的，只是顺手的事，没想过要害谁。那天我给人送鞋样，回来的时候，见他往这边走。我想喊，可嘴就是张不开。我使劲撬开我的嘴，喊了一声，但那声音实在太小了，小得只有我自己能听见，我只要稍微带点力气就行了——母亲捂住脸，可我就是喊不出声，我知道自己在想什么。

骆玉的心剧烈跳了几下。她又想起最后一次见豁嘴时听到的叫喊，那样的声音如今找到了缘由，那是整个人往深井里坠落的瞬间，发出的短暂的呼救——仅仅只有那么一声，在旁人还来不及反应的时候，枯井的底部迅速吞噬了他，一切都归于平静了。

他那会儿多少岁？二十多？骆玉问。

十九。母亲说。

他其实倒没伤到我什么。骆玉说。

下次呢？母亲气愤地看着她，谁能保证你下次还有那么好的运气？有个比你更惨的，惨到我都不想说。黄秋英让我保密，答应茶厂选址的时候从我地里过，给我补偿。我同意了。可我没想到这事会到你头上。

骆玉缓了缓，说，那天，你穿着那条连衣裙吧？黄色那条。

是的。母亲转头，眼里全是歉意。

忘了吧，别再想了。骆玉说，你别再折磨自己了，这么多年，你对黄秋英做的这些，够了。

我下去一会儿。母亲说，买包烟。

骆玉等了好久，也不见母亲回来。过了很久，她从睡梦中醒来，想不起母亲何时学会了抽烟。母亲来过吗？她不太确定，可葡萄明明从副驾移到了后排，副驾的座椅上，似乎还留有母亲坐过的痕迹。

究竟有没有来过？骆玉越过这个疑问，续上先前那一幕——就在她的手快要挨到黄秋英脖子的时候，她感觉肚子里动了一下。只是轻快的一掠，柔软、细微，像风在湖水上吹起涟漪。

骆玉去了病房。黄秋英睡着了，母亲坐在床边，仰头看滴下来的药水。透明的液体悬在管口，微颤着落下来，一滴，又一滴。母亲看得出神。

骆玉想确认她刚才到底有没有上车，临开口，又改了主意。那些事终归久远，该散的也都散了。母亲年至花甲，该说点好消息。

她走过去，在母亲旁边坐下。房间里安静极了，骆玉仰着头，看着下一滴即将落下来的液体轻声说，你——就要当外婆了。

无花果

一

中秋节前两天，我刚到家，就听二姨在群里喊，都上我家过节啊，一个不能少。又说，华华要带人回来的。

我妈顿时来了劲，快看看，长啥样？

屏幕上跳出张照片。二姨问，像不像《人世间》里面那个演玥玥的姑娘？我妈戴上老花镜远看近看，跟我说，就是年轻点，哪里像？你二姨，简直是被胜利冲昏了头脑。

我凑过去看了一眼。照片是晚上拍的，角度和构图都有些潦草，但还是压不住姑娘的鹅蛋脸、大眼睛，比起电视里的明星，她美得更天然，一点雕琢的痕迹都没有。

我妈问，哪儿的人啊？

二姨答，江西抚州，两人打工认识的。

我妈搁下电话说，华华真是憨人有憨福。今年整三十五了吧？没房没车没手艺，还有姑娘肯跟着他，真是谢天谢地，你二姨这下能安心了。对了，叫什么名字？你二姨还没说呢。

二

姑娘叫胡胭脂。第一眼看到她，我脑子里冒出《诗经》里的句子，原来现实中真有肤如凝脂、美目盼兮一样的女子。她的皮肤是真好，瓷白透亮的那种，眉毛和眼珠又黑得纯正。都说一白遮百丑，胡胭脂的五官是不需要白来遮掩的，标准的三庭五眼。我敢说，即使那些鸡蛋里挑骨头的整形医生看到她，也说不出任何毛病。

天有些凉了，胡胭脂还是夏天的穿着。白色长卫衣下面藏着牛仔短裤，眼下最流行的"下半身消失"的穿搭，更显得她两条腿笔直修长。她挽着华华在大家的注视下从院子走进客厅，二姨瞥见，慌忙拿起一双崭新的棉拖鞋让胡胭脂换上。

二姨数落华华，她穿高跟鞋你还带她走这么远。

就是在镇上转一圈，能有多远？华华说，她跑得比我还快。

我们这才知道胡胭脂怀上了，快四个月了。

脱了高跟鞋的胡胭脂仍不显矮，跟一米八的华华个头相当。我妈说，好家伙，这肚子的娃娃，女的能当模特，男的能进篮球队。

大家都笑。胡胭脂脸上蒙着层雾，一双大眼睛看看这个，又看看那个。二姨拉着她挨个介绍，我妈、我爸、我弟、还有我。让叫什么就叫什么，声音跟奶猫一样细弱，两只胳膊也不停往卫衣袖子里面缩。看得出来，她很少经历这样的场面，也不太适应这扑面而来的热情。

认完亲戚，胡胭脂说要上楼拿充电器。二姨追到楼梯口，用蹩脚的普通话说，胭脂，换条长裤子。

华华给我弟和我爸散烟，我弟问，镇上转了一圈，她感觉咋样？

华华说，她嫌街有点短，连蜜雪冰城都没有。

我妈问，蜜雪冰城是什么地方？

我弟说，一座城，全是冰。

我妈说，华华你这媳妇找得好。清清爽爽，又健康。姑娘家，就要结结实实的，细胳膊细腿儿，有什么用？

这话明显是针对我弟媳小梅的。小梅八十多斤，身体也不太好。三年前嫁进我们家，到现在还没怀上。我弟推推眼镜，一脸无奈地说，你别老在背后说人家坏话。我妈说，这是坏话吗？当着她面我也敢说。你看看，你跟华华一年的，他还在你后面结婚，现在——我妈拍了个巴掌，摊开——弯道超车了。

我弟往她嘴里塞了瓣橘子，没能堵住她的嘴。她嚼着橘子看着我爸，还是华华命好。

我爸说，华华长得帅，从小就招女孩儿喜欢哦。

二姨父给我们续茶水，笑得嘴角快咧到了耳后根。我妈问华华，你媳妇这次回来后，就不去温州了吧？华华说是，等生了孩子再说，家里吃的住的还是好一些。我妈说，家里有我们，你安心在外面挣奶粉钱。你现在一个月挣不少吧？以后打不打算在县里买房子？华华头一拧，没想那么远，也买不起。华华瞟了我一眼，幸好我躲得快。我觉得自己很窝囊，我有什么难为情的？要躲也是他躲我。

我妈说，搞兼职嘛，我看网上那些送外卖的，一个月挣几万。

华华说，那个不是人干的，我还想多活几年。

胡胭脂下了楼，没换裤子，只加了双长袜，脖子多了副粉色耳机。我看着她，觉得挺可惜，这么好的年纪和模样，天地多辽阔啊，却要因华华就此止步。

胡胭脂掏出手机示意华华。她做了粉色的美甲，上面镶着大大小小的水钻，干什么都得翘着指头，但不影响她玩游戏的速度。她偎着华华，撒娇地看着他说，完了，我凉了。大概当着大家的面，华华没有给"爱的抱抱"，只是说，撤退，你撤退嘛。

二姨在厨房喊开饭。一张大圆桌，喝酒的男人们和不喝酒的女人各坐一边。见胡胭脂指甲太长，我帮她掰开一次性筷子，我妈给她夹了块红烧肉。胡胭脂仍用奶猫样的声音"嗯""哦"了几声，意思应该等同于"谢谢"。怕她拘束，我指着面前的鱼腥草说，我们这边的最爱，你们那里吃不吃？她过了几秒才接话，嗯，不吃。

聊天就这样中断了。我妈给了我一个眼神，意思是说，还是个孩子，啥也不懂。吃了一会儿，我见胡胭脂把碗里的肉夹出来，塞到纸团下面。

酒很快喝出了气氛。华华耳朵上夹着烟，面红耳赤，衣服掀到腰上，露着比孕妇还大的肚子——曾经那个清爽帅气的小伙儿，眨眼间就跟那些油腻中年男人没了什么区别。

他领着胡胭脂挨个敬酒，胡胭脂见他一口一杯，附耳说了句什么，华华没听见似的。酒敬完，二姨揽总，跟我们交代了两件事。一，鉴于胡胭脂肚子里的孩子，婚礼先不办，等孩子出生后办满月酒。这么做还有另一个原因，胡胭脂还没满二十岁，拿不到结婚证。

───────── 冰裂纹笔记

二，华华回温州前，要先去趟郑州，正式拜见一下胡胭脂妈妈，也算是赔罪。为什么赔罪呢？二姨说了个细节，胡胭脂谈男友并怀孕的事，直到前两天才跟家里说，她妈听了很生气。胡胭脂妈妈很早离婚，常年在郑州打工。胡胭脂还有个小她一岁的弟弟，初中毕业后也去了郑州。他们老家的房子塌了，郑州的出租房就是新的"老家"。

细节部分二姨是用方言说的，之后又切换成蹩脚普通话，问胡胭脂行不行。胡胭脂看向华华，两只胳膊习惯性往袖子里缩。华华说，已经这样了，不行也得行。

我弟说，你是不是有点凡尔赛？弯道超车还像有点不愿意哦。

华华笑着跟他碰杯，愿意愿意，奉子成婚，人生赢家。

吃完饭，我爸妈和二姨、姨夫打麻将，我弟去学校接小梅——她是镇中学的语文老师，一周三节晚自习。我闲得无聊，去院子里等月亮。院子里养了很多花，波斯菊、吊兰、蓝雪花、海棠，盆盆鲜艳。二姨心灵手巧，做饭、织毛衣、收拾房间，干什么都是一把好手，单冲这一点，胡胭脂没嫁亏。

华华和胡胭脂在院子里继续玩手游，看他俩集中精力打配合的样子，我怀疑他俩是在游戏里认识的。我在暗处坐着，有些窝火。快三年了，华华只字没提那两万块钱的事。即便还不上，总该有句软和话吧？话说回来，他是还不上的样子吗？手机用的是 iPhone15，脚上穿的是阿迪达斯，烟抽的是黄鹤楼 1916。看他朋友圈，一周有五天在外面喝酒唱歌。每次回来都是坐飞机，还不忘在机场的星巴克打个卡。就这么一个肤浅虚荣的男人，真不知道胡胭脂看上他什么了。

院子里慢慢亮了，一轮清澈的圆月从云层里显现出来。我拿出手机拍了几张照片，见胡胭脂也在拍。她拍完月亮，又拍起院子里的花，说了几句我听不懂的方言。

华华说，你想种就种呗。

种什么？我问。

华华说，她想在院子里种棵无花果，说无花果这个名字很好听。

这还不简单，去山上农户家买一棵，要不了多少钱。我绕着弯，故意扯到了"钱"字上，华华"嗯"了一声，抖着手上的烟灰回屋去了。

三

我又回了趟镇上，给小梅送药。一进门，我妈就说，知道不？华华那边没去成。

哪边？我问。

胡胭脂家啊。我妈说，胡胭脂妈明说了，三十万彩礼，一分不少。不拿这个钱，她谁也不见。

那现在怎么办？

不见就不见，孩子都怀着了，你二姨怕啥？她也确实拿不出这么多，一个小超市，能挣多少？

我趁机敲打我妈，看看你家儿媳妇，受过高等教育，工作稳定体面，家里人还识大体，连彩礼的话都没提过，你还不对人家好点。

我妈说，我知道。可我不是着急吗？你不结婚，你弟又迟迟没孩子，我在镇上都抬不起头来。

基于我摔门而去的前车之鉴，我妈见好就收。她说正好要去二姨家拿点鸡内金，问我去不去。

拿鸡内金干什么？

我妈说，给小梅熬点开胃药。

胡胭脂躺在沙发上追剧，有些显怀了。我妈走上去，在她肚子上摸了又摸，仿佛那里面装的是她的亲孙子。我妈说，女儿装扮娘。看你这气色，十有八九是个闺女。

客厅重新布置了一番，沙发上添了孕妇靠枕，新买的泡脚桶还没来得及拆。茶几上摆着切好的苹果，核桃、开心果也都剥好了，伸手就能吃。二姨、姨夫宠起孩子来就没边，华华就是被他们这么惯坏的，也难怪胡胭脂被养得白白胖胖。

二姨呢？我问。

胡胭脂"嗯"了一声，看向天花板。

我跟我妈上楼，见二姨守着工人在给主卧装空调。主卧添置了很多家具，衣柜、床、梳妆台、沙发，款式时尚，材质也可靠。二姨和二姨父平时省吃俭用，为孩子花钱一点都不抠搜，真是可怜天下父母心。二姨说，还好我提前几年就做了打算，现在味散没了，住进来也放心。

我妈说，这个家真亏有你。

我看到床头柜上插着一束月季，问二姨，您弄的？二姨说，院子里开了那么多，给她弄一束，换个心情。

我妈问，那事怎么说？

二姨叹了口气，等孩子平安生下来再说吧。按说她妈也不是不讲道理的人，才四十出头，跟玉婷差不多。

玉婷就是我。一想到胡胭脂妈妈竟然跟我同岁，我感觉怪怪的。再一想，如果我有个女儿，二十岁不到就怀上孩子，我也气。下楼来到院子，我跟胡胭脂说，想吃什么，要是镇上没卖的，给我说。

胡胭脂摇摇头，问，你能帮我买棵无花果树吗？这里收不了快递。

我愣了一下，没想到她对种树的事这么上心。华华上次肯定就那么一听，把她的话当耳边风了。我上楼去找二姨，本以为简单，哪知二姨一听，坚决反对，种什么树不好，种无花果？你看我们镇上，家家户户有院子，谁种这玩意儿？再说，她现在怀着孩子呢。

二姨这么一说，我也不太好坚持。我妈也在旁边帮腔，那紧张的样子，别说是种，连想法就不应该有。

我把二姨的意思转述给胡胭脂。二姨跟下楼来，哄孩子样说，等下次卖花的车来了，你自己选几盆喜欢的花，买多少都行，好不好？

胡胭脂有些失落，说，好吧。

我和我妈往外走，二姨也回楼上忙去了，胡胭脂一个人在院子里转悠，看来看去就那么几盆花。小镇就一条街，没什么好逛的，她一个外地人日复一日待在这里，又没个说话的朋友，日子确实很难打发。

我妈说，那能怎么办？自己选的路，只能自己走。

四

腊月底一个下午，我弟给我电话，说他要帮二姨去火车站接人，胡胭脂妈要来。

我说，到底母女连心，嘴上硬，心是软的。

我弟说，二姨接到信是十五分钟前，她妈上火车了才问胡胭脂地址。二姨觉得蹊跷，不放心，把爸妈叫过去坐镇，怕万一闹起来。

我说，没这么严重吧？还带了打手不成？

我弟说，二姨也说了，如果咬着三十万不松口，她就去借，砸锅卖铁也不能让她闹。

胡胭脂妈到家已是凌晨一点。她进屋后没跟大家多说话，径直走到胡胭脂面前，只看了一眼就哭起来。胡胭脂妈哭着说，我以前怎么跟你说的，你怎么就这么不听话？你怎么跟我保证的？她越说越激动，没一个人敢吭声。

哭够了，她当着所有人的面，要胡胭脂给句准话，是不是想清楚了？万一没想清楚，不要紧，孩子生了跟我回去，我替你赔罪。要想清楚了，以后不管遇到什么事，都别跟我叫苦，我是不会管你的。

你以前又管了多少？胡胭脂垂着眼说，我想清楚了，这就是我的家。

胡胭脂妈看看她，又看看她肚子，说，糊涂虫，你真是个糊涂虫啊。

糊涂虫就糊涂虫呗。胡胭脂撑着后腰站起来，上楼去了。

期待已久的亲人见面就这样不欢而散，二姨做的一大桌菜一口没吃。胡胭脂妈原来也没打算停留多久，买的是次日早上的返程票。她说她干的是住家保姆，要买菜做饭、接送孩子，离开久了主人不高兴。于是，凌晨五点多，大家在黑漆漆、冷飕飕的夜里，送她上了我弟的车。

冰裂纹笔记

我问，胡胭脂妈是不是很漂亮？

我妈摇头，比你二姨还老，一双手伸出来，全是口子，关节都变形了，说她五十岁都有人信。可能也是因为这个，她走的时候，你二姨承诺给她转十二万，差不多是全部存款了。

我心里不是滋味。孩子一生，用钱的地方更多。华华要不把这个家撑起来，二姨和姨夫什么时候才有出头之日？

五

年底，二姨给我送来她自己种的红萝卜、菠菜和包菜，足足半蛇皮袋子。往常二姨来县里从不找我，我猜她是有事。果然，坐了一会儿，二姨说，胡胭脂来县医院待产了，她想住在我家，方便给她做几天月子餐。

没问题。我说，姨夫来吗？

他要守店，一年上头就指望这一两个月。二姨说，华华要回来就好了，可厂里批不了那么多天假，他要把假留着办满月酒。

我说，胡胭脂妈要能来最好。

你算说对了。二姨抓过我的手捏了几下，我让胡胭脂打电话，她不打，这姑娘也是犟得很。昨晚，我想了想，给她妈发了条微信，她妈那是真干脆，说走不了。

我说，不来也好，您全权做主。

二姨去厨房看了一圈，又改了主意，做饭就算了，只在这里住。我随即明白过来。我一日三餐都吃食堂，新房装修后，厨房几乎没添什么东西。我说，要不这样吧，去我们食堂吃。二姨坚决不肯，说，来打扰你，我已经很不好意思了。

二姨住进来后，我们单位正赶上年底的各种考核，我每天早出晚归，和她没说上几句话。几天后的一个双休，我抽空买了一堆锅碗瓢盆，又在美团上买了些菜。我骗二姨说，单位发的券，再不用过期了。二姨高兴地说，好好好，太好了。

这天中午，找到主阵地的二姨宰鱼剁肉，忙得乐呵呵的，我帮不上忙，替她去医院看胡胭脂。

胡胭脂侧身躺在床上，像是在哭。见是我，她有些意外。还好吧？我问她。她慢慢坐起来，眼睛红着，脸上的泪还没干。我说，今天吃大餐，二姨做了好多好吃的。胡胭脂说，我想剖了早点回去，你能给她说一下吗？我说了，她不听。我说，医生是不是也建议顺产？还是听医生的吧，恢复快一些，对孩子也好。胡胭脂说，可是这么等着太无聊了……但回镇上也无聊，哪儿都挺无聊。

我觉得她有些矫情，生孩子不都这样吗？不过，看别的孕妇个个被老公和妈妈捧在手心，又觉得胡胭脂可怜。这种时候，最需要的就是老公和妈妈，可她身边每天进出只有二姨，饭菜还是在外面买的，我后悔没有早点置办那些炊具。

这天下午，胡胭脂发动了，很快就开了八指。二姨在电话里反复给我道歉，说不该麻烦我，可她又怕自己忙不过来。我按她说的，煮了四个红糖荷包蛋送过去，人还在电梯就接到二姨的电话，生了，儿子，八斤二两。二姨太激动，话说得结结巴巴，我听着她的话，竟然也湿了眼眶。

胡胭脂脸色苍白，一副耗尽元气的虚弱。她吃了口荷包蛋，大颗大颗的眼泪直往下掉。怎么了？我看向二姨。二姨说，孩子个头太大，出来时头顶夹出个软包。不过医生说没事，过三四天就消了。

说得轻松。胡胭脂把碗放到一边，我就不应该听你的。

二姨说，好好好，是我不对。你能不能别哭了，会得眼病的呀。

你出去。胡胭脂说，我不想看到你。

整个月子期间，胡胭脂很少笑。情绪一差，奶水也少，孩子天天夜里哭。孩子哭，胡胭脂也哭，奶水到底没发出来。

奶粉是笔预算外的开支。华华在电话里说，这笔钱该胡胭脂妈出。生的当天，她妈给胡胭脂转了两千块钱完事，没说来看她。还说满月酒也可能过不来，胡胭脂就是被这些事恼的。

那也不能让孩子跟着遭罪啊。二姨仍有埋怨，但语气软了很多，奶粉就奶粉吧，奶粉营养还全面些。

办满月酒的日子越来越近。为了省钱，二姨打算请厨师班子在家里办，这样一来，她和姨夫就更忙了，小到一斤蒜、一瓶饮料、一张桌椅都要自己操心。我妈让我买对护膝带回来，二姨膝盖受不住凉，天天喊疼。

我说，华华就这么指望不上吗？

我妈说，要能指望他，你二姨会累成这样？

有天下午，二姨做好晚饭，楼上楼下没看到胡胭脂。联想到她这段时间的精神状态，二姨有些担心，把我爸妈、我弟都叫了过去。那是一个慌张而混乱的下午，我弟骑着摩托车，去镇上的店铺挨家挨户地找，姨夫骑摩托沿公路跑出三四公里，都没看到人影。不多时，镇上的人都知道二姨家出了事，帮忙找的人少，看热闹的人多。一个多小时后，分兵几路的人在二姨家会合，商量下一步该怎么办。

没跟华华吵架吧？我弟问。

问了，没呀。二姨猛然怔住，跺了下脚，转身往楼上跑。

到了楼顶，一眼看见胡胭脂一动不动坐在天台的围栏上。二姨忍着极度的恐慌，死死捂住嘴巴。她定了定神，一步一步挪过去，每一步都像踩在鸡蛋上。就在她离胡胭脂只有半米的时候，二姨一着急，绊了一跤。倒下去的瞬间，她一把薅住胡胭脂不松手。

胡胭脂几乎是仰面倒下去的，好在围栏不高，后脑勺又磕在二姨身上，不然真不敢想。二姨就严重多了，她是俯身摔下去的，脸磕在水泥地上，撞破了鼻子，牙齿也掉了一颗，满脸是血。薅胡胭脂的那一下因为用力过猛，手腕当时就肿起来——后来确诊的是韧带撕裂，关节脱臼。

我弟送二姨去医院的时候，门口还站着不少人，姨夫一改往日的好脾气，瞪着眼喊，看什么，有什么好看的。

整件事情让胡胭脂十分错愕。她不明白二姨为什么要那样薅她，她说她不过看孩子睡着了，想去楼顶待一会儿。也是因为戴着耳机，所以才没听见大家叫她。

姨夫说，可你那样坐着，很吓人的。

胡胭脂一脸委屈，下面还有隔层啊。我就是往下跳，也是跳在隔层上。

我们都看向姨夫，看他的表情，的确是有隔层，胡胭脂也的确没有其他想法。二姨却不管这么多，次日一早，她吊着绷带，让姨夫把去顶楼的门封死，又叫来电信局的人，在屋前屋后各装了一个摄像头。

胡胭脂连发了两条朋友圈，年轻人的表达方式，看不太懂，但能感觉到她的愤怒和无语。我们担心胡胭脂迟早会和二姨吵起来，幸好，就在当天，华华赶回来了。

六

胡胭脂说高兴就高兴了。

满月酒那天，她穿了身大红色的呢子，走哪儿都挽着华华。之前所有的不愉快，像是根本就没发生过。小梅跟我说，看吧，华华在，便是晴天。华华才是解药啊。

我说，所以结论就是，只要华华懂事，这个家就能和睦。

小梅摇头叹了口气，她是真喜欢华华。

我问，你也觉得不值？

小梅苦笑，那又能怎么样？孩子都生了。

满月酒办完，我们又在二姨家吃了几天，帮着处理那些剩下的菜，二姨手还没好，做饭的重任交给了我爸妈。

那几天是二姨家最为温馨和谐的几天。每天晚饭后，胡胭脂都要推着婴儿车，拽上华华从街头走到街尾，再沿河边栈道走回来。镇上刚设了快递点，胡胭脂网购的快乐得以延续，每天都有东西要取。孩子的，她的，华华的，还给二姨和姨夫一人买了件羽绒服。拆完快递，学姨夫把纸盒子踩平，放到固定的地方。小梅看着她，又感慨了一遍华华的重要性。我说，你跟华华说。小梅说，不能说，说了他更把自己当回事了。

有天吃完午饭，我们坐在院子里晒太阳。一会儿，胡胭脂骑着踏

　　　　　　　　　　　　　　　　　　　冰裂纹笔记

板车回来了，两腿间放着一个大纸盒子。

怎么不让华华去啊。二姨朝楼上喊，华华，你下来，天天抱着个电脑打打打。

我和小梅帮她把纸盒搬下来，问她买的什么，这么沉。

胡胭脂笑着说，秒杀的花，可好看了。她用刀熟练地划开，一个个搬出来。全是那种小盆栽，文竹、赤楠、琴叶榕、小棕竹，还有一些我叫不出名字的。陶瓷盆颜色各样，绿的、蓝的、白的、粉的，冰裂纹款式，挺耐看，盆里还配了黑色铺面石。

多少钱一盆？小梅问。

十块。胡胭脂说。

快快快，链接发我。小梅说。

胡胭脂把盆栽一个个摆到花架上，花架上的盆栽为院子添了一道新的风景。她最后拿出来的是一株树苗，栽苗的时候，我们正凑在小梅手机上选盆栽，只听二姨在问，什么树？

无花果啊。胡胭脂说。

二姨脸色骤变，你种这个干什么？

种着好玩。胡胭脂没发现二姨的不对劲。显然，她也忘了我之前的转告，也可能曲解了，以为只是怀孕期间不能种。

我们都站起来，还没走近，见二姨抓起那棵在土里还没待热乎的细苗，一把扔到院墙外。

干什么？胡胭脂盯着二姨，脸上由红转白，嘴巴微微发抖。

小胡，你太不懂事，太过分了。二姨痛心疾首，镇上外地媳妇这么多，没有哪个像你这样糟糕的。你是不想让我们这个家好是吧？你是想让我另一只手也断吧？

自己断手怪我吗？胡胭脂也吼起来，种不种树，你都是个倒霉货。

我们都愣住，没想到胡胭脂会这样骂人。

七

转眼又是年底。腊月二十五，我弟带小梅来县医院孕检、办年货，顺便把我捎回去。小梅怀孕，最有幸福感的是我妈。她跟我感叹，人还是要多读书，有文化比什么都重要。你看小梅，怎么保证营养，怎么做胎教，自己安排得好好的，工作也不耽误，不用我操任何心。

怀孕后的小梅圆润结实了不少，我弟也照顾得细心。看着这对小夫妻相扶相持，越来越好的日子，我生出跟我妈一样的幸福和欣慰。

路上我弟说，胡胭脂前几天就回来了。她太想孩子，等不到厂里放假，索性辞了工作。小梅补充了一个细节，胡胭脂去温州后，华华给她找的工作在另一个区，两人隔着一个多小时的车程，十天半月才见一面。

可想而知，胡胭脂在那边肯定待得不开心，受着华华不在和想念孩子的双倍孤独。回来吧，又跟二姨处不好。我弟说，实在不行，等孩子大点了，带过去上学，不过开销就大得多。小梅说，那边也是郊区，学校条件未必比镇上好。华华又不管事，到头来累的还是胡胭脂。

我说，两人进一个厂有这么难？

我弟说，我们没经历，没发言权。再说，华华也就是个流水线上的，能有多大能耐？现在到处裁员，工作也不好找。

我没忍住，提了华华借钱的事。弟弟说，也找我借了，就几天前，要一万。

我们面面相觑。我说，办酒席后我问他要过一次，他嘴上答应得好好的，之后就没了消息，唉，又不好跟二姨说。

小梅说，他一个月六七千，干吗借钱？千万别沾上网贷啊。

我弟说，很有可能。现在的年轻人，几个不用花呗借呗？

我说，如果华华真在外面有事，我们的钱就打水漂了。我们倒只是破点财，胡胭脂怎么办？

大家都沉默了。过了好久，小梅说，胡胭脂老了好多，我差点没认出来。

胡胭脂穿了件肥大的黑棉袄，染黄的头发散在脑后。她抬头跟我打招呼，我在心里惊叫一声，这还是胡胭脂吗？从脸到脖子，全长着猩红色、指甲壳大小的癣块，有的干枯起皮，有的溃烂化脓。或许是皮肤病的原因，她额头和嘴角都起了皱纹，确实有了老态。

看医生了吗？我问。

嗯。

她说完，重新蹲下去看孩子。孩子热衷于玩扔玩具的游戏，扔一个，爬过去捡回来，再扔，再捡，如此重复。胡胭脂默默看着他，只有孩子向她展示手里的玩具时，才会勉强笑一笑。

二姨在炸藕丸子，不知道是哪个环节出了问题，散了好几个。我见她走路一瘸一拐，才知道她膝盖又疼了，这几天在扎针。我说，你少忙活，藕丸子外面有卖的。

贵，也不好吃。二姨说，今年还是老规矩啊，腊月二十九先上我们家。

我问，胡胭脂的脸找到原因了吗？看着还挺严重的。

从进门到现在，没跟我说过一句话，等华华回来了带她去看看中医吧。你说也是奇怪，好好地怎么会长癣呢？今年我们家什么都不顺。华华厂里效益不好，还要找我拿钱。我也浑身疼，这手腕，连酱油瓶子都拧不开。二姨把散开的丸子捞起来，叹了口气，炸了这多年，从没散过。

我见二姨快要说出眼泪来，赶紧安慰几句，出去了。

华华一开始说的是中午到，等到快一点，二姨说，不等了，他晚上才能到。她招呼我们落座，喊胡胭脂的时候，语气明显寡淡了些，胡胭脂也没应声。大家倒好酒，等她下楼，迟迟没听到动静。二姨拉下脸说，回回是这样，喊一遍还不行。

我妈撞了她一下，少说几句，你今天还要封个大红包给她。

二姨说，还大红包，我只差把心挖出来给她了。

晚饭时，华华还是没回，电话也关机。见胡胭脂快哭起来，我们赶紧替华华开脱，说他那帮同学平时都在外面做事，就指望着过年一起聚一聚，年年都这样。关机，肯定是喝醉了，手机又没了电。

胡胭脂抹了眼泪，抱过面前的孩子。小梅无意间碰到胡胭脂的手，说，你有点发烧呢，手好烫。

没事。胡胭脂抱着孩子上楼了。

二姨也有些气华华，当着大家的面不好发作，只是说，这家伙，太不着急了。

大年三十中午，华华总算到了家。这天轮在我们家团年，他推门进来的时候，把我们吓了一跳——半张脸擦破了皮，红一块紫一块，眼皮肿得像两条快吐丝的蚕。华华有些不好意思，给大家散着烟说，昨天跟同学喝大了，摔了一跤。说完伸手抱孩子，孩子转身，趴在胡胭脂肩膀上哭起来。

菜上齐后，我弟拎着酒问华华还能不能继续，华华说，五粮液啊，这么好的酒，必须继续。

今天不喝了，明天你还得陪胭脂去郑州呢。二姨向大家解释，胡胭脂年龄到了，要去郑州拿户口簿回来证领。华华肯定要陪着去，到现在还没跟丈母娘见上面呢。

大家都让华华好好休息一天，我弟象征性给他倒了一小口。华华说，我这个样子，怕是不敢回去了。胡胭脂抿嘴看着他，华华说，你妈要问起来，我就说是你抓的。哄笑声中，胡胭脂脸上的阴云也散了，她把一瓶可乐递给华华，华华顺手拧开，放到她面前。

我们都以为华华说不去郑州是开玩笑，初一这天，才知道他是真没打算去，理由是他脸上的伤见不了人。

胡胭脂站在客厅，行李箱放在一边。她穿着羽绒服，下面搭了条黑色小篷裙，她应该也是刚刚才知道华华的打算。胡胭脂的眼泪裹着睫毛膏流淌下来，在铺了厚厚脂粉的脸颊上划出两道黑色的深痕，那些癣更红了。

我弟劝华华，去嘛，就是一点摔伤，又不丑。

这还不丑？华华见大家都看着他，有些烦躁。二姨抱着孩子，虚张声势地踢了他一脚，抓紧时间，快去换衣服，胭脂票都给你买好了。

华华皱起眉头，我这个样子怎么去嘛。

二姨说，去不去是个态度问题。

华华绕过二姨，在沙发上坐下，双手插兜，一副抗争到底的样子。

你去不去？胡胭脂走到华华跟前。华华说，真的不能去，听话，我在家等你，你速去速回，给你妈好好解释一下。

不行，必须去。胡胭脂盯着华华。华华看出胡胭脂要跟她闹，不为所动，点了根烟。

必须去！你必须去！胡胭脂尖叫起来，发疯一样抓着华华，想要用最大的声音逼退华华的冷漠。可不管她怎么哭喊，怎么摇揉，面前这个男人就是无动于衷，他甚至连站起来哄哄她的耐心都没有，在他心里，她还比不上他的脸面。他看着她，用渐渐凶狠的表情警告胡胭脂，他的忍耐是有限的。

我们拉开胡胭脂，也不明白华华为什么变成了这样。胡胭脂因为止不住地哭，身体剧烈抽搐，突然，她僵住了。大家顺着彼此的目光看过去，胡胭脂两腿间有尿液滴下来，肉色的长袜瞬间浸湿。

没等我们说话，胡胭脂拉过行李箱冲出门外，一旁的孩子见状，大哭几声后就没了声音。

岔气了。二姨抚着孩子前胸，呜咽着说，妈妈去几天就回来，可怜我的乖孙子。

我没多加犹豫，拿过我弟的车钥匙追出去。

八

小时候，我们村的孩子，人人一把木手枪。我弟弟也想要，可我爸不理会他。我说，我给你做。那时候我才六岁，勉强拿得动镰刀，一刀下去，把虎口砍了个大口子，我看到有白色的东西，后来才知道那是骨头。我妈见我砍伤了，骂我手贱，让我自己去医院弄药。我们住在山顶，下山到镇上要四十多分钟。我就那样握着手腕，边哭边往山下跑。走到半路，血在手掌里结成了硬块，因为疼，流出来的冷汗把衣服都湿透了。半路上碰到我爸，他在别人家打牌，他看了我一眼，只说了一句让我走快点。这事我一辈子都忘不掉，想起来就疼。疼的不是伤口，是心。

半路上，胡胭脂换下尿湿的裤子后，用这件往事回应了我对她"去郑州后跟妈妈多待几天"的提议。胡胭脂说，我本来还以为，华华跟我爸妈不一样。我错了，他跟他们没什么区别。就连种棵树，他都帮不了我。不就是一棵树吗？种在院子里，打发下时间而已。

我想着该怎么安慰她，见她戴上了耳机看着外面，也许，任何安慰对她都毫无意义。到了进站口，胡胭脂拿了行李箱跟我道别。走了几步，她转回来，直勾勾看着我，眼神锋利。胡胭脂说，那个鬼地方，我再也不会回去了。

九

我没跟任何人讲。

之后的几天，二姨家平静无奇，只有我在忐忑中等着那个爆炸时刻。那个鬼地方，我再也不会回去了。那是我听见的胡胭脂跟我说的最为坚定有力、口齿清晰的一句话。这话总在我脑海里打转，像悲壮凄凉的宣言，让我觉得我必须该冲破那些固有的认知，去为她做点什么。

当这个念头从心里冒出来时，我难以形容自己的矛盾。二姨已禁不起任何折腾，渐渐大起来的孩子也越来越能感知分离的痛苦。我错了吗？我不知道，我只知道如果我不狠心，她要重新跟华华、跟这个家绑到一起，只会越来越糟。我忘不了她转身后的场景，她的背影那样年轻高挑，在人群中那样明媚耀眼，她的天地那样宽阔，人生才刚刚开始。我想，总有一天，我会等来胡胭脂的好消息，她最终也会和孩子团聚，但不同的是，那时候的胡胭脂一定不是现在的胡胭脂，她的处境也一定不是现在的处境。

二姨很快发现了问题。起因是，她联系不上胡胭脂，便给胡胭脂妈打了电话，才知道她初二就从郑州离开了。带着不好的预感，二姨去卧室检查了一番，一屁股坐下，抽屉里的存折、黄金首饰以及孩子的满月相册都不见了。

玉婷，二姨问我，你仔细想想，胡胭脂离开时在车上有什么不对劲，她跟你说过什么奇奇怪怪的话没有？

我避开她近乎绝望的眼神如实相告，狠心抹去了最重要的部分。

买票。二姨对华华说，马上去郑州。还有一种可能，她妈妈说了谎，胡胭脂哪儿也没去，还在郑州。

除了我，所有人都觉得二姨的提议没错。即便胡胭脂真的打算抛下一切，但只要华华出现在她面前，拿出一个认错的态度，她就会改变主意，解铃还需系铃人。

我错哪儿了？我系什么铃了？华华说，一生气就跑，这样惯着，以后有我找的。既然跑了，有本事就别回来。华华愤愤地点了根烟，一副非常有谱的样，像是要跟大家证明，在管教妻子上，他是有方法和原则的。

胡胭脂走后，他每天都喝得烂醉，脸上的浮肿从来没消过，孩子走到腿边上了也不会抱一下。我在心里冷笑，这种男人，谁嫁谁倒霉。

我再说一遍，买票。二姨一脸严肃。

要去你去。华华说完，二姨一耳光扇过去，我去，什么都是我，我死了你怎么办？二姨再也撑不住了，号啕大哭起来，我情愿死了。

我弟再次劝华华，把身份证报给我，我买票陪你去。

我看着华华那个窝囊样子，夺过我弟的手机说，让他自己买，自己的事情自己担。

二姨止住哭，惊讶地看着我，随即又看向华华，你这样下去，连兄弟姐妹都瞧不上你了，你还有什么脸？

初六早上，我坐我弟的车回县城，一起搭车的还有华华。路上，我俩没说一句话。到家后没过多久，我弟告诉我，华华在半路上下车了，他说他不会去郑州，让我别告诉二姨。怎么办？我弟问我，跟二姨说不说。

华华去了也找不到她。我说，胡胭脂不会回来了。

什么？真的？

真的。

你早就知道了？我弟问。

我挂了电话。

十

正月十三，我正在电脑前写材料，家庭群里跳出一张照片，胡胭脂蹲在地上，在给孩子拆玩具。

我妈问，回来了？

是的，回来了。二姨发了一大朵玫瑰花，花朵旋转着，缓缓绽开，散出缤纷闪烁的星星。二姨喊话说，正月十五都上我家过节啊，一个不能少。

我双手搭在键盘上，心里被什么东西狠狠烫了一下，电脑屏幕也渐渐模糊起来。

　　　　　　　　　　　　　　　————————— 冰裂纹笔记

永生桥

一

和庞斌闹崩后，女儿劝我出去玩一趟。她们班要去山东祭孔，往返四天。女儿说，正好你也放飞一下，郁气不散，伤脾伤肝。

我想，那就去吧，主要是让她安心研学。

去哪儿呢？我刷着携程，让女儿索性主意拿到底。

女儿说，长沙？逛逛街，吃个火锅，再来一杯"茶颜悦色"，完美。还不行呢，就转趟去北京听场德云社，你不是喜欢郭德纲吗？

我说，听说过没有？高兴过度也伤心脏的。

女儿一撇嘴，你还到不了那地步。

我苦笑，那倒是。

行程就这么定了。出发当天，女儿往我包里放了本《哈利波特》。女儿说，每个人都能拥有自己的魔法。撑不下去的时候，大喊一声"Lumos Maxima"，就会出现奇迹。我当然不会相信一个十一岁孩子的话，但为了不让她担心，我表示一定会认真读完。

我买的是一趟宜昌至长沙的快车。22:56 开，次日 5:28 到，选这个时间段，完全是因为票价便宜。深夜站台的乘客跟白天不太一样，像夜幕里固执的异类。我有些恍惚，或许我们并不是在等一趟晚点的列车，而是在进行一场绝望的集结。我看着面前的轨道，脑子里冒出一个极端的念头。鬼使神差地，竟然真往前挪动几步。

刺耳的哨声像飞镖样扔过来，一个穿制服的中年男子举着扩音器，虎视眈眈地让我后退。我有些羞愧，为了表明态度，我转身站到队伍的最后。

二

女儿读的私立，每年暑假都有一次夏令营。往年全国各地跑，今年去麻省理工，与那里的学生手拉手。这是班上第一次组织国际夏令营，家长们恨不得把两只脚也举起来表示同意，反应冷淡的只有我一个。也不是不赞成，主要是以我现在的状况，根本拿不出这么多钱。

像是要故意揭我短一样，开完会还没出校门，旅行社就在群里搞了个缴费接龙，原来已经有两个家长报名了。我有些恼火。上了车，我给庞斌打电话。他说，那就不去嘛。话没说完，麻将稀里哗啦倒一片。我火蹭一下上来，也没管他有没有听，捡着最脏最毒的话一通骂。

骂完，我抓着方向盘发呆，听见女儿在后面说，本来我也不想去。你给我报个游泳班吧，暑假我想学游泳。

我的心像被锥子戳了一下。很多时候，我真宁愿这孩子自私点，任性点，不要那么懂事。我说，肯定得去，我有钱，我就是烦你爸老打牌。

女儿幽幽地说，何必为他气自己啊。

我瞟了一眼内视镜，没看到女儿，倒看见自己面目可憎。我说，你可不能讨厌你爸。女儿说，谈不上讨厌，就觉得你挺辛苦的。我说，苦什么？为了你我一点都不苦。

第二天上班，我拿着审批单去找经理签字。公司有借备用金的传统，我刚升了主管，有一万的额度。

经理为难地看着我，昨天刚回集团开的会，准备一会儿在例会上传达的。新区这边，原则上除了市场部，其他部门都不能再借。

我说，这么不巧，轮到我就开会了。经理说，你自己也是财务部的，那几笔死账又不是不清楚。这边刚组建，白纸一张，集团当然要提前规避。

她关上门，给我倒了杯水。我预感她要说什么，头皮发麻。果然她说，有件事我不知道该问不该问。公司都在传你到处借钱，没碰上什么事吧？

没事。我说，前一阵脑子发热，想去股市凑热闹，手里几笔钱又存了定期。所以——临时找几个朋友凑了点，也没到处借。

经理说，我就说呢，你哪儿是缺钱的人。

回到办公室，一肚子气。不用猜，肯定是综合部那几个老嫂子传的。我把身边的朋友捋了捋，短时间能拿出这么多钱的，只有唐娜。唉，偏偏是唐娜。

去年，集团收购了一个民营公司，地点在二十公里外的新区。经理找我谈话，岗位薪资都不变，但会多一项补贴和职工疗养——也就是度假旅游。经理一再强调只是征求意见，让我充分考虑后再答复。大概她也觉得，作为一个家有小学生的操心老母亲，我未必会同意——往返四十公里车程，近两小时全浪费在路上。别的不说，即便准点下班，赶到学校也是六点半后。等回到家，做饭、洗衣、拖地、检查作业、完成各种打卡，十二点之前上床睡觉就不错了。

但我很快给了答复。去。一个月两千六，一年三万出头，刨去油钱，净落两万是有的。再说疗养，全是北戴河、亚龙湾这种度假村，运气好，巴厘岛、北海道也不是没可能。我倒是无所谓，关键还有个家属指标，这意味着女儿每年暑假都有一次不错的旅游。

我担心经理冒出别的顾虑来，再一次坚决表态，我去。

这话一出，多少还是有些心酸。倒退五六年，我才不会为了这点小钱把算盘拨得啪啪响。庞斌开预制厂那会儿多能挣啊，订单一张接一张，挣钱跟舀水差不多。那几年宜昌到处都是热火朝天的工地，从市里一直铺到郊外。这边还没铲平呢，对面就建起亮堂堂的售楼部。两岁多的女儿经常指着抬起头的挖掘机说，妈妈，霸王龙。

庞斌说房子马上就要疯长了，一口气买下四套。除了投资，我对自己也舍得花钱，内衣只穿一两万的塑身款，鞋子只穿羊皮底，抹脸的瓶瓶罐罐更不用说。公司那帮小姑娘都喜欢我，只因隔一段时间，我就拎一包小样散给大家，纪梵希粉底，巴布瑞香水，雅诗兰黛眼霜。以至于每次年底测评，我的同级评分都是最高。

——————————— 冰裂纹笔记

唐娜也收到过我的礼物。当然不是小样。她是包包控，庞斌的工厂出事前，我每年都给她送包，光是限量版的就好几个。这些年在与唐娜的交往上，我表面上隐忍迁就，努力扮演一个好闺密，心里却对她越来越失望。庞斌劝我说，看欧阳的面子吧，没欧阳就没我今天。

三

我跟唐娜在一个院里长大。那段童年时光，至今在我心里留有阴影。

有年暑假吧，我在唐娜家写作业。天很热，唐娜跟我石头剪刀布，输的下楼去买西瓜。第一次我赢，她说再来，三次定胜负，结果还是她输。她说要不这样吧，你去买，我把公主裙借你穿一天。她这么一说我就心动了。那条公主裙是她姑姑从上海带回来的，全镇都没有卖的。于是我下楼，跑了半条街去买西瓜，等我满头大汗回来，唐娜说，哦，忘了告诉你，不是现在借，是等我不想穿了再借。

五年级时班上搞勤工俭学，每人交十斤玻璃。唐娜说她知道一个地方，我俩一起去，然后平分。她带我去了医院附近，那里扔了很多输液瓶子。口袋快装满时，唐娜让我去楼梯口守着，免得医院的人看见。我站了一会儿觉得不对劲，出来一看，果然没看到唐娜。等我跑到路边，见她正搭上一辆拖拉机，还不忘冲我哈哈大笑。这两件事让我认定，唐娜狡猾得让人害怕。

镇上只有一所中学，在本村读完小学的学生，初中全都要转到镇上寄读，我就是那时候跟庞斌成为同学的。庞斌个子不高，瘦，头发总朝上竖着，乍一看，有点像小说里那个怒发冲冠的蔺相如。不过庞斌很少发怒，作为我的同桌，他经常在我进教室前把凳子从课桌上拿下来，并用抹布擦干净。轮到我值日，他会故意留到最后帮我打水。那时候我喜欢哭，多半因为唐娜——只要我考得比她好，她就以各种理由在全班孤立我。庞斌的座位靠墙，我每哭一回，他就用削笔刀在墙上刻个勾，庞斌说，等划满十个，他就去收拾唐娜那个"恶毒娘们儿"。

没等到十个勾划满，有人先对庞斌下了手。他偷偷帮我打水的事暴露了，班上的男生因此嘲笑他是只"癞蛤蟆"——每条裤子都打了补丁，竟然还想跟街上的走读生搞对象。

那是我第一次见庞斌发怒，他一声不吭地冲过去，跟那个男生扭打在一起。男生比他高出一截，但庞斌很有章法。他一脚踢在男生的膝盖上，待他弯腰的瞬间，一把薅住他脑袋。之后，谁也没有想到，他竟然会一口咬上去。男生蹲在地上抱头惨叫，庞斌红着眼，在全班同学的惊愕中吐出一缕头发。

那次之后，唐娜没敢再欺负我。从某种意义上说，庞斌解放了我。但他红着眼睛吐头发的画面，总在提醒我要跟他保持距离。好在升初二后，我们三个人分到不同的班，很少再打照面。

再次重逢是我回宜昌以后。

大学毕业我去了深圳。去的时候以为自己是只鸿鹄，待了几年才发现不过是只灰溜溜的燕雀。唐娜读的职高，毕业后在奥迪公司当车模。有一年车展，一位叫欧阳的老板拍下一辆Q7，也要走了唐娜的联系方式。

结婚后的唐娜经常在QQ空间晒照片，吃的穿的用的玩的，俨然琼瑶小说里那个最最最最幸福的女主角。那些照片让我很受打击，她在卢浮宫前展开双臂作飞翔状的时候，我还跟人合租在一间二十平方米不到的民房，房子没有空调，一到夏天只能冒着危险去楼顶打地铺。

记不清是谁先联系的谁，总之那一阵我俩突然就成为无话不谈的网友。起初碍于面子，我各种装，唐娜像是看出来什么似的，让我待不下去了就回去，说宜昌有好几个不错的国企，她跟那些高层都熟。我知道她是有意显摆，却还是因此放弃了留在原地继续挣扎的决心。好在关键时刻唐娜没有食言，她真的让欧阳把我弄进一个上市公司。

接到录用通知那天，我请唐娜、欧阳还有庞斌吃饭。初中毕业后我再没见过庞斌，他一进门我差点没认出来——高了、壮了，只有头发还那样竖着，但剃成了平头。他接过欧阳的外套和包，把它们挂到衣架上。

欧阳比唐娜空间里的照片更显年轻，穿着打扮一点也不像大我们十五岁的人。尽管他刻意亲切，但还是令我们十分拘谨。我看了一眼唐娜，发现她不知什么时候温婉端庄了，笑的时候抿着嘴，半颗牙都不露。

我起身给欧阳敬酒，因为紧张，想说的话堵在喉咙，最后只叫了声姐夫。唐娜和庞斌在一旁边笑边给我使眼色，我会意，把酒干了。欧阳让我别见外，都是一家人，坐下吃菜吧。他说完两手在腰间拍了拍，庞斌赶紧起身，从他包里拿出烟，掏出打火机欠身点上。

烟抽到一半，欧阳接了个电话，说有事得先走。他让庞斌留下来陪我们，有人来开车，又跟我说，单买了，不用管。唐娜帮欧阳穿好外套，问他几点回。欧阳说，看情况，你不用等我。唐娜埋怨道，别又深更半夜地。说这话时，欧阳已经顺手关了门，我敢肯定他听不到，这话更像是说给我和庞斌听的。

欧阳一走，紧绷绷的气氛顿时松了。唐娜说，十一年没见了，就说怎么喝吧。庞斌撸起胳膊大声嚷嚷，来来来，满上满上。

那天我们都喝得不少，快凌晨的时候，庞斌要换个地方继续。到了 KTV，唐娜和庞斌亢奋不减，一首接一首。后来，庞斌提议合唱一曲《友谊地久天长》。可能真是喝多了，也可能是看到屏幕里的玛拉消失在蓝桥，总之唱到"旧日朋友怎能相忘，友谊地久天长"的时候，我们三个都有些动容。

从 KTV 出来，天快亮了。唐娜哑着嗓子说，上一次这么疯，还是结婚前。她勾住我肩膀，在我脸上啄了一口，你回来了我真高兴。庞斌说，我也高兴。唐娜另一只胳膊勾住他，不如你俩在一起算了。她扭头看我，工作嘛，有个点卯的就行。这家伙现在混得不错，房子车子都有了，马上准备出来自己干。庞斌，是不是？庞斌有些不好意思，嗨，全靠娜姐关照。唐娜说，那就听姐的。她想了想，要不，明天我们去永生桥吧？

我问，什么永生桥？

唐娜说，一座神奇的桥。

四

微信里我没明说，只问唐娜周六有没有空出去转转。唐娜说上午去看豆包，你陪我去。我赶紧回复好。没忍住，又多说了一句，明天有个事想请你帮忙。唐娜说，见面了再说吧。

心神不宁地煮了两碗面条，吃面的时候，我把手机递给女儿，让她跟姨妈问个好。女儿说，好尴尬啊，我都记不清她长什么样了。我说，小时候看你长大的。配合一下嘛。女儿撇了撇嘴，照我的口气嗲了几句。很快，唐娜也回了条语音过来，叫女儿宝贝儿。我心满意足，一高兴，准许女儿玩一小时王者荣耀。我把语音反复听了几遍，感觉问题不大。四万五对我来说是珠穆朗玛峰，于唐娜，就是颗小石子儿。

两周前，唐娜的狗儿子豆包毫无征兆地走了，享年十五岁。当时我接到电话赶到医院，她还抱着豆包，眼泪鼻涕糊了一脸。豆包走后，唐娜忙活了很长一段时间，从几百公里之外运回一块大理石做碑面。据说那块大理石不同一般，底部刻了字，碑面正前方，立着一米多高的雕像。要说那工艺还真是不错，尤其是眼睛，简直活了。

我还是第一次来这种墓地，叹为观止，问唐娜花了多少钱。唐娜用手指画了个圈说，就这些，加起来七八万吧。那个雕像他们不让立，多出了两万才松口。

带去的东西不少，一束向日葵——豆包喜欢亮黄色，还有它生前最爱的玩具和零食。唐娜把东西一件件摆好，边摆边跟豆包说话，说着说着又流下泪来。我站在一旁尴尬得差点笑场，不过就是一条萨摩耶犬，至于吗？我劝她别难过，再养一条。唐娜说，你不懂豆包对我有多重要。这些年要不是它，我都不知道日子该怎么过。

从公墓出来，唐娜带我去了一家烤肉馆。一下车，烤肉店的老板，那个长腿欧巴早早站在门口，笑眯眯看着唐娜，安宁哈噻哟。

我点了唐娜最爱的雪花牛、五花肉、炒年糕和石锅拌饭，边点边飞快做起心算题，生怕手机里的余额包不住。也没敢提酒，唐娜喝酒挑，随便拿一瓶都能要我的命。

肉烤得滋滋冒油，我心里揣着事，没什么胃口。再看唐娜，也没怎么动筷子。她说，女人一过三十五，真的是步步走下坡啊。看我头发，快秃了。我掀起刘海给她看我的，白了一层，也离风烛残年不远了。我想起她一直在做养发治疗，唐娜说没个屁用，根本不长。戴假发片吧，一起风怕得要死。我说你别要求太高，就是现在，你走到哪儿，要你微信的照样排长队。唐娜说，都是些老头子，说话不利索，反应又慢。我说，慢好啊，温柔，不像小伙子毛手毛脚。唐娜"扑哧"一声差点把茶水喷出来。见她开心了，我这才说起正事。我讲了一大堆，庞斌的不给力，公司的不顺心，夹着好几个无可奈何的"唉"和"实在是没别的办法"之类的话，像个悲情戏演员。

唐娜打断我说，你们不是还闲着套房子吗？

我没接话。的确，卖掉那套房子我就能脱离苦海，但我还想再熬一熬。一来，那是家里最后一笔固定资产。二来，在公司，像我这年纪的人，有两套房是最起码的体面。

我说，那套房子要一卖，我可真的是掏空家底了。

唐娜说，现钱我是真没有，我想想办法吧。你把卡号发我。顿了顿又说，其实，庞斌也没你说的那么一无是处，你别老嫌弃他。别看他一天到晚没心没肺的，那都是装给别人看的。

我说，现在对他不抱任何希望，凑合一天是一天吧。

唐娜说，你啊，还是不懂他。

我不想跟唐娜辩解。我不至于连一个同我生活十多年的人都不了解，八个字就能概括他：目不识丁，有勇无谋。

当年预制厂之所以订单多，主要是因为报价低，而报价低是因为压了不该压的成本。起初我劝过他，该一门心思盯质量，出了事，谁也保不了你。庞斌说，这不叫偷工减料，这是合理范围内的偏差。再说，厂子开到现在，出过事吗？

怎么可能不出事呢？女儿六岁生日那天，预制板在施工时突然断裂，砸死三个民工。当时，蛋糕正推到舞台中间，女儿穿着粉色公主裙，紧紧牵着我的手。我拿起托盘上的塑料刀，觉得那就是一把匕首，即将刺中我的胸口。

三套房子加上所有存款，勉强将事情抹平。工厂责令关闭，多年的打拼成了一场空。那段时间我天天做噩梦，数不清的民工顶着稀泥一样的脑袋，站在我面前又哭又喊。比噩梦更绝望的是现实，庞斌彻底散了，喝酒、打牌，每天半夜回家，睡到下午再出门。

像是一夜之间洗劫一空，日子突然从巅峰跌入谷底。收入微薄，支出却一样没减——女儿不能从私立学校转出来，各种兴趣班不能不报，先前买的那些商业保险也不能不续。

这几年我过得一团糟。六张信用卡，拆东墙补西墙，睁眼闭眼都是还钱。实在补不了的时候，只能厚着脸皮跟那些妹妹们开口，当年派送小样积累的一点人际关系，渐渐在反反复复的借钱还钱中耗尽了。熬吧。我对自己说，再熬两年就好了。

五

唐娜要走卡号后一直没动静。眼看离月底只剩最后一天，群里的缴费接龙也只差女儿一人。旅行社那个经理联系了我一次，亲昵中透着威胁——还有很多手续要办，时间不等人。

这天中午，我再也等不及，给唐娜发了微信，没回。直到快中午，她才发来语音，让我去她家。

我去附近的花店买了束马蹄莲，见果摊中间摆着进口车厘子，咬牙买了两盒。路上我有些心疼自己，眼下，哪怕是唐娜让我跪下来擦鞋，我恐怕也是愿意的。

我有近两年没去唐娜家了，这次去，差点认不出。小径上的鹅卵石缺了很多，空空的圆槽像被挖了心脏。水池里的锦鲤原来是成簇的，如今只剩五六条，趴在水底不怎么游。最可惜的是那些名贵盆景，蔫了一大半，我知道的那盆五针松，放到现在，仍是我几个月工资。

我站在那走了会儿神。时间过得真快，一晃都是好多年前的事了。那时候这院子里可真热闹啊，欧阳带着几个创业小老板们——也包括庞斌——聚在一起谈理想谈未来，每个人脸上都闪着万道光芒。

唐娜脸上是睡多了的浮肿。开了门，自己先折回身，边走边责怪我不该带东西。我说，正好路过，顺便。嘴上轻描淡写，心里像抹了猪油又钝又腻。我能想象到自己此时的样子，低三下四的尿样藏都藏不住。

唐娜给我倒了杯水，把自己塞回按摩椅里。她仰头看着天花板说，奇了怪了，欧阳最近每天都回来。我说，好事啊。唐娜说，好什么好，一个人在书房斗地主，打三方牌，手抖得像筛糠。我说，兴许只是解压呢，总比干别的强吧。唐娜摇头，拿牌比画别的事呢，看着吧，事情还不小。我成天防那些小狐狸精还不够，还得担心他进监狱、走夜路被人砍。没一天舒坦日子。她看着我，眼里幽怨寒冷。知道我最难受的是什么吗？是他不管碰上什么，都不肯跟我吐半个字。

我不知道怎么接，唐娜之前从没这样跟我袒露过她的苦楚。我甚至有些担心她是不是为了下面的话做铺垫——她没钱借我。

唐娜把散落的头发抓到脑后，露出整张脸。这些年她整形上瘾，从最开始的提眉、垫下巴，到后来的线雕、热玛吉，一张脸折腾得僵硬怪异，冷不丁做个表情，一时分不清是哭还是笑。对唐娜，我其实也有羡慕之外的同情，在"丧偶式婚姻"这件事上，她比我更不堪——欧阳大部分时间在外过夜，儿子上初中后因为屡屡打架，被欧阳转到南通——孩子大伯在那个学校当校长。起初，唐娜每半个月去看他一次，但孩子跟她不怎么亲，每次说话前还要先恳求他摘下耳机。有一次，唐娜实在忍不住了，提出将孩子转回来，欧阳反问她，转回来你教得好吗，他这一身坏毛病哪里来的？

唐娜的身体在按摩椅里忽上忽下，"嗡嗡嗡"的声音让我心急如焚。总算，她从椅子里起身，去斗柜里拿出个信封递给我，但只有三万。

我现在是真没钱，唐娜说，真不好意思啊，我只有这么多。

我心里很不是滋味。她明知道我全指望着她，没任何备用方案。我凝神几秒，真想把信封扔回去，带着一点识破她的反抗和轻蔑。可我识破了什么呢？我又有什么底气反抗。我从包里掏出纸笔说，给你写个条子吧。写借条的时候，我十分果断地做了决定，卖房子。卖了房子还清这笔借款，我跟唐娜的交情，也就到此为止了。

六

早几年，庞斌打过那套房子的主意。那段时间他想法很多，今天这个项目，明天那个可行方案，口沫横飞地对我画大饼。我听归听，一句话揽总，卖房子，想都别想。

我没想到，现在的庞斌跟我当时的反应一模一样。不就一万五的缺口吗？他少有地表现出像个同心同德的盟友，对我保证说，我来想办法。

他说到做到，几小时后，人还没回，钱先转给了我。落地的踏实加上欣慰，这天晚上，我主动让他跟自己睡同一床被子。庞斌也很卖力，其间还吻了我一次。事后我们有过几分钟温馨的交谈。我枕着庞斌的臂弯说，我也想有个好脾气，可家里你不管不问，全靠我一个人扛着，我能不上火吗？庞斌说我知道你辛苦，我心里清楚，真的，我对不起你，对不起女儿。他说完有些哽咽，我也是没办法，都是些有头有脸的人，喊你跑腿是瞧得上你，我顾了这头顾不上那头。我巴结他们，是想跟着这些人再干点事，等挣到了钱，我也就放心了。我说，那你怎么不去找欧阳呢？庞斌说，他现在也很难。我说，要不你去找个地方上班？好歹有人给交保险。庞斌说，再给我两年好不好，最多两年，两年后我肯定打个翻身仗。

几天后的某个夜晚，我一觉醒来，在异常的警醒中捕捉到庞斌某个瞬间紧张和闪烁其词——我觉得他有事瞒着我。

我的直觉没有错。我原以为，庞斌再没读什么书，再破罐子破摔，心眼儿还不至于坏。我想错了，他跟那些流氓混子没什么区别，也会用下三滥的手段来对付我。想到这里我就不寒而栗，我都顾不上分析他跟那个女人是什么关系。

我给庞斌打了电话，他听出我语气不对，说马上回家。半小时后，他开门进屋，撑着墙，一只脚哆哆嗦嗦，半天塞不进拖鞋。

我俩面对面坐着，我盯着他，他盯着右侧墙上的画。他向我交代，房子确实是卖了，他偷偷拿了我的身份证，又找人冒充我去办的手续。至于钱的去向，全投在打蜡厂，对，他跟人合伙开了个打蜡厂，刚装修结束。

庞斌说，没想骗你，我知道你不会同意，但项目又急着上，只能这样。

万一亏了呢？我气得发抖，你是不是还想着把现在这套房子也押出去，让我跟孩子睡大街？

庞斌说，你怎么老想亏呢？这项目我考察了很多次，稳当得很。

别一口一个项目的，你知道这两个字怎么写吗？

是，我没文化，我是个蠢货。

没文化不要紧，当初预制厂怎么垮的？你先把自己三观弄正了再说。

庞斌跳起来，当初老子腰包鼓的时候，你怎么不嫌我三观不正，老子歪，你也是个势利眼。他抓起茶杯砸到我身后的墙上。

我闭上眼，感觉整个世界都碎了。我说你滚吧，越远越好。

七

黑色的车窗显出浅白，天快亮了。一路上几个小时，我没怎么合眼。我有些后悔这趟行程，散心纯属扯淡，临走前那些麻烦事一件件摆在那，并不会随着我的离开而消失。我就近找了个快捷酒店，打算先睡一觉再说。开好房，我去超市买了两罐啤酒，一袋面包。面包填肚子，啤酒当安眠药。这个办法很管用，吃饱喝足，一倒头，睡意像麻药一样缓缓而入，很快，我什么也不知道了。

迷迷糊糊中，我被电话声吵醒。见是庞斌，没接。他不依不饶，连着打了三四个。我很恼火，问他干吗。

你去哪儿了？他问。

什么事，说。

他说，先回家行不行？算我错了。

我说，错不错都不重要了，我们很快就没关系了，你怎么折腾都行。

他说，你一个人两个人？

我说，抵押的那套房子归你，什么时候收回来是你的事。现在的房子归我，女儿归我，这个没商量。车子可以给你。我几个人不重要。

要离婚是吧。

是这个意思。

认真的？

我说，事已至此，咱俩好说好散。

那行啊，庞斌说，要散就趁早，你回来我们办手续。

无心再待，我买了下午最早一班动车。

回去的路上，我接到经理的电话，问我在哪儿。我语气不太好，说我请假了。她说我知道，有这么个事，你老公在大峡谷的石桥下面洗澡，呛水了，人不要紧。你赶紧回来行不行？

我真是无语。大峡谷是我们集团旗下的景区，今年提档升级，很多设景点都在施工中，没什么可看。我不知道庞斌跑那去干吗，还洗澡呛水，弄得公司上下人尽皆知。

一出站，箱子就被人接过去了，是景区的负责人，旁边站着经理。我觉得奇怪，没来得及开口，胳膊给经理一把拽住，她说，跟你说个事，你一定要挺住。

我只听到一半，就感觉踩在一片白茫茫的雪地里了。雪太厚了，我两条腿拔不出来，一头栽了下去。

当天晚上，经理带着集团领导和景区负责人来了病房。四个人在我对面坐成一个外八字，气氛沉重。人是在景区弄没的，出事时，附近连一个巡逻的保安都没有，怎么说景区都有责任。

副总说，当务之急，是先把追悼会开了。这么热的天，放不住。他给我承诺了几件事，一是安葬的事都由集团负责，该赔偿的，一分不少。另外，集团行政部还会申报见义勇为，算是给庞斌一个交代。

我靠在床头，头顶悬了两瓶葡萄糖。我问，那个人能找到吗？

四个人异口同声说，能。负责人又补了一句，掘地三尺也要把她找出来。

追悼会上的人不多。庞斌是独子，父母早早去世，几个姑舅姨大多在外面打工，几乎断了来往。那一刻我特别难受，觉得庞斌这一辈子真不值。

一周后，唐娜来家里看我。她一只脚踮着，使不上劲儿。

出了趟门，崴了。她说完，一再给我道歉，为没赶上庞斌的追悼会。其实她不说我也不知道，那天我一直都是恍恍惚惚，根本记不清谁来谁没来。

唐娜穿着件黑色 T 恤，也许是没化妆的原因，整张脸都垮了下来，显得特别苍老。

孩子呢？她问。

我又流起眼泪来。出事后，女儿很少说话，也从不当着我的面哭，大部分时间都待在自己房间里。

唐娜把纸巾塞到我手里，说，给你带了点鲜炖燕窝，我给你热两份吧。

我说不用。见她站起身，我有点恼，又说了句不用。

唐娜连忙坐下。过了一阵，说，欧阳进去了。

我抬头看她，什么事？

她没说话。

严重吗？我问。

估计得判很多年。她说。她转头看着我，似乎有句话已经到了舌尖，又被活活咽了下去。

我说，我俩还有什么不能说的？

她扶着额头说，没什么，又问，那个人找到了吗？

我说，没找到。我不在乎什么见义勇为的荣誉，就是不想庞斌走得这么不明不白，路上扶个人还讨句谢谢呢。

唐娜走后，我又回想起跟庞斌最后一次在电话里的争吵。从时间上推断，他是吵完架后去景区的石桥下的。他真的是去洗澡吗？按理说不会。那么他原本是想去干什么？我越想越不对劲。另外有件事也想不通，被救的那个人，为什么不肯露面呢？

八

去永生桥的那天刚下过一场暴雨，我们进去的时候，山间挂着一道彩虹。峡谷里山势陡峭，险峻逼仄，山谷因此透出幽深神秘之气。

永生桥就架在两山之间。唐娜说，这座桥是石桥中的战斗机，山里发过好几场洪水，冲垮了好几座桥，只有它完好无损。她让我们仔细看看，真的，连道缝都没有。

上桥前我拍了几张照片。是一座石拱桥，桥拱的弧度跟水里的倒影正好形成一个半虚半实的圆。桥身是陈旧的灰白，其余的部分灰中带黄，"永生桥"三个字刻在桥身正中，收敛的行草，字迹斑驳模糊。

唐娜指着桥的各个部位，教我们认识什么是桥堍、地伏、拱碹、海墁，全是我没听过的词儿。后来说到桥墩，她还逐一解剖了一番，中间承重部位叫墩身，古时候叫金刚墙，下游端叫墩尾，也叫顺水金刚墙，墩尾的上面叫凤凰台。

庞斌有些惊讶，娜姐，可以啊。我猜庞斌想说的是，唐娜怎么突然变得这么有文化了。老实说，我也很意外。

我问，为什么叫永生桥呢？

唐娜说，这个，仁者见仁吧。

庞斌说，这还不好懂？永生桥，一上来就永远不生气的桥。我问唐娜，那你呢？你的理解是什么？

爱情。唐娜说，桥永生，爱不死。

我有点懂了，跟欧阳第一次约会在这里？他当初，是在这个桥上跟我表白的。唐娜看着我笑，浪漫吧？后来，每次心情不好我就来这里待一会儿，想起他当初在这里对我说的那些话，人就好了。

庞斌接话说，我说得对吧？一来就不生气了嘛。

所以，我爱这座桥，爱桥上的每一块石头，每一粒沙子，每一块青苔，每一根杂草，包括草里的虫子，所有的一切，我都爱，爱死了。唐娜靠在栏杆，俯身看桥下的潭水。那一刻她的样子很动人。

湖水深吗？我问。

庞斌往下面扔了块石头，"咕咚"一声不见了。

如果哪天欧阳不爱我了，我就从这里跳下去，跟这块石头一样。唐娜说完，扭头看着我跟庞斌，沉默几秒哈哈大笑起来，逗你们呢，我才没那么傻。

庞斌说，怎么会不爱呢？我也相信爱情不会死。

我觉得这话从庞斌嘴里说出来特别搞笑，一转头，见他正看着我。

庞斌是爱我的，至少在那一刻，我十分确定。可我真了解庞斌吗？或者说，我有多爱他？

找到那个溺水者于我来说有了更多隐秘的意义。我想知道，庞斌在生命弥留的最后一刻，有没有对那个他救起的陌生人说了点什么。

唯一跟溺水者打过照面的是景区的一个保安。据他讲，当时那女人浑身湿透，头发贴着脸，几乎看不清长相。她站在那浑身发抖，赤着脚，话也说不清楚。等人捞上来，警察也赶到现场的时候，女人已经离开了。

我跟那个保安约在景区附近的茶馆见面。茶喝了两泡，他能回忆起来的，还是只有先前讲过的那些。我问起事先想好的问题，比如，女的染头发了吗？有没有涂指甲油，穿什么样的衣服，有没有文身之类的。他有些为难，当时一片混乱，谁注意她啊？而且那两天景区重新走线路，监控全关了。

天慢慢黑下来，保安看了好几次手机，我只好作罢。就在我们准备道别的时候，他突然站住说，想起来了，当时她有只脚流着血，红了一大片。

我尝试在网上发了个帖子，不想适得其反——尽管我一再申明我的意图，语气也十分友好，但还是引来好多人跟帖，把她骂得体无完肤。也有做各种推测的，总结起来就是，她不肯露面，肯定藏着见不得人的事。我只好删了帖。

之后很长一段时间，我的精神似乎出了点问题。走在街上，我会下意识盯着路过的每个女人，觉得个个都像，又个个都不像。而在一番毫无根据的凭空猜测之后，我又会陷入那个旋涡一样的追问，庞斌那天到底要去石桥下干什么？这个问题在我每天睁眼的瞬间就钻进脑海，在我身体里盘旋不休。我因此患上严重的失眠症，必须靠药物才能入睡。

九

因为我的失眠，唐娜隔几天就要来看我。她觅了些小偏方，在厨房给我煎成汤水，让我代替那些副作用很大的西药。起初我很不适应，后来又想明白了，欧阳一进去，也再没人把她放眼里，我算她唯一一个能说上话的朋友了。

那天唐娜像往常一样过来帮我熬汤水，临走时拿出一个信封给我。我打开一看，是钱。

唐娜说，什么都别问，给你你就收下。我把别墅卖了，换到市中心，离你近点最好，以后还能相互照应。我说，欧阳总有一天要出来。万一他还想住原来的地方呢？唐娜说，要不出去走走吧，屋里太闷了，我先去躺卫生间。我趁机把信封放进她包里。

我俩去了楼下的公园。刚下过雨，江上起了一层薄雾，湿漉漉的空气让我有种想倾诉的冲动。我问唐娜，庞斌有没有跟你说过他恨我？

她摇头，说，他只说过在乎你。

我知道她是安慰我，即便真说过，那也是很久的事了。我又揪出脑子里那个盘旋的问题问唐娜，你说，庞斌那天到底去桥下干什么呢？

可能——是想起了一些往事吧，你们那天不是吵架了吗？

我说，你怎么知道？

你说过，之前说过。

我想不起来跟她提过没有，可能吧。公园的石栏外是长江，江边有很多人游泳。我看着他们说，庞斌水性其实很好的，不应该出这种事。他捞上来后身体开始发胀了，两个拳头紧紧攥着，到火化时也没掰开。你说，他是不是故意沉下去的？他怎么可以这么狠心呢？

唐娜背对着江水，脸白得像纸。我说，你怎么了？她慌忙解下外套围在腰间说，我好像来例假了。我朝下看去，她两条腿绞在一起，牛仔裤内侧印出水痕。很明显，那根本不是来例假。

她有些尴尬地看了我一眼，把外套往下拉了又拉。我说，你得去看看医生。是啊，是得看。唐娜说了句再联系，匆匆走了。

十

唐娜再没联系我，更没在我住的附近买房子。事后我想问问她是否去医院做了检查，打电话没接，发了几次微信也没见回。

春节前夕，我去墓地给庞斌送灯，回来时顺道去唐娜那里看了看。她在宜昌没什么亲人，如果她愿意，不如去我家团个年。

别墅的院门锁着，院墙外长出一圈杂草。这回唐娜接了电话，她说不巧，她去南通看儿子了，要四月份才回来。她这么一说，我也放下心来。

时间一晃而过，直到有天唐娜打来电话，我才惊觉我们已经两年多没联系。唐娜说，见一面吧。

周日下午，我按她发的定位，开车去了六十多公里外的一个村子。去之前我上网查了一下，很普通的地方，除了偏远人稀，没什么特别。

唐娜在路边等我。她穿了一套肥大的棉衫，还剪短了头发——头顶真有些秃了，隐隐能看到头皮。不过，一脸素颜挺好，干净自然。

我说，怎么想到来这里了？

唐娜说，我住这里。前年冬天，我没地方去，开着车瞎转发现的。我恍然大悟，原来那次，你根本就去没南通。唐娜说，南通也去了，不过只待了两天。

停车场连着一条蜿蜒向上的小路，不久后朝各处分岔，伸向每一处农家小院。唐娜买下的是一栋明三暗四的老房子。主人出售前里里外外翻了新，还在老房子旁边新建了卫生间和厨房。

屋前的院子别致规整，边上围了一圈竹栅栏，每根竹子粗细相当，编排结实。栅栏上是攀爬的藤蔓，差不多要把整个栅栏盖住。各种花开得艳丽，白的红的紫的，生命力极旺盛的样子。角落里还立着个大石臼，铜钱草长得又大又肥。

院子正中有把竹躺椅，旁边摆个小凳，凳子上放着两个果盘，一只装着剥好的石榴，另一只装着几条嫩黄瓜。唐娜让我在竹椅上感受感受，这是她从村民家里淘来的，搬来的时候乌漆墨黑，洗了几水，看看，亮成啥样了。

我闻到一股中药味，问唐娜怎么了。她说，她患了尿失禁，看了很多医生，都说只能慢慢调。我想起在公园那次，照这么算来，时间也不短了。

晚餐我俩一起做。唐娜提前炖了鸡汤，我煎了条鱼，她凉拌了一盘莴笋丝。见她要开酒，我说，酒不喝了，等你好了再补上。

唐娜说，今天破回例吧。谁知道你下次还肯不肯见我？我觉得她话里有话，问她，你不是有什么事瞒着我吧？

唐娜的话，一直到饭快吃完了才说，那会儿她的酒只喝了一小口。唐娜说，其实我这个病吧，吃什么药都没用，唯一的办法，就是把一切都告诉你。

我看着她，不认识一样。

不过，在说我的事之前，我先告诉你庞斌的一个秘密。我怕我先说完我的事，你不给我说话的机会了。

我放下筷子。

先说庞斌吧，庞斌有秘密你知道吗？工厂出事后他就想一死了之，你不知道吧？他说，他欠着三条人命，每活一天都是有罪，所以，他一直在为离开的那一天做准备。只是走之前，他想给你和孩子留一笔钱。

我捡起筷子吃菜。莴笋丝切得太细，我几次都夹空了。很快我发现不是莴笋丝的问题，是我的筷子在抖。我说，他从没跟我说过这些，从来都没有。

怕你担心吧。唐娜说，当然也可能有别的原因。他跟我说，你从来都没正眼看过他。该说我了。你知道我为什么得这个怪病吗？我呛过水，差一点就死了，只差一点。从那之后，我只要一看到满湖的水就会犯病。

我往后靠着，一只手反抓着椅背。我看着她，你脚受过伤？

是。脚背，缝了五针，有道疤。

惊讶让我变得迟钝，胸口不断有热浪涌上来，撞击着我，像歹徒的手捂住我嘴巴。我感到窒息，窒息让我愤怒。我忍住了，我得让唐娜继续说下去。

那天，是庞斌约的我。他问我，多久没去永生桥了？我说，那就去吧。路上，庞斌跟我说了很多，我劝他，倒把自己劝郁闷了。我问起他欧阳的一些事，他全告诉了我。其实他不说我也能猜到，欧阳在外面有孩子，都快上小学了，那女的是个空姐，两人飞机上认识的。后来到了桥上，我俩似乎都劝住了对方，他继续办打蜡厂，不管能不能赚钱，都好好活着。我呢，最坏的打算无非是离婚。我那天是真下定决心离开欧阳，去过自己的生活。于是我取下戒指，决意跟过去来个彻底告别。可刚一扔我就后悔了，我跑下桥，想把它找回来。到河边的时候，脚一滑，跌了进去。没错，庞斌救起来的那个人就是我。

我不敢跟任何人讲，大家一定会觉得我是自杀。我是欧阳的老婆，欧阳的老婆怎么能自杀呢？我不想成为所有人的笑柄。

我说，就为这？

我太自私，太虚荣。唐娜说。

我问她，庞斌后来溺水，只是一个意外吗？他会不会是自己——他水性很好的，不可能的。

唐娜捂着脸，我也不知道是怎么回事，总之他特别吃力。我爬上岸后拼命喊人，我跑了好远，不停地喊人……

唐娜的脸渐渐模糊，我依稀看见她起身走到我面前，像是打算给我跪下。我在她快要下跪的那一刻走开了，摇摇晃晃走到院子。

天黑下来了，整个村庄笼罩在月色之下，静谧如水。我想我此时最应该走到对面，驾车离开。可我突然犹豫了，月光多美啊，无声地泻下，包裹着我，那么柔软圣洁。我走向那把竹椅，对着月光睡着了。竹椅微微摇晃，小船样漂浮，整个村庄正在变成一片无垠的大海。

我不知道唐娜是什么时候在我旁边躺下的，双手叠在小腹，呼吸均匀。我叫了她一声，问她，那天，欧阳在永生桥跟你说了什么？

唐娜没理我，她是真睡沉了。

雪影珊瑚

她听工作人员叫他徐老师。徐老师清瘦，说话有气无力，T恤皱皱巴巴。

都在这里了吗？他问。

工作人员问，您是觉得哪方面不太好？

他皱着眉，不再说话。她也不知道哪儿来的勇气，待他走到门外，她追了上去。

徐老师，您看我可以吗？她在包里摸索，掏出几个证件递过去。面点师证、健康证、身份证，最后一个是离婚证，放包里没来得及收，她慌忙塞回去。

他快速打量她一眼，勉为其难地接过去。她心虚地补充，我在后厨做过兼职，也算是跟过师父，至于打扫收纳，您放心，我不会让您失望。

徐老师把证件还给她，我再考虑考虑。

她知道戏不大。不说别的，形象就过不了关。这大半年打离婚官司，情绪不稳，诱发了先前摁下去的皮肤病。激素药一上，体重直往上飙，到现在，一百七出头了。眼下是夏天，她能穿的多是男士T恤或大号棉麻衫，这种衣服领口总是松垮，加上她乳房又大，稍不注意就拱出来——她从徐老师眼里察出不对劲，连忙把领子往上扯。

就这样吧。徐老师转身要走。她跟上去说，您就给个机会吧，我是个单亲妈妈，我——她哽住，难为情一笑，两眼泛红。

徐老师看看她，又看看她身后的孩子，问，你会开车吗？

会的，我会。她点头，对，我还有驾驶证，在家里。

徐老师把车钥匙给她。她接过车钥匙，又有些戾，问，我开得慢，可以吗？

徐老师说，能跑起来就行。

徐老师住江对岸，与市中心隔一座跨江大桥。那边是新区，配套不全，就图个僻静。搬过来后他老是出差，吃饭顿顿凑合，身体出了大问题。医生提醒他，肠胃是人的第二个大脑，可得重视起来。她听到这里，说，您放心，我一定让您好好吃饭，把您的第二个大脑调理好。

徐老师没笑，似乎还沉浸在身体出了问题的忧虑中。她找话说，这边空气可真好。徐老师"嗯"一声，让她前面左转，朝森林公园那边走。

她知道了大致位置，暗暗叫苦。那边没有直达公汽，得骑小电驴才行。平时还好，雨雪天就很麻烦。可即便天气好，每天上午过来做午饭，下午接了孩子来做晚饭，再回去，拢共四趟，耗在路上的时间就得一个小时。等等，人家还没说能带着孩子去家里呢，那就得先把孩子送回家？孩子一个人在家行吗？她们租在码头附近的城中村，那里面什么人都有。

心里乱作一团，可想想连日来找工作的糟心，又想想卡上的余额，她质问自己还有什么资格挑三拣四，别说四趟，就是八趟十趟，她也得跑。

徐老师的房子比她想象的还大，两百多平方米，前后都有大露台。穿鞋套时她扫了一眼鞋柜，好几层都空着。从他在车上的话里能听出来，他没老婆，可孩子也没有吗？如果是这样，那他住这么大的房子可真是浪费。想想自己刚租的房子，楼梯薄得像纸，地砖好几处鼓着包，孩子摔得到处是伤。卫生间洗澡也慢不得，超过五分钟，积水就到脚踝，香皂盒、头发结浮在水面，像诡异的船只。人跟人真不能比。她想。

厨房在玄关左边，中厨套西厨，正中还有个岛台。那岛台大得离谱，她这种体型的躺上去也能翻个身。她太喜欢这间厨房了，不，是喜欢这套房子，处处宽敞。宽敞太重要了，只有在宽敞的地方，她才显得不臃肿、不突兀、不碍眼，这种对空间的偏执，是那些瘦小玲珑的人无法理解的。

徐老师说，中午就我们三人，你随便做点吧，煮个面也行。

您有忌口吗？她问。

不吃辣。我回房躺会儿。徐老师走了几步停下来，俯身指着对面的房间对孩子说，那个屋里，有很多故事书，去。

孩子转头，怯怯看着她。她问徐老师，这样好吗？

看书，有什么不好？徐老师说，别把孩子养这么拘谨。

好。她对孩子说，早早，去吧。

早早。徐老师说，这名字挺好。

早产。她说，就取了这么个小名。

现在长得挺好的。徐老师有些累了，撑着腰朝卧室走去。

她开始盘算接下来的事——不能只煮个面，他这样追求完美的人，不会因一碗面就录用她。她踮脚走到书房，再三嘱咐早早要轻轻的，不能出这个房间。还有，因为她要出去一下，门得半掩着，万一有人进来，就敲门去叫徐老师。早早见她的样子，也跟着紧张起来，拽着她衣服让她快点回。

她一路小跑去楼下的超市，边跑边拟菜单，一分钟不敢耽误。买好菜仍是小跑，进电梯、上楼，谢天谢地，门还掩着，徐老师也还在卧室。

她一头扎进厨房，和面、绞肉馅、择菜、炒菜，忙到两手发抖，切到指甲也没顾上疼。

四十分钟后菜上桌。主食是韭菜鸡蛋馅饺子，菜有三道，清炒蚕豆、烧茄子、肉沫豆腐。徐老师说，你这是何苦啊。

您看行吗？她说，不知道您最喜欢什么菜。

吃饭吧。徐老师让她和女儿一起上桌，她连连拒绝，坚持要在岛台上吃。怎么能和他面对面坐着呢？自己的吃相、体态以及身上的汗味，都是让她错失这份工作的潜在隐患，好在徐老师没再坚持。

吃完饭，徐老师交代起细节，除了做饭，还有所有的家务活，工资按住家保姆算，孩子能带着。另外，厨房后面有个小套间，归她，方便平时休息、洗漱什么的。

她不停点头，听到后面，自尊被划了道小口——他像是看出她因肥胖生出的顾虑和卑微，有意为她提供方便，之后又漫出些温热，索性问，您不介意我这样吧？

哪儿样？他问。

不怕您笑，我上一份工作就是因为太胖给弄没的。

怎么讲？

她说，她先前在蛋糕店当面点师，美团冒出来后，店里生意做不起来，只能转让。新老板是个零零后小姑娘，要推低卡低脂、好吃不胖的经营理念，还要在操作房开直播。她还挺高兴，她手艺是很不错的，也许会因此有很多粉丝。但老板说，除非你先瘦下来，粉丝要见到这么胖的面点师，谁还信她的理念啊。就这样，被辞了。

卖个蛋糕，搞这么多花架子。徐老师拟好合同，又说，明天还有件事得麻烦你。

徐老师女儿在外地，没办法赶回来，需要她作为家属代为签字。徐老师让她别紧张，就是个流程。另外，护工提前请好了，她需要做的，是住院期间的一日三餐。不过手术当天吃不了东西，什么时候送，等他电话。

徐老师絮絮叨叨，让她感觉他其实并没嘴上说的那么轻松，还是想身边有个护工之外的家人。于是，头天她签了该签的字，按他说的，买好褥垫、尿盆、吸管之类的东西，第二天没在家等电话，而是送完孩子就朝医院赶。

幸亏去了，护工没来。电话打过去，才知道护工同时看着几个，让她手术结束后告诉他。

徐老师做完手术推回病房，还是不见护工的影子。她不得不作为家属，加入到把徐老师从担架抬到病床上的队伍。男医生做了分工，交给她的，是徐老师的两条腿。她不太情愿地把手伸过去，贴着他枯槁又粗糙的皮肤，紧紧握住。他真是太瘦了，两腿加在一起还不及她一只胳膊。可虽是瘦，抬放中途还是出现混乱，徐老师身上的被单扯掉了，露出光溜溜的下身。猝不及防地，她瞥见他胯间蔫头搭脑、黑黝黝的一团。她别过头，不适感盘踞于心，好久才散去。

下午四点，护工总算来了。在这期间，她干了不少事，不停同他说话以防他睡过去、放尿袋，还在医生的要求下，硬着头皮用蘸了碘伏的棉签为他涂抹下体。她边擦边在心里骂护工，更后悔提前跑过来。

做好交接，她准备走。徐老师叫住她，断断续续地说，小蒋，谢谢你，放心啊，我会给你算加班费的。他的脸白得像在水里泡过，眼角挂着脓状的眼屎。她有些愧疚，用纸巾给他擦干净。问他明早想吃点什么，鱼汤可以吗？他吃力地抬抬下巴，意思是，都行。

好，明天送鱼汤。她给护工反复交代，要盯紧尿袋和监控仪上的数字，还要活动两条腿。她将他两条腿弓起来，大声说，别睡着了徐老师，腿也要动啊，隔一阵就要动动。

往外走的时候，她对徐老师的女儿有些不满，到底是有多忙，连照顾自己父亲的时间都没有吗？

出院后，每周五由她开车，送徐老师去医院做膀胱灌注。灌注后的两小时内需要侧躺并憋尿，以保证药水的覆盖和停留，正常情况下是没问题，如果碰上手重的医生，伤口受了刺激，就会尿急尿频。那天从高架桥上下来，他让她停车，直奔路边的茅草丛。桥下有来往的车辆和村民，他站在晃眼的太阳底下，一手撑着石壁，下半身隐藏在茅草之中。她暗暗催他快点，别被路人拍下视频拿他难堪，可他偏偏艰难，低头、抬头、抬头又低头，表情痛苦又愠怒。她远远看着，先是好笑，之后又有些难过。

她看过出院小结，灌注分几个阶段，先是一周一次，四次后改为半月一次，再往后是一月一次，中途是不能停的。可徐老师不像是安心治疗的样子，头四次刚结束，就频繁给一个人打电话，像是要出远门。

您现在可不能走太远。她说。

他看着她，小蒋，把背直起来。

她一愣，来不及回想在哪里听到过，单觉得是他在嫌弃自己。好嘛，自己病恹恹的不说，还嫌弃起我来了。气完又开始担心，就怕嫌弃次数一多，她就又失业了。

这天回家，她翻出买回来只用了一次就搁置的壶铃，又在小红书上下载了一份减肥食谱。网上有"减友"给出不吃晚餐、断碳水的经验，据说效果出奇的好，她不敢尝试。比起减肥，保证充足的体力以支撑每天的奔波忙碌更重要。

女儿睡下后，她开始甩壶铃。视频里讲解的核心动作有八个，她打算从最基础的壶铃摇摆开始。看似简单，若分解开来并保证绝对正确的姿势，也不是那么容易。臀部要向后推，肩膀要往下沉，壶铃向前摆动的时候，核心收紧，髋部要持续发力。她勉强做完十二个，两腿便抖得像蝴蝶翅膀，壶铃也如遭遇魔力般的地心引力，拽着她往下坠，而胳膊已如棉花样细软。她咬牙继续，可不能再像之前那样半途而废。到第八十个，她在极限中撕裂般叫喊了一声，像分娩时的最后一搏。她撑着两腿，大口喘气，惊讶自己这次居然能完成目标。

她嘲笑自己刚胖起来的时候要有这番毅力，也不至于落到今天这境地啊。

连续好长一段时间，徐老师都不再起夜。早上掀开马桶，通畅得劲，也没见分叉。他站在镜子前伸了个懒腰，有种元气回拢的充沛感。可能真是吃得好了？他想，真是这样，那还得感谢蒋云云。

早餐在冷冻格里，七八个形状一致的食品盒，装着蒋云云亲手做的饺子、小笼包和烧麦，并贴好了标签以及蒸煮的时长。他给她说过很多次，不用把活干成这样，她只是嘴上应着。看得出来，是个实诚孩子，实诚得让他着急又心疼。

刚出院那段时间，他每天起得晚。躺在床上，听着外面吸尘器的嗡嗡声、衣架的碰撞声以及切白菜的刺啦声。按理说这么大的房子、房门隔音又好，他是听不到的，他发现是自己在努力捕捉，将它们收入耳内。他翻了个身，裹着松软的毛毯，看着几缕阳光从窗帘的缝隙中透进来，安稳又知足。他真怕这样的舒适会打乱自己的计划。

吃完早饭去阳台站桩。他按教程上讲的，全身放松，虚领顶劲，含胸拔背，直到怀中宛如抱了一只大气球，为了抱稳，他必须头顶苍穹，脚踩大地，如此三十分钟下来，浑身是汗，但呼吸仍显粗重。教程里重点说到呼吸，呼吸重为心不静，念头纷杂，唯有气息长久轻柔，才算心神合一。他不敢奢望此境界，唯一的心愿是能让身体硬朗几分，至于心神，以后再说吧。小区里的银杏现出浅黄，枫树也开始变红，他满心遗憾，一辈子快走到头，从没一棵树驻足，留意它们如何经历四季。这些遗憾都只能永远成为遗憾了，老车昨天来电话，说人有可能在漠河一带，等消息一准确，他就得再次动身。如果顺利，他将跟眼前的一切道别——他是铁了心要跟那个浑蛋同归于尽的。所以，能活一天是一天吧。

有些事，他不好跟蒋云云明说——之所以录用她，完全是因为她和女儿体型很像，就连走路，也都喜欢低着头、驼着背。好在蒋云云争气，用诚恳和能干让她留下来的理由更为充分，也算是结了缘。女儿临走前比蒋云云还要胖五斤以上，他陪女儿与肥胖斗争了十多年，眼睛就是尺，他还看出来，蒋云云的胖也跟服药有关。

女儿患上抑郁全因为他。那个夏夜的上半场骄傲而甜蜜，作为重点高中的特级名师，刚满四十二岁的他，依旧是高考庆功宴上最大的功臣。却不想有位学生在大庭广众之下向他疯狂表白，以致这事传得沸沸扬扬。传他俩本来在学校时就不清不楚。

女儿为此，无法安心上学。她经常把自己关在屋子里，要么一言不发，要么大吼大叫，变得不敢认，已是高三，动不动就逃课泡网吧。

女儿勉强上了个三本，毕业后的五六年里，整天把自己关在房间打游戏，不肯出去工作。他难免要说两句，她嫌烦，要去外面租房子住，他劝说无用，只能顺着她。那几年校外辅导班火热，于是，他从学校离职后找到新的谋生方式，收入倒是比在学校时高出几倍。他给她请健身教练，练了半个月，她说什么也不去了，他又给她报名参加封闭式减肥训练营，因为一个学员猝死，训练营连夜关停。他去营地接女儿的那个下午，天灰蒙蒙的，女儿头发蓬乱，裹着一件麻袋样的羽绒服，后背拱成弧形，像只笨拙又衰老的母兽——他为自己萌生出这个比喻感到焦躁，冲她说，把背直起来。

女儿三十二岁的时候，在网络游戏里认识一个小她四岁的广西男人。男人又高又瘦，风衣的袖口和衣领都浸着油渍，看人时眼神东躲西藏。他认定这家伙跟女儿在一起，不过是图张长期饭票，可即便这样，看着女儿脸上的笑容，他什么都不敢多说。更难的是，女儿主动去健身房锻炼，还爱上了化妆、做饭，往房间里搬回一些花花草草。

租住的单身公寓因为广西男人，显得拥挤了些。男人也以这个理由，要换套大点的房子。女儿来找他，他问，你是打算跟他结婚吗？结婚也行，我是觉得，他该出去找份正经工作。

女儿把厚厚的围巾往下压了压，露出浑圆肥硕的脸说，他会找的。

他想说，那等找到工作再说吧。到底没说出来。

所以，能换房子吗？女儿问，我老把灶台上的盘子打翻，如果厨房大点就不会。

行。他说，你去找，找到满意的就告诉我。

可意外来得太快——他不愿再继续往下想。总之，他换了套大房子，每个房间都宽敞到可以随意转身、转圈、挥舞。不管她什么时候回来，这个房子都给她留着。

女儿离开的当天，广西男人就跑了——一想到这个他就心口绞痛。他请人破解了女儿的电脑密码，查到他的游戏号，发现连注册的身份证都是假的。他懊恼先前没摸清他底细，好在老车门路广，总算弄到些蛛丝马迹。这两年，他辗转不少地方，不知道是走漏了风声，还是消息有误，回回扑空。最近一次往敦煌，他在火车上撒尿，马桶里全是血。他提着裤子站在那，直到外面有人敲门才回过神。

千打算万筹备，万万没想到自己会先倒下。

门外有细微的动静，他靠在藤椅上，闭眼装睡。今天是周六，蒋云云带了孩子过来。他听见一阵小小的脚步朝自己靠近，跟着，身上的毛毯在极不熟练的动作下，盖到他肚子上。

过来，嘘。蒋云云的声音轻得像羽毛。一阵滑轮声飘过，房间归于平静。他悄悄睁眼，蒋云云在玻璃门后面忙碌，早早应该是去了小书房，她喜欢在那里画画、写作业。他重新闭上眼睛，在窸窸窣窣中很快睡着。再醒来，蒋云云在餐桌前摆碗筷。他看看时间，十一点半了。

见他起身，蒋云云端过来一碗雪梨汤。中午吃清蒸鲈鱼，她说，早上买到一把特别新鲜的小油菜，清炒香得很。

他看了一眼书房的方向，问她，放假，早早也不去见见爸爸？

他老婆马上生了，顾不上我们。

他说，那也得见，父爱不能缺。

摊上这样的人，没办法。她说，离的时候，为几万块钱还打了大半年官司。

他听她说着，往嘴里送了一小块梨子，一点点磨碎，太阳穴处青筋起伏。又说，一直也不好问你，你爸妈——也不能帮你分担分担？

很早就走了。跑货船遇难了，我十一岁的时候。她戴上手套，把鲈鱼从蒸屉里拿出来，大冬天，打捞队人手又不够，到最后人都没捞上来，埋了两副空棺材。

对不起啊。他说。

没什么。

他迟疑了一会儿，问，减重有效果吗？

她有些不好意思，倒是天天在练，唉，实在是——

不着急。他说，不过，每年最好做个体检。

有做的。她脸红了，担心他看出来自己在撒谎，岔开话题说，对了，您还一直没告诉我，自己最喜欢哪道菜呢？

螃蟹粉丝。他说，还有个特别好听的名字，雪影珊瑚。

她拿过手机搜索，发现这菜并不容易。蒸熟的螃蟹要先取出蟹黄和蟹肉，蟹黄过油浅炸，蟹肉焯水，同搅拌后的蛋清、牛奶、淀粉放到一起加热到凝固，再热油翻炒。铺底的是粉丝，得炸成洁白簇拥的雪花状，功夫全在对油温的把握，总之太老太嫩都不行。另外，制作牛奶蛋清也需要技术——不过这个她拿手，她可是专业面点师。

她说，我回去练练，希望能原样复制。

他说，不用学，我会。以前，我女儿喜欢吃，只吃我做的。

原来不是您的最爱，是您女儿。她说。

女儿喜欢才是最重要的。他说。

她问，可从没见她来过，有多远？在国外吗？

他搓搓手，可以开饭了吗？

可以了。她转过身去厨房，被他拉住。哪儿蹭的？全是。徐老师把她拉到阳台，朝着后背一阵拍打。她不敢动，生怕一动，手就停下来了。

那一幕她后来想了无数次，到底拍了多少下，六下？又好像是八下。一想到他的手在她身上摩擦、停留，她胸口就一阵痉挛，浑身像被电了一遍。她原以为，小时候那些被漠视和屈辱凿出的窟窿永远无法填补，可当他的手掌出现在她背上，窟窿便有了结痂的迹象，也许用不了多久，就会长出崭新、粉色的肉。

当然，他的宽厚温暖还不止于此。她常常想，大概再也碰不到他这般包容的雇主了，每顿吃什么菜，床单多久换、窗帘多久洗、地板多久拖，全由她做主。对早早，他也是发自心底的喜欢。早早每天的家庭作业都是在他家完成的，碰上不会做的题，他一点点启发、引导，从不嫌麻烦。有一阵子学"得地的"的用法，全班没几个人弄得清，早早用他教的小窍门，回回满分。前几天家长会，班主任还特意表扬了早早，说她不仅学习有进步，习惯也越来越好，就说吃饭吧，安静规矩，从不讲小话——也是跟他学来的。每天临睡前，早早会考她，"宰相肚里能撑船"出自哪个典故，宋朝的女孩儿如何搭配衣服，人体最大的器官是什么，等等，她答不出，早早便一个个给她讲。她看着孩子吧啦吧啦小嘴不停，差点掉泪。从小到大，这孩子何曾像现在这样开朗自信过啊。

她唯有在那套房子里更加卖力。地板一定要跪下去擦，只有视线与其平齐，才不会漏掉每一粒灰尘。所有五金要光亮如新，就连花洒的小孔，也用戳针逐个清理过。她甚至不放过任何褶皱，即便是垃圾篓里的袋子、灶台上的抹布，也要跟被套、坐垫、毛巾一样平整。以前做这些，只是基于感激，那天之后，她意识到感激的部分正急剧发酵，催生出更多的欲望和野心，有时候，她几乎快忘了自己只是他雇回家的保姆。

她开始在他面前有所顾忌，比如不再当着他的面擦地、抹桌子、叠衣服，担心每一次俯身和摇摆将她推向死亡视角。而他对他的包容总归是有上限的。她爱出汗，于是每天洗头洗澡，将腋毛刮得一根不剩并抹上花露水。那些廉价衣服肯定是不能再穿了，她去网上挑选一些质地精良、性价比高的大码女装，虽是买十件退九件，但总能碰上合适的。她还跟着小红书的上教程，研究如何描眉、打脸部阴影、画睫毛、想方设法捯饬出最瘦最美的样子。

立冬后，老车定下具体时间。徐老师在台历上圈了日子，开始为出门做准备。她又急又气，医生都说了，得按时灌注，有什么事能比身体还重要吗？

比我这条命重要多了。他说，你正好也休息一段时间。

一段时间是多久？她说，我不用休息。

好了别说了。徐老师皱起眉，进了卧室。她原地站了会儿，去给他收拾厚衣服和备用药。过了许久，他站在门口说，歇会儿吧。

裤子有点皱了，我熨熨。她拿着熨斗一下一下，赌气的样子。

他去拿熨斗，她不让。别烫着了。他说着，拔掉插头，一手握她手腕，这才把滚烫的熨斗竖起来。

对不起啊，心里乱得很。他说。

她摸着布料上的纹路，说，去漠河好远，飞机都得一两天，还下着那么大的雪。她转身擦了擦眼睛。

希望这是最后一趟。他说，抓着她手腕，把她拉在身后，喝口茶，当是为我践行。

她在他对面坐下，看着他拆茶饼、注热水，把干枯的茶叶变成红色的茶汤。她说，以前，爸妈一出船就是好久。最长的一次，我在姨妈家住了七个月，住得他们全家人都斜着眼看我。爸妈快回来的时候，我每天去码头上等。去的路上我发誓，说什么也得让我妈留下。等到再次出发，不管我怎么哭，我还是再次被送往姨妈家里。我妈跟我保证，说这是最后一趟，等买船的债一还清，她就能留在家里。可谁想到会那样，那个春节，是我们一家三口最后一次齐整。

谁都算不到后来。徐老师说，要能算到，就没有那么多生离死别了。

所以我害怕"最后一趟"这样的话。她说，害怕每次离别都是永别。

瞎说。徐老师把茶杯放到她面前，就不能祝我一路顺风？再说这样的话，工资全扣。

到底去见谁啊？她问。

回来后会告诉你的。他同她碰了个杯，到时候还得拜托你好多事呢。

她听着这话，越发不安心起来。

三周后，当她在门口看着徐老师，好半天没说出话来。徐老师戴顶鸭舌帽，羽绒服豁破了几处，里面空瘪瘪的。裤子翻穿着，左右两边各吊只裤兜，像被歹徒洗劫过。

她拿了拖鞋，帮他脱下外套，问，怎么了？

他摆摆手，站不稳似的，歪歪倒倒朝卧室走。她跟到门外，听见马桶冲水的声音，之后就再没动静。等了会儿，不放心，把门拧开一小道缝，徐老师蜷缩在床上，背朝她说，我睡会儿，午饭别叫我。

她掩上门，清洗他换下来的球鞋。那鞋比羽绒服好不了多少，鞋头和后跟都磨出深痕。她刷着鞋，脑子里尽是徐老师朝卧室走时的样子，之前，徐老师尽管生病，跟老沾不上边。这一趟回来，怎么就成了老态龙钟的样子？到底出了什么事啊？她刷鞋的动作不觉狠了些，心里想着，真要有谁为难了他，她是不会善罢甘休的。

洗完鞋，去菜场买回一只乳鸽，她打算熬点鸽子小米粥，再煎条带鱼。

粥快熬好的时候，她去卧室外轻敲了几下。门开了，徐老师脸上挂着水珠，头发也还湿着。她闻到香皂和洗发水混合的味道，一时间忘了要说什么。

徐老师说，我出去一趟。

不吃饭了吗？她反应过来，目光追着他，头发不吹干会感冒的。

就去趟楼下。他摸摸身上的衣兜，原地转了半圈。她几大步走到玄关处，在一只盒子里拿出车钥匙。要不要我送你去？她问。

不用。他说。

再回来，徐老师买了几只螃蟹。有客人来吗？她问。没有。他进了厨房，朝身后看了看，问早早怎么不在。

研学。她说，今晚要在外面过夜。

哦，挺好。难得你也轻松一下。他说。

这段时间够轻松了。早上一睁眼，还以为自己又失业了呢。她话里有些赌气。他出门这段时间，她每天忍不住发信息，问他冷不冷，吃饭没有，注意保暖，等等。他极少回复，回也是隔了两三天且极其简短，嗯，好，行，不肯再多几个字。他越这样，她越不定神，回回做梦，都见他躺在太平间，用白布盖着。她哭得胸口剧痛，醒来，哭声还是停不下来。

徐老师把螃蟹倒进池子，用牙刷反复清洗外壳和蟹腹。她说，我来吧。他摇头说，给我女儿做的，必须我亲自来。

她今天回来？她问。

他没说话，继续洗螃蟹。她站在一旁，看他把洗好的螃蟹放进蒸屉，又看他从冰箱拿出鸡蛋，一个个分出蛋清。

系个围裙吧。她从后面给他系上，借着缓慢的动作，她悄悄深呼吸了两次，把他身上的味道吸进自己的身体里。他开始搅拌蛋清了，连着两次，搅拌器都掉到地上。掉一次，她就捡一次，什么都没问。她看出他心里的苦，隐隐知道了大概。果然，他绷不住了，双手撑着灶台，低下头说，她回不来了，这菜我做得再好，她也吃不到了。

什么都不能说吗？她问。

油一点点热起来，他关了火，同她讲起女儿。女儿的男友开始嫌弃她后，经常在外面过夜。有天他回来了，女儿什么都没问，去给他做饭。厨房太小，她转身的时候，打翻了手边的东西，她一定是蹲下去收拾地板的时候，撞到身后的扫帚，扫帚又打翻了另一样东西。她在那手忙脚乱，那个浑蛋却在旁边嘲笑她，他说的话一定很难听，不然她也不会……

这次，我差一点就追上他了。他说，可我把所有的力气都用上了，我跑不动了。

他说，回来的路上我也问过自己，为什么会慢了那几步，让那浑蛋溜了。我为什么不能跑得再快点。

别再去找了。她的话裹在失控的哭声里，行吗？别再去找了。你听见我说话吗？

他说，先不说这个。

他问起她的病因，她说，是生完孩子后患病的，一种急性皮肤病，需要服用大量的激素，身体由此发胖。

刚开始，我根本不怎么担心。她说，我是易瘦体质，医生也说药一停，稍稍注意就能恢复。那会儿我总感觉没衣服穿，上个月买的衣服，下个月就穿不进去了，我竟然还以为是衣服缩水的缘故。有天午睡醒来，我想翻身，后背像拴了块石头，怎么都翻不动。从头到尾，我前夫站在一旁，眼里全是厌恶。那眼神，我一辈子忘不了。

他抓过她的手，抚摸那些粗糙的硬茧。她开玩笑说，可别划破了您的皮肤。他说，以后尽量戴手套。你这么年轻，还是得好好保养。

她一时兴起，从手机里翻出很早的照片给他看。刚当上面点师的时候，她二十，身高一米六，体重九十三。老板带着她参加各种技能大赛，捧回来的奖杯全摆在橱窗里，招来更多的生意。同事们爱用聪明伶俐形容她，还给她介绍了男朋友，一个每天往蛋糕店送货的司机——那时候他还挺善良的，脾气也好，不知道后来怎么就变了。结婚的时候，老板送了一盏昂贵的水晶吊灯作为贺礼，后来离婚，在那套破乱陈旧的房子里，只有那盏吊灯还跟当初一样通体透亮。

他戴上老花镜凑到床头的台灯下，将照片放大，一点一点看着，露出宠爱的微笑。是挺瘦的，他说，鬼灵精怪的样子。

时光倒流就好了。她说，才发现自己紧靠着他，鼻尖快触到他的脸。

他愣了几秒，说，你赶紧回去吧。

为什么要赶我走啊？她拉住他，被他甩开了。他去了卫生间，站在顶喷龙头下，像在淋一场瓢泼大雨。

她站子浴室门外，大声质问他，就打算一直这样吗？这次漠河，下次又是哪里？还嫌自己被折磨得不够惨吗？你傻吗？房子再大有什么用？把你伺候再好又有什么用？你爱惜过自己吗？你去吧，天涯海角地追去，为了那么一个烂人，把自己搭进去。

我就是这样又胖又丑又穷，可那又怎么样，我还是要硬巴巴地活着，我要认真减肥，认真吃饭、睡觉，认真带孩子，我不作践自己，为什么要作践自己啊？什么都改变不了，何苦呢？你听到了吗？什么都改变不了。

我怎么样，不用你来教。徐老师裹着一条浴巾出来了。

她追上他说，你想过没有，也许老车根本就不知道人在哪儿，他就是个骗子。你是甘愿被他骗，还是甘愿被自己骗？

你闭嘴。徐老师气得嘴唇哆嗦，指着门口说，你马上出去，以后都不要再来了。

她愣了几秒，开门出去。

连着六天，她按部就班地接送早早、做饭、甩壶铃。每天的记录表上，壶铃的个数在增加，体重的数字在下降，虽然降下去的部分小之又小，但总归在持续往下掉，这是之前没有过的。

第十一天，难得出了个大太阳。她打算把早早送到学校后，去家政公司碰碰运气。出门时，早早又一次问到徐老师，为什么还没回来呢？她说，可能他不回来了吧，如果妈妈换一份工作，可以吗？

早早说，当然可以。那以后还能见到徐老师吗？

她说，见不到也没事。

下了楼，太阳明亮得刺眼。她满脑子只想着该去徐老师那洗刷晾晒，他家的被子、靠枕之类的，都好长时间没晒过了。正要去推电瓶车，早早猛然摇起她胳膊，她一看，徐老师一身耐克休闲装，还戴了顶棒球帽。

徐老师说，我送你们吧。

没等她说话，早早已经飞奔过去了。她跟在后面，看着徐老师这身装扮，某个模糊的记忆骤然清晰。

她想起来，是四年前早早发烧住院那次，前夫联系不上，她每天一个人守在医院，心如死灰。有天乘电梯，她一进去，身边就有人捂鼻子，也有人"啧"了一声，埋怨太挤。她低着头，夹着身体，希望电梯能快一些。这时，她听到旁边有人说，丫头，把背直起来。她仍低着头，用眼尾扫了扫，只看到一身蓝色耐克和一双同牌子的球鞋。电梯门开了，她慌忙出去。她沿着长长的走廊朝病房走，一步都没停。